Aileen O'Grian
Abels Vermächtnis
Science-Fiction-Thriller

Aileen O'Grian

Was wäre wenn? - Fantasy als Spiel mit den Möglichkeiten
Seit Jahren schreibe ich aus Spaß am Phantasieren Märchen,
Fantasy und Science-Fiction und habe diverse Kurzgeschich-
ten in Anthologien und Literaturzeitschriften veröffentlicht.
Leseproben von mir gibt es auf meinem Blog:
http://aileenogrian.overblog.com/

Abels Vermächtnis

Science-Fiction-Thriller von Aileen O'Grian

Bibliografische Information der Deutschen Nationalbibliothek: Die Deutsche Nationalbibliothek verzeichnet diese Publikation in der Deutschen National-bibliografie; detaillierte bibliografische Daten sind im Internet über http://dnb.dnb.de abrufbar.

Impressum

Aileen O'Grian
c/o Papyrus Autoren-Club
R.O.M. Logicware GmbH
Pettenkoferstr. 16-18
10247 Berlin.

Herstellung und Verlag: BoD – Books on Demand, Norderstedt
ISBN 9783749437108

Wir schreiben das Jahr 2080. Durch die fortschreitende Erderwärmung hat sich ganz Südeuropa in eine Wüstenregion verwandelt. Spanien, Süd- und Mittelitalien, Griechenland und der Balkan sind nur noch dünn besiedelt. Aufstände gegen die schlechten Lebensbedingungen wurden von korrupten Regierungen brutal niedergeschlagen und lösten Flüchtlingsströme nach Nord- und Mitteleuropa aus. Um sich gegen den Ansturm der Hungernden zu schützen, errichteten die reichen Staaten aufwändige Grenzsicherungsanlagen.

Nur in einigen wenigen Kooperativen, die von internationalen Konzernen unterstützt werden, wird Landwirtschaft betrieben. Die restliche Landbevölkerung hungert. Deshalb sind Frauen im gebärfähigen Alter gezwungen, ihre Embryonen zur Gewinnung von Stammzellen an den Pharmakonzern Genmedi Corporation zu verkaufen, weil es oftmals die einzige Einnahmequelle für den Unterhalt der gesamten Familie darstellt.

Markus setzt sich durch

„Hast du schon für deine Mathematikprüfung gelernt?", fragte Markus seinen Sohn. Er stand in der Zimmertür und schaute Abel grimmig an.

Mit einer Dissonanz brach der Lauf auf dem Klavier ab.

„Mache ich nachher", erklärte Abel, ohne seinem Vater in die Augen zu sehen.

„Nachher, immer nachher. Wirst du denn nie erwachsen? Mit einem schlechten Abschluss nimmt dich keiner, dann wirst du arbeitslos!", herrschte Markus ihn an.

Abel zuckte zusammen, trotzdem nahm er seinen ganzen Mut zusammen und erwiderte leise: „Aber die Aufnahmeprüfung an der Musikhochschule..."

„Wie häufig muss ich es denn noch in dein Gehirn einbläuen: Mit Musik wirst du nie etwas verdienen. So begabt bist du nicht, mittelmäßige Pianisten gibt es wie Sand am Meer. Willst du wirklich in Kneipen auftreten und vor Betrunkenen spielen? Das würde doch deine zarte Seele gar nicht aushalten", giftete Markus. Er war herangetreten und schaute von oben auf seinen Sohn herab.

Abel senkte seinen dunkelhaarigen Kopf und biss sich auf die Lippen, bis sie bluteten. Warum musste sein Vater ihn unbedingt in seine Firma drängen? Konnte er denn nicht verstehen, dass sein Sohn ganz anders war als er? Embryonale Stammzelltherapie interessierte ihn kein bisschen. Hätte er nicht arme Eltern haben können, die ihren Sohn förderten, weil sie seine musikalische Begabung erkannten und eine Erfolgschance für eine Karriere sahen?

„Wirst du jetzt endlich Mathematik lernen?"

Abel stand gehorsam auf, und noch ehe er die Klaviatur des Flügels schließen konnte, ließ sein Vater den Deckel krachend fallen. Es schepperte. Saiten erklangen. Abel zuckte zusammen. Die Misshandlung des wertvollen, antiken Klaviers tat ihm körperlich weh. Wer besaß noch so eine Rarität? Normalerweise wurde im ausgehenden 21. Jahrhundert auf elektronischen Instrumenten gespielt.

Schlurfend verließ er das Musikzimmer, seinen langen, hochaufgeschossenen Körper nach vorne gebeugt.

„Geh nicht so wie ein alter Mann", schallte es hinter ihm.

In seinem Zimmer wischte er die Tränen fort. Dann setzte er sich an den Schreibtisch und öffnete den Laptop. Aber er konnte sich nicht auf das Thema konzentrieren, dabei machte ihm Mathematik eigentlich Spaß und er hatte nie Probleme damit gehabt. Er stand auf und ging zur Terrassentür. Jedes Zimmer der Villa hatte einen eigenen Zugang zum Garten. Das weiß getünchte Haus war im italienischen Stil mit hohen Fenstern und Fensterläden gehalten. Gedankenlos starrte er ins Grüne, sah den Vögeln auf dem Rasen zu, wie sie Regenwürmer suchten, immer weiter sprangen, warteten und plötzlich lospickten. Dann drehte er sich um, seufzte und setzte sich an den Schreibtisch.

Beim Abendessen herrschte eisige Kälte am Tisch. Wortlos aßen sie.

„Hast du Mathematik gemacht?", unterbrach Markus die Stille. Er musterte mit seinen grauen Augen seinen Sohn streng.

„Ja", murmelte Abel.

„Kannst du deinem Sohn nicht klarmachen, dass er endlich erwachsen werden muss. Er muss etwas Vernünftiges lernen. Am besten studiert er Jura oder Betriebswirtschaft. Musik ist ein Hobby, kein Brotberuf", forderte Markus seine Frau Dolores auf.

Abel ballte die Fäuste. Ausgerechnet zu seiner Mutter sagte er so etwas. Musste er sie immer verletzten? Sie war doch vor ihrer Hochzeit selbst Sängerin gewesen.

Dolores nickte ergeben. Sie sank in sich zusammen. Ihre schwarzen Haare waren von grauen Fäden durchzogen. Sie war schmal geworden. Die Ehe setzte ihr zu. Seit Jahren übte Markus Druck auf ihren Sohn aus. Wenn er in der Erziehung nicht weiterkam, musste sie helfen. Meistens verschwieg sie ihm, dass Abel stundenlang am Klavier saß. Als ehemalige Sängerin hatte sie ihrem Sohn schon früh Musikunterricht gegeben. Sie hielt Musik für wichtig. Sie tröstete und befreite die Seele. Ursprünglich hatte Markus das auch gutgeheißen. Aber als Abel älter wurde und sich immer mehr in seine Musik verkroch, forderte er energisch Leistung von ihm. Inzwischen verbot er ihm das Üben. Heute war Markus leider früher als erwartet nach Hause gekommen.

„Für das Wochenende habe ich ein Doppel mit Meyer-Birkenriehl und seiner Tochter verabredet", wechselte Markus das Thema.

Abel schluckte, jetzt musste er auch noch mit dieser Vorzeigeziege Tennis spielen und Konversation machen. Wo er doch sowieso schon mindestens einmal pro Woche dieses Mädchen als Vorbild unter die Nase gerieben bekam. Eine Klasse übersprungen, Abitur mit Bestnote, Studienabschluss in Rekordzeit summa cum laude, dazu an einer Eliteuniversität in Amerika. So ein Kind wünschte sich sein Vater. Warum konnte Nicola nicht seine Tochter sein?

„Um wie viel Uhr?", fragte er bloß.

„Um fünfzehn Uhr, dann haben wir ausreichend Zeit, anschließend können wir an der Bar noch einen Schluck trinken. Und ihr könnt noch zusammen in die Diskothek oder ins Kino gehen."

„Markus, bitte, Nicola ist sechs Jahre älter als Abel. In dem Alter sind jüngere Männer in den Augen der Mädchen noch Kinder", wandte Dolores ein. Obwohl sie schon seit ihrer Kindheit in Deutschland lebte, sprach sie immer noch mit einem starken spanischen Akzent.

„Blödsinn, Abel ist nur wieder zu schüchtern." Als er Dolores Gesicht sah, fügte er hinzu: „Ich erwarte ja nicht, dass sie ein Liebespaar werden. Dafür ist der Altersunterschied wohl wirklich zu groß. Aber miteinander lachen und etwas unternehmen geht doch wohl trotzdem. Es wäre für Abel eine Gelegenheit, den zwanglosen Umgang mit dem anderen Geschlecht zu lernen."

„Aber ich gehe doch in eine gemischte Klasse. Mädchen sind für uns keine Wesen von einem anderen Stern", sagte Abel. Insgeheim ärgerte er sich, dass sein Vater wieder einmal seinen freien Tag verplant hatte.

„Zum Glück gibt es seit Langem keine reinen Mädchen- und Jungenschulen mehr." Markus lachte und klopfte Abel auf die Schulter.

Am nächsten Tag erhielt Abel die Biologiearbeit zurück. Eine Fünf. Abel schloss die Augen. Das hieß Nachhilfe. Sein Vater würde nie dulden, dass er das Abitur nicht schaffte. In den letzten Sommerferien musste er sechs Wochen in China in eine Sprachschule gehen, damit sein Chinesisch ausreichend wurde. Dabei hätte er mit Spanisch oder Französisch sein Abitur machen können. Aber Markus wollte unbedingt, dass er Mandarin lernte. „China ist nicht nur politisch eine Großmacht, sondern auch wirtschaftlich. Die Zukunft liegt dort", hatte er gesagt. Während des letzten Schuljahres hatte er in Chemie und Politik Nachhilfe erhalten. Dort stand er jetzt auf vier. Am liebsten hätte er seinen Rucksack gepackt und wäre abgehauen, nach Stockholm oder Helsinki an eine Musikhochschule, aber natürlich traute er sich das nicht zu.

Abel behielt Recht mit seiner Befürchtung. Schon am Samstag hatte Markus zwei hervorragende Nachhilfelehrer aufgetrieben, die ins Haus kamen. Einen für Biologie und Chemie, zweimal die Woche, und einen anderen für Politik und Geschichte, einmal die Woche. Markus wollte kein Risiko mehr eingehen.

„Junge, du solltest wirklich zweimal in der Woche ins Fitness-studio gehen", meinte Meyer-Birkenriehl jovial, als er Abels magere Arme und Beine begutachtete.

„Mädchen mögen lieber athletische Männer", stichelte Markus.

„Ich wachse ja noch", verteidigte sich Abel. Sein Vater hatte gut reden, mit seinen eins neunzig und sechsundachtzig Kilogramm hatte er eine athletische Figur. Von Videos wusste Abel, dass sein Vater schon immer so ausgesehen hatte. Schon als Kind hatte er regelmäßig Fußball gespielt und in der Landesauswahl geschwommen. Als ihn Meyer-Birkenriehl ansah, konnte Abel den Blickkontakt nicht halten, sondern schaute schnell zur Seite.

Nicola kam aus der Umkleidekabine gestöckelt, dezent geschminkt, mit einem neuen Tenniskleidchen. Im Vorbei-gehen flirtete sie mit dem jungen Trainer. Abel beneidete sie um ihre Leichtigkeit und Selbstsicherheit. Aber so eine Frau würde er nie heiraten, freiwillig würde er nicht einmal etwas mit ihr unternehmen.

Freundlich begrüßte sie Markus und Abel.

„Wir haben wirklich Glück mit dem Wetter", sagte sie.

„Wenn Engel Tennis spielen", entgegnete Markus. „Wie gefällt Ihnen die Arbeit bei unserer Konkurrenz?"

„Sehr gut, die Forschungsabteilung ist exzellent ausgestattet, sie stecken viel Geld hinein. Da macht die Arbeit Spaß, alles ist vorhanden, die Kollegen sind hervorragende Wissenschaftler und sehr nett." Nicola strahlte. Markus lächelte zurück.

„Wann fängst du mit Studieren an?", fragte sie Abel freundlich.

„Nach dem Abi", sagte Abel. Er spürte, wie er verkrampfte und flach atmete.

„Und wann ist das?"

„Hoffentlich im nächsten Sommer", brachte er mit belegter Stimme heraus.

„Natürlich, du schaffst das schon." Sie zwinkerte Abel zu. Und er verzog seine Mundwinkel ein bisschen nach oben.

Er spielte mit seinem Vater gegen Meyer-Birkenriehl und dessen Tochter. Schon beim Einschlagen war er nervös und spielte noch schlechter als sonst. Er brachte keinen einzigen Aufschlag durch.

„Konzentriere dich doch", schimpfte sein Vater.

Nicola hingegen lief leichtfüßig übers Feld, erreichte noch unmögliche Bälle und schlug knallharte Aufschläge, die man ihrer zarten Erscheinung gar nicht zutraute.

Nachdem sie 6:1 und 6:3 verloren hatten, meinte Markus: „Du solltest wieder Trainerstunden nehmen."

„Wann? Ich habe keine freie Zeit", wandte Abel ein.

Nicola kam auf ihre Seite.

„Können Sie nicht ab und zu einmal mit Abel spielen? Er kommt so selten dazu", sagte Markus zu ihr.

„Ja, gleich, eben spielte Stemmer gegen Meyer-Birkenriehl, jetzt die Erfahrung gegen die Jugend. Sie haben doch noch ein bisschen Zeit, bitte." Sie lächelte Markus an.

Abel konnte förmlich fühlen, wie sein Vater unter ihrem Charme dahinschmolz.

„Natürlich, wenn es Ihnen Spaß macht, gern", antwortete er galant.

Nicola lächelte, drehte sich zu Abel um und boxte ihn in die Seite.

„Komm, jetzt zeigen wir es unseren alten Herren, die werden sich wundern."

Tatsächlich spielte Abel in diesem Spiel erheblich besser als vorher mit seinem Vater. Nicola jubelte, wenn etwas klappte, und tröstete, wenn ein Schlag misslang und so entspannte er sich und wuchs über sich hinaus.

„Der war auch schwer zu bekommen" oder „Der nächste Aufschlag wird schon werden". Leise flüsterte sie ihm Tipps zu: „Mein Vater kann mit der Rückhand keine Aufschläge annehmen" oder „Mach einen Sicherheitsaufschlag, wir kaufen ihnen den Return schon ab."

Sie wirbelte über das Feld, war fröhlich, lachte und riss Abel mit ihrer Ausgelassenheit mit. Am Ende stand es 6:5 und 6:7, und sie gewannen den Tie-Break knapp.

„Hurra, ich wusste es, gemeinsam sind wir besser als unsere Väter", jubelte sie und tanzte über das Feld, dass ihre blonde Lockenpracht nur so hüpfte.

„Gönnen wir der Jugend die Freude", sagte Markus.

Nach dem Duschen trafen sie sich an der Bar. Nicola plauderte von ihrem Urlaub in Kanada und Markus und Meyer-Birkenriehl flochten ihre Erinnerungen an die Niagarafälle und die großen Seen ein.

Abel hörte zu. Er war froh, dass er nicht reden musste. Solange Nicola im Scheinwerferlicht stand, beachtete ihn keiner und stichelte herum.

„Wollt ihr beiden nicht noch etwas zusammen unternehmen? Ihr langweilt euch doch mit uns alten Männern", versuchte Markus sie zu verkuppeln.

„Ich muss noch Mathe ..."

Nicola unterbrach Abel.

„Natürlich, Abel ist so ein guter Zuhörer", sagte Nicola und kniff Abel unter dem Tisch in den Oberschenkel.

„Ja, gern, dann mache ich meine Hausaufgaben morgen", fügte sich Abel.

Als sie zu dem Parkplatz kamen, polierten die beiden Chauffeure die schwarzen Limousinen. So lange Abel denken konnte, war Herr Büchner der Chauffeur seines Vaters. Selbst für Privatfahrten stand er ihm zur Verfügung, obwohl die Autos längst autonom fuhren. Doch die mächtigen Firmenchefs wollten auf dieses Statussymbol nicht verzichten.

Der schmächtige, kleine Mann mit den grauen Haaren und Schnauzer lebte in der Zweizimmerwohnung über der Garage. Abel mochte ihn, denn früher hatte er ihm geholfen, Drachen zu basteln und Schiffe zu schnitzen. Markus hatte für so etwas nie Zeit gehabt.

Die beiden warfen ihre Tennistaschen bei ihren Vätern in den Kofferraum, dann spazierten sie durch den Park Richtung Stadt.

„Abel, du bist ein Schaf. Provoziere deinen Vater nicht so." Nicola schüttelte ihren Kopf, dann lachte sie. „Ich habe doch auch keine Lust, den Abend mit dir zu verbringen. Du bist ein lieber Kerl, aber nicht mein Typ. Außerdem bist du für mich viel zu jung."

„Und warum gehst du dann so begeistert mit mir aus?", traute sich Abel zu fragen.

„Aus Mitleid. Wenn ich es nicht gemacht hätte, hätte dein Vater seinen Ärger wieder an dir ausgelassen. Und jetzt gehen wir ein Eis essen, dann musst du nachher nicht lügen. Außerdem erzähle ich dir die neusten Neuigkeiten von der Familie und mir, damit du deinen Vater füttern kannst. Anschließend solltest du ins Kino gehen, am besten in „Abenteuer auf Jupitermond Io", den habe ich nämlich schon gesehen, falls dein Vater mich ausfragen sollte." Sie grinste Abel spitzbübisch an.

„Bist du immer so ausgekocht?"

Sie nickte. „Das brauche ich, um zu überleben. Und damit er ganz von dir begeistert ist, lade ich dich für den übernächsten Samstag ein, da hat eine Freundin von mir eine Vernissage. Ich maile dir noch Informationen über sie, ihre Malerei und die Ausstellung. In der Menge musst du nicht ständig mit mir Händchen halten, sondern wir können uns aus dem Weg gehen. Vielleicht ist es sogar für dich interessant."

Abel war ihr dankbar. Aber das hasste er. Jetzt fühlte er sich dieser idealen Tochter auch noch verpflichtet.

Trotz der vielen Nachhilfe schrieb Abel in der nächsten Bioarbeit erneut eine Fünf. Das Thema interessierte ihn einfach nicht. Okay, früher als sie noch Maulwürfe und Fische besprochen hatten, ging es. Aber jetzt hatte es mehr mit Chemie als

Biologie zu tun. Diese ellenlangen Formeln, entsetzlich, wie konnte man sich nur dafür interessieren? Er traute sich nicht, den Misserfolg seinem Vater zu beichten.

„Wenn ich es ihm sage, wird er nur noch wütender, weil er meint, du musst zu deinen Fehlern stehen", wehrte seine Mutter ab, als er sie bat, es Markus zu sagen.

Also sagte Abel es ihm abends nach dem Essen. Vor Angst war ihm ganz schlecht.

„Wie willst du denn dein Abitur schaffen? Mit drei Fünfen im Zeugnis. Du musst mehr lernen, ab sofort darfst du nicht mehr am Laptop spielen oder surfen!", tobte Markus. „Und natürlich auch nicht Klavier spielen. Ich weiß doch, dass du es trotz meines Verbots machst, und deine Mutter unterstützt dich dabei!" Er ließ sofort Taten folgen, eilte zum Flügel und schloss ihn ab. Den Schlüssel steckte er demonstrativ in seine Hosentasche.

Abel stand mit gesenktem Kopf neben der Bar. Wie konnte Vater so gemein sein? Der Flügel gehörte ihm gar nicht, sondern Mutter. Aber die hatte er auch schon in den vielen Ehejahren kleingekriegt.

„So, ab jetzt lernst du in jeder freien Minute", befahl er und schickte Abel in sein Zimmer.

Abel öffnete sein Fenster und atmete tief durch. Sollte er seine Sachen in den Rucksack packen und abhauen? Morgen früh, statt zur Schule zu gehen nach Helsinki fliegen? Aber wie sollte er sich dort über Wasser halten? In Kneipen Klavier spielen? Wer würde ihn schon anstellen? Welchen Kummer würde er seiner Mutter bereiten? Vater würde seine Wut an ihr auslassen.

Abel ging zum Computer und suchte sich eine Seite über die menschliche DNA, dann klickte er seinen Chatroom an. Wie erhofft war Tommy da und las geduldig Abels Klagen.

„Warum haust du nicht ab?"

„Und dann?"

„Wenn du wirklich gut Klavier spielst, findest du Arbeit."

„In einer Kneipe?“

„Oder als Klavierlehrer.“

„Und meine Mutter?“

„Sie ist erwachsen. Wenn sie will, kann sie sich doch auch trennen.“

„Aber mein Schulabschluss?“

„Man kann nicht alles haben.“

Abel hörte Schritte im Flur. Sofort zog er die Bioseite hervor und vertiefte sich.

„Brauchst du einen anderen Nachhilfelehrer?“, fragte Markus, nachdem er ohne zu Klopfen eingetreten war.

„N-nein, Ruben ist schon in Ordnung. Aber so lange bin ich doch noch nicht bei ihm.“

„Gut, dann geben wir ihm noch einmal eine Chance. Notfalls gehst du zusätzlich in eine Nachhilfeschule. Frage deinen Lehrer einmal nach einer Zusatzarbeit, damit kannst du deine schlechte Klausur ausgleichen.“

Abel nickte ergeben. Markus meinte es doch nur gut, dass verstand er. Leider hatte er überhaupt kein Verständnis für seinen künstlerisch begabten Sohn.

Im Internet herumtreiben

Dank der Hilfe seiner Freunde im Internet wurde die Extraarbeit in Biologie ein Erfolg. Er bekam dafür eine Eins, obwohl er überhaupt nichts vom Thema verstand. Die einzigen Fächer in der Schule, in denen er wirklich gut war, waren neben Musik Mathematik und Informatik.

Außerdem hielt Abel mit drei anderen Jungen das Netzwerk der Schule in Ordnung, modernisierte die Homepage, entfernte Viren und Trojaner und aktualisierte das Programm für den Stundenplan und die Kurswahl. Als Anerkennung erhielt er in den meisten Fächern mündlich eine bessere Zensur als ihm zustand.

„Warum hast du nicht schon vor Jahren damit angefangen?", fragte Markus ihn abends.

„Weil es damals ältere Schüler machten", sagte Abel.

„Endlich lernst du einmal richtige Jungen kennen. Nicht nur solche affigen Künstler", lobte Markus, nachdem Abel seine Schulkameraden auf seinen Wunsch eingeladen und er mit sich mit Janek und Mirko aus der Netzwerkgruppe unterhalten hatte. Sie hatten ihm Tipps für sein Firmennetzwerk gegeben. „Lade sie öfter ein, sie sind hier jederzeit willkommen", schlug Markus vor. In Abels Ohren klang es wie ein Befehl.

Sobald Abel sicher war, dass sein Vater in der Firma war, übte er heimlich auf einem Keyboard, dass er im eingebauten doppelten Boden seines Bettes versteckte. Nicht einmal seine Mutter wusste davon. Der Klang über den Kopfhörer war zwar schrecklich, aber er musste doch seine langen Finger geschmeidig halten.

Außerdem lernte er gemeinsam mit Tommy, sich in andere Computer einzuhacken. Er konnte schließlich nicht den ganzen Tag für die Schule lernen. Nachdem er einige Erfahrungen mit dem Eindringen in fremde PCs von Klassenkameraden und Nachbarn gesammelt hatte, erzählte er Janek davon. Der lachte ihn nur aus und zeigte ihm, wie man in den Lehrerbereich der Schule hineinkam und die Noten für Klassenarbeiten änderte.

„Immer nur ein bisschen, sonst fällt es auf", warnte Janek. Später tummelten sie sich in verschiedenen Unternehmen herum. Abel lernte immer mehr Tricks und immer bessere Hacker kennen.

Im Firmencomputer seines Vaters fand er dann auch private Mails. Unterschrieben mit N.

„Liebling, danke für den schönen Tag an der See. Ich denke an dich. N."

„Liebster, ich erwarte dich heute Abend um neun in der Badewanne. Bringe Sekt mit und schließe selbst auf. Heiße Grüße N."

„Mein Liebster, ich habe eben deine Frau getroffen und mich mit ihr unterhalten. Sie hat keinen Verdacht. Ich erwarte dich in der Mittagspause in unserer kleinen Pension. Tausend Küsse. N."

Markus hatte ein Verhältnis! Abel war geschockt! War sein Vater deshalb kaum zu Hause? Abel wurde ganz heiß vor Wut. Markus das Vorbild. Markus der Mustergatte. Markus der Saubermann. Nichts als Betrug. Wie konnte sein Vater seiner Mutter so etwas antun? Er betrog diese sanftmütige Frau, die alles für ihren Mann tat, ohne mit der Wimper zu zucken. Und offensichtlich mit einer Frau, die seine Mutter kannte! Das empfand Abel als besonders schändlich. Abel konnte sich kaum wieder beruhigen, nachdem er diesen Betrug seines angeblich unbescholtenen Vaters aufgedeckt hatte. Wie sollte er sich nun seinen Eltern gegenüber verhalten?

Ein paar Tage traute er sich nicht mehr ins Internet. Doch als er sich vom Entsetzen erholt hatte, blieb es nicht beim Hacken dieser privaten Mails. Beim nächsten Mal landete er in der Korrespondenz einer ausländischen Tochterfirma. Da wurde von den Aufständen in Sizilien berichtet. Von der Firmenleitung gab es die Anweisung, streng durchzugreifen. Notfalls sollte Plan B benutzt werden. Was wohl Plan B war? Abel hatte in den Nachrichten schon von den blutigen Kämpfen in Südeuropa gehört. Schrecklich, dass sich Menschen am Ende des 21. Jahrhunderts immer noch bekriegen mussten. Konnten sie nicht gemeinsam gegen die Dürre, und der dadurch entstandenen Hungersnot, kämpfen? Bald erfuhr er aus den Nachrichten, dass die italienische Regierung mit Elitesoldaten den Aufstand niedergeschlagen hatte.

Ein anderes Mal hackte er sich mit Janek in die Personalakten einer Softwarefirma ein. Sie fanden die Mitarbeiter zu schlecht bewertet und setzten die Beurteilungen alle einen Punkt herauf.

Zwei Tage später stand die Polizei vor der Tür und verhaftete Abel. Die Polizei war noch nicht einmal mit der Aufnahme seiner Personaldaten fertig, da stand Markus auch schon mit einem Anwalt im Raum.

„Ich möchte mit meinem Klienten allein sprechen", forderte der Anwalt. Die Polizisten verließen den Raum. Abel staunte, selbst sein Vater ging hinaus.

„So, jetzt erzähle mir einmal, was wirklich war", sagte der Anwalt, als sie allein waren.

Abel schwieg.

„Wenn du mir nichts erzählst, kann ich dir nicht helfen. Selbst die guten Beziehungen deines Vaters holen dich hier nicht raus."

Abel schluckte. Ein dicker Kloß saß in seinem Hals. Mühsam unterdrückte er seine Tränen.

„Du hast doch nicht allein im Internet herumgebastelt. Woher kannst du das? Wer hat mitgemacht."

Er zuckte mit den Schultern. „Ausprobiert", nuschelte er.

„Jedes Kind spielt mit seinem Computer, aber nur ganz wenige betätigen sich als Hacker. Und die wenigsten schaffen es, den Firewall einer Softwarefirma zu überwinden. Wer hat es dir beigebracht?"

Er schwieg weiter.

„Ich will dir doch nur helfen. Die Polizei hat ganz andere Methoden. Hast du schon einmal etwas von harten Verhörmethoden gehört?"

Abel schüttelte kaum wahrnehmbar den Kopf.

„Früher nannte man das auch Folter."

„Das ist doch verboten!", entfuhr es Abel.

„Na und? Wer erfährt schon davon? Einem Straftäter wird weniger Glauben geschenkt als mehreren Polizisten."

Abel sank auf seinem Stuhl zusammen.

„Weißt du, was auf Hacken steht?" Der Anwalt machte eine Pause. „Bis zu zwei Jahre Jugendstrafe. Dann kommst du in ein Jugendgefängnis. Weißt du, was die Mitgefangenen mit solchen kleinen, schüchternen Jungen wie dir machen? Nein?" Der Anwalt malte drastisch Schlägereien, Erpressungen und Liebesdienste im Gefängnis aus. Abel wurde ganz schlecht. Das würde er nicht aushalten, niemals, da würde er sterben. Zu Tode geprügelt von den Mitsträflingen.

Die Umgebung verschwamm vor seinen Augen. Er legte den Kopf auf seine auf dem Tisch gekreuzten Arme, ließ seinen Tränen freien Lauf.

Nach einer Weile fühlte er eine Hand auf seiner Schulter. Merkwürdigerweise beruhigte ihn die Berührung.

„Geht es dir wieder besser?", fragte der Anwalt.

Abel öffnete die Augen. „Ja", flüsterte er.

Er erzählte von seinen Internetbekannten und ihren Tipps. Die Namen verschwieg er, aber der Chatroom rutsche ihm heraus. „Aber du kennst doch auch hier noch jemanden?" Abel schüttelte heftig den Kopf.

„Deine Netzwerkgruppe?"

Abel schwieg wieder. „Keiner davon?" Abel schwieg.

„Na, mal sehen, was wir für dich tun können. Besser wäre es, du würdest uns sagen, wer es ist."

„Ich kenne sie doch gar nicht. Im Internet haben doch alle Nicknames."

Der Anwalt zuckte mit den Schultern und verließ den Raum. Abel konnte durch das Glasfenster sehen, wie er mit seinem Vater sprach. Dann betrat ein Polizist mit Markus zusammen den Raum.

„Wir holen dich hier raus, keine Sorge", sagte Markus.

Der Anwalt verhandelte und gegen eine Kaution wurde Abel einen halben Tag später freigelassen.

Sein Vater holte ihn ab. Abel war froh, sich ins Auto setzen zu können, seine Beine waren so weich, dass er kaum noch stehen konnte. Markus setzte sich neben ihn. Büchner, der Chauffeur seines Vaters, fuhr sie nach Hause.

„Wie kannst du nur so etwas Dummes tun? Hast du mit deinen fast achtzehn Jahren noch nicht genug Verstand? Bringen wir dir nicht Anstand und Moral bei?", sagte Markus ernst.

„Ja, Vater, es tut mir leid", flüsterte Abel kaum hörbar.

Markus grinste plötzlich. „Endlich benimmt sich mein Sohn mal wie ein Junge und nicht wie eine Zimperliese."

Abel verstand die Welt nicht mehr.

Der Prozess vor dem Jugendgericht lief glimpflich ab, da Abel nicht vorbestraft war. Er musste einige Nachmittage in einem Altenheim helfen. Mit der Heimleitung verständigte sich Abel darauf, die PCs der Senioren auf Vordermann zu bringen und zu pflegen und ihnen bei der Handhabung zu helfen. Natürlich fand die Polizei über seinen Computer, den sie beschlagnahmt hatte, einige seiner Kameraden. Zwei Jungen aus dem Chatroom waren anschließend verschwunden. Und auch Janek wurde verurteilt. Er traf es nicht so gut wie Abel, er musste wochenlang in einem Krankenhaus Bettpfannen leeren.

Kurze Zeit später zog Janek weg. Sein Vater war versetzt worden.

„So kurz vor dem Abitur wechselst du die Schule?", fragte Abel erstaunt.

„Es ging nicht anders."

„Aber du hättest doch ein halbes Jahr hier wohnen bleiben können. Ein eigenes Zimmer oder bei Freunden", schlug Abel vor.

„Es geht nicht. Vater muss gehen und wir müssen mit", sagte Janek leise.

Abel verstand Janeks Eltern nicht. War ihnen die Zukunft ihres Sohnes so egal?

Die Geliebte

Abel war mit der Bahn und Bus zur Bibliothek des genetischen Instituts gefahren und hatte dort stundenlang für seine Facharbeit nach Informationen gesucht, die nicht im Internet veröffentlicht wurden, und sie kopiert. Er stand erst auf, als er zum Verlassen der Bücherei aufgefordert wurde, weil sie schloss. Er dehnte sich, nahm seinen USB-Stick und verließ das Gebäude. Um etwas frische Luft zu tanken, beschloss er, zu Fuß zum Bahnhof zu laufen. Er genoss die laue Frühlingsluft, das Singen der Vögel. Er ging gern spazieren, die einzige körperliche Tätigkeit, die ihm Spaß machte. Eine große, dunkelblaue Limousine überholte ihn. Sein Vater? Ein Blick auf das Nummernschild bestätigte seine Vermutung. Hatte sein Vater so spät abends noch eine Besprechung? Der Wagen bog ab. Als Abel die Querstraße überquerte, sah er ihn vor einem Hotel stehen. Abel lief weiter, stieg über einen kleinen Gartenzaun, trat an die Wand des Mietshauses und schlich bis zur Ecke zurück.

Tatsächlich, sein Vater parkte vor einem Hotel. Er konnte zwei Köpfe erkennen. Anscheinend einen Mann und eine Frau. Wo war Büchner, der Chauffeur seines Vaters? Die Frau auf dem Beifahrersitz beugte sich zu dem Fahrer, ihre Haare fielen vor, sie küsste ihn kurz, dann umschlang sie seinen Nacken und die beiden küssten sich lang und leidenschaftlich. Abel schoss das Blut ins Gesicht. Dieser geile Kerl! Hatte die beste und geduldigste Frau der Welt und amüsierte sich anderweitig. Die Geschichte musste schon länger gehen, schließlich hatte er die Mails schon vor einiger Zeit gefunden.

Nach einer Weile stiegen die beiden aus. Die Frau mit enganliegenden Lederhosen, einer aufsehenerregenden Traumfigur und langen, blonden Locken. Nicola! Abel schnappte nach Luft, als er die Frau erkannte. Konnte sich sein Vater nicht wenigstens eine im Alter etwas passendere Gespielin suchen? Die beiden scherzten und lachten. Nicolas helle Stimme klang bis zu Abel. Sie tanzte übermütig herum und hakte sich dann unter, kuschelte sich an Markus. Abel wurde übel. Er ließ sich an der Mauer hinuntergleiten und setzte sich hin, den Kopf in den Armen vergraben. Eine Weile saß er da. Völlig gedankenlos, erstarrt.

„Was machst du da?“, fragte ein kleines Mädchen.

Abel schrak hoch. „Oh, nichts, nichts“, stotterte er, sprang auf und hastete weg. Er hatte nicht den Mut, seinen Vater auf das Verhältnis anzusprechen und seiner Mutter verschwieg er es. Ihr hätte es nur unnötige Schmerzen zugefügt.

Aufstände

„Heute sind auf Sizilien Klinik und Labors der Genmedi Corporation gestürmt worden. Das Personal wurde brutal mit Messern und Knüppeln umgebracht. Die Gebäude angezündet. Britische und deutsche Hubschrauber evakuierten die überlebenden Nord- und Mitteleuropäer. Unser Bundeskanzler hat der italienischen Regierung Hilfe bei der Bekämpfung der Terroristen angeboten." Markus stellte den Ton der Nachrichten lauter. Den folgenden Extrabericht speicherte er in der Cloud.

„Warum machen die das?", fragte Abel.

„Ich weiß es nicht. Terroristen sind nicht normal." Markus verzog sich in sein Arbeitszimmer und skypte stundenlang mit Mitarbeitern und Bekannten. Als Vorstandsdirektor war er für sie verantwortlich.

„Könnt ihr etwas tun?", fragte Abel am Morgen beim Frühstück.

„Wir versuchen, unsere Mitarbeiter in Sicherheit zu bringen. In Spanien werden wir unsere Labors und Angestellten durch Wachleute schützen. Wir sind doch für unsere Leute verantwortlich."

„Wie können die die wenigen vorhandenen Arbeitsplätze zerstören?" Abel verstand die Welt nicht mehr. Durch die fortschreitende Erwärmung der Erde wurden immer mehr Landstriche unbewohnbar. Selbst Südeuropa war inzwischen davon betroffen. Die Bauern konnten sich im besten Fall selbst versorgen, Überschüsse erwirtschafteten sie schon lange nicht mehr. Die Industrie war in den wasserreicheren Norden abgewandert. Und jetzt vernichteten solche Spinner auch noch die wenigen vorhandenen Arbeitsplätze.

In den nächsten Tagen und Wochen ließ sich Markus kaum noch daheim sehen. Er saß in Besprechungen, knüpfte Kontakte und versuchte, seine Firma zu retten. Aber erst als die italienische und spanische Regierung Waffen aus Amerika erhielt und ihre Truppen auch im Gebirge einsetzte, wurde es wieder ruhiger.

Schule

Abel starrte auf seine Politikseite. Politik, was war das schon? Unsaubere Geschäfte alter Knacker. Was hier im E-Book stand, stimmte doch sowieso nicht - und er sollte den Mist lernen? Er seufzte, dann nahm er sich einen Zettel und machte sich Notizen. Die Zettel stapelten sich auf seinem Tisch. Irgendwann würde er sie lernen müssen. Zum Glück halfen ihm seine Nachhilfelehrer noch immer. Diese altmodische Lernmethode mit Zetteln hatte seine Mutter ihm gezeigt. Angeblich sollte sie die beste Lehrmethode sein. Leider half sie bei ihm nicht.

Die Aufnahmeprüfung an der Musikhochschule hatte er verpasst. Im Strudel der Nachhilfestunden hatte er immer weniger üben können und schließlich musste er an dem Tag mit seinem Vater zu einem Empfang ins Rathaus gehen. Sämtliche Klassenkameraden hatten ihn darum beneidet. Er hatte am Anfang an seine Aufnahmeprüfung gedacht und sich nur geärgert. Aber als sein Vater ihm einen berühmten Dirigenten vorstellte und der von seiner Kunst erzählte, bereute er nicht mehr, auch im Rathaus zu sein. Er nahm sich fest vor, es im nächsten Jahr zu versuchen. Markus hatte ihm zur Belohnung für ein bestandenes Abitur mit passablem Durchschnitt Musikstunden bei einem berühmten Klavierlehrer versprochen.

Jetzt musste er erst einmal lernen, damit er die Prüfung bestand. Obwohl der Flügel seit seinem Kontakt mit der Polizei wieder offen war, übte er nicht mehr so viel. Er hatte keine Zeit dafür.

Abends surfte er nach wie vor im Internet. Noch immer traf er sich dort mit Tommy. Tommy wollte Informatik studieren, aber erst einmal musste er im Fernstudium sein Abitur nachholen.

Stundenlang sprachen sie über Politik. Tommy interessierte sich dafür und fragte Abel regelmäßig ab. Dafür brachte Abel ihm die neusten Dinge, die er in Biologie mit seinem Nach-hilfelehrer geübt hatte, bei.

27

Erste Liebe

„Übermorgen spielen wir wieder Doppel mit den Meyer-Birkenriehls“, sagte Markus am Frühstückstisch.

„Kannst du mich nicht vorher fragen?“, maulte Abel.

„Du hast samstags nie etwas vor. Es tut dir gut, an die frische Luft zu kommen und nicht nur die Nase in deine Bücher zu stecken.“

Abel versuchte, sein Gesicht ruhig zu halten. Vor einem halben Jahr noch hatte Markus immer gemeckert, weil er seine Nase nicht häufig genug in die Bücher steckte.

„Abel, Vater hat Recht, etwas Bewegung tut gut. Es durchblutet das Gehirn und du kannst hinterher besser lernen“, unterstützte Dolores Markus.

„Ich habe auch nicht gesagt, dass ich nicht mitkomme, aber Vater könnte mich doch wenigstens vorher fragen.“

Unter dem Tisch ballte er seine Fäuste. Wusste Mutter, dass Vater ein Verhältnis mit Nicola hatte? Dieser Casanova nahm sich einfach die Tochter seines Kollegen. Und seine Mutter, die ihre Sängerkarriere für ihn aufgegeben hatte und nur noch als Musiklehrerin arbeitete, schob er einfach zur Seite. Warum hatte sie ihn nicht schon längst verlassen? Abel und sie wären allein viel besser zurechtgekommen als mit Markus, der wie ein Despot immer über alles bestimmte.

„Hallo, Abel, immer noch im Stress?“, fragte Nicola und lachte ihn an. Sie standen schon auf dem Tennisfeld und warteten auf ihre alten Herren.

„Lernen und studieren ist nicht so mein Ding“, gab Abel offen zu. „Mir liegt die Musik mehr, einfach musizieren.“

„Bist du wirklich gut genug?“, fragte sie.

Abel zuckte die Achseln. „Es macht mich glücklich, am Klavier zu sitzen und zu spielen.“

„Aber das nimmt dir doch niemand weg. Aber um damit Geld zu verdienen, muss man gut, sehr gut sein. Und in der Wirtschaft kann dein Vater dir die Tore öffnen. Wer hat schon so gute Beziehungen wie Markus Stemmer.“ Sie lachte, lief bis zum Netz und machte sich mit Rückwärtslaufen, Kreuzschritten, Sprüngen und Armkreisen warm.

Abel überlegte, ob sie wegen der ‚guten Beziehungen‘ mit seinem Vater ins Bett ging. Er hasste sie dafür. So eine erfolgreiche, gutaussehende Frau konnte doch jeden Mann haben, den sie wollte. Warum ausgerechnet Markus?

„Hallo, Nicola, nett dich wieder einmal zu sehen. Was macht die Arbeit?“, fragte Markus. Er stellte seine Tasche auf eine Bank.

„Oh, es gefällt mir immer mehr. Wirklich etwas zu entwickeln, herrlich. Wir stellen ein Mittel gegen chronische Polyarthritis her. Ist es nicht toll, endlich kann diesen armen Menschen wirklich geholfen werden. Wir werden nicht nur die Schmerzen unterdrücken, sondern die Krankheit richtig heilen können. Mein Chef ist ein Genie. Er hat schon einige Anfragen von berühmten Universitäten abgelehnt. Er möchte lieber noch ein paar Jahre etwas Praktisches tun. Nicht nur Grundlagenforschung machen“, schwärmte Nicola.

Abel beneidete sie. Er würde in seinem Job nie so aufgehen wie sie. Er wäre froh, wenn die acht Stunden vorbei wären und er nach Hause könnte, um Klavier zu spielen.

Sie hatten es sich angewöhnt, Jung gegen Alt zu spielen. Wenn Abel mit Nicola spielte, war er erheblich besser als mit seinem Vater. Nicola verstand es, ihn zu loben und damit aufzubauen.

„Wir müssen wieder einmal wechseln. Wir alte Knochen kommen gegen die Jugend nicht mehr an“, stellte Meyer-Birkenriehl fest. „Abel, vielleicht sollten wir einmal zusammen gegen deinen Vater und Nicola antreten?“

Abel nickte. „Meinetwegen, aber ich befürchte, dass wir dann verlieren.“

Meyer-Birkenriehl lachte. „Das befürchte ich auch. Aber wenn, dann tun wir es mit Würde.“

„Gut, dann treffen wir uns morgen noch einmal?“, schlug Markus vor. Alle waren damit einverstanden.

Nach dem obligatorischen Bier an der Bar gingen Nicola und Abel wieder Eis essen.

„Wissen unsere Väter, dass wir höchstens eine halbe Stunde miteinander sprechen?“, fragte Abel.

„Das ist doch wenigstens ein Anfang“, murmelte Nicola, um dann lauter und lebhafter zu fragen: „Kannst du mir am Computer helfen? Du verstehst doch so viel davon?“

„Sicher nicht mehr als du.“ Abel konnte sich nicht vorstellen, dass Nicola von irgendetwas keine Ahnung hatte.

„Ich habe irgendetwas auf meinem PC und kann es nicht finden und nicht entfernen.“

„Na gut.“ Abel ging mit Nicola durch die Fußgängerzone zu ihrem Appartement. Als er die bewundernden Blicke der anderen Männer sah, schien er innerlich zu wachsen. Gerade aufgerichtet und mit einem selbstgefälligen Gesichtsausdruck lief er an ihrer Seite.

Direkt am Marktplatz neben der Kirche wohnte sie in einem modernisierten Altbau in einer Dachwohnung. Stolz führte sie ihn durch die Räume. Abel stellte sich an das Fenster: „Toll, dieser Ausblick. Viel ruhiger als ich gedacht habe.“

„Ja, es ist eine Fußgängerzone. Nur zum Altstadtfest ist Trubel hier. Aber zwei Tage im Jahr werde ich wohl ertragen können.“

Abel trat auf die Dachterrasse, die, von vorne versteckt, zum Nachbarhaus hin ging. „Um die Wohnung beneide ich dich.“

„Ich habe sie ja noch nicht so lange. Durch Beziehungen bekommen. Gar nicht so einfach, so ein Schmuckstück zu finden.“

„Ich muss heute noch lernen. Lass uns die Tierchen auf deinem Computer suchen“, schlug Abel vor. Er brauchte ziemlich lange, um einen Computerwurm und einen Trojaner zu finden, die er beseitigte. Nicola hätte es wohl wirklich nicht allein geschafft, wie er es erst vermutet hatte.

„Jetzt läuft er wieder", sagte er zufrieden und probierte noch etwas herum.

„Danke!" Nicola beugte sich über ihn, küsste ihn leicht auf die Wange und reichte ihm einen Whiskey.

Abel lief rot an. Mit einem Zug trank er das Glas leer. Nicola schenkte nach. „Den hast du dir verdient. Der PC-Fachmann wäre teuer geworden."

Abel grinste. „Von Computern verstehe ich etwas."

„Werde doch Informatiker."

„Markus möchte, dass ich BWL oder Jura studiere."

Nicola zuckte die Achseln, schleuderte die Pumps von den Füßen und setzte sich auf einen Sessel. Sie nippte an ihrem Whiskey, zog die Beine auf die Sitzfläche und schlug sie unter.

Zwei Stunden später saß Abel in einer Bar und trank seinen vierten Gin Tonic. Immer wieder tauchte vor seinem inneren Auge Nicola auf, wie sie sich in dem Sessel räkelte - ihre endlos langen Beine, ihr makelloser Körper, der lange Hals, ihre blonden, glänzenden Haare und ihr wunderschönes, ebenmäßiges Gesicht.

Es hatte ihn nicht mehr am PC gehalten. Unbeholfen hatte er sich Nicola genähert.

Der Alkohol, den er jetzt in sich hineinschüttete, half nicht, sein Versagen zu vergessen. Er schämte sich in Grund und Boden. Sein Vater hatte Recht, er war eine Niete. Nicht einmal als Liebhaber taugte er etwas. Dabei war Nicola einfühlsam gewesen. Sie hatte ihn getröstet und gemeint, so etwas passiere doch jedem einmal. Aber er hatte nur panisch die Flucht ergriffen und war am Tresen gelandet. Erst als der Barkeeper ihn hinauswarf, wankte er nach Hause. Zum Glück waren seine Eltern an diesem Abend in der Oper und so blieben ihm Markus' bissigen Bemerkungen erspart.

Am nächsten Tag brachte Abel auf dem Tennisplatz kaum ein Wort in Nicolas Gegenwart heraus. Dabei gab sie sich große Mühe, ein Gespräch mit ihm zu beginnen. Aber er antwortete immer nur einsilbig.

„Abel, hast du heute schlecht geschlafen?", witzelte Meyer-Birkenriehl.

„Tut mir leid, ich habe Kopfschmerzen", entschuldigte sich Abel. Es war nicht einmal gelogen. Er hatte einen riesigen Kater. Am liebsten wäre er im Bett geblieben, aber das hätte sein Vater nicht geduldet. Wenigstens konnte er in seinem Zustand eine Verabredung mit Nicola vermeiden. Sicher würde sie mit seinem Vater über ihn lachen. Über den dummen Jungen, der noch nicht einmal eine Frau befriedigen konnte.

Hackerszene

Da Abel an diesem Abend keine Lust hatte, seinem Vater zu begegnen, ging er in eine Kneipe, setzte sich an den Tresen und bestellte ein Bier.

„Hallo Abel, wie geht es dir?“

Abel schaute hoch. Ein kräftiger junger Mann mit dunklen Haaren stand vor ihm. Er konnte sich an ihn nicht erinnern.

„Georg vom Fußballverein“, half der andere ihm.

„Ach ja, Georg, hallo, wie geht es dir?“ Abel lächelte sein Gegenüber an. Georg war der Einzige aus der Mannschaft gewesen, der nett zu ihm war. Die anderen hatten nie mit ihm spielen wollen. Abel konnte es ihnen nicht verdenken, schließlich war er ein schrecklicher Spieler gewesen. Er war nur zum Training gegangen, weil er seinem Vater gefallen wollte.

„Oh, ich spiele immer noch Fußball. Momentan bei den zweiten Herren, aber demnächst darf ich bei den ersten mitspielen.“ Georg bestellte für sich und Abel ein Bier.

„Ich gehe zum Tennisspielen. Leider bin ich da auch nicht sehr begabt. Aber ich bewege mich wenigstens an der frischen Luft“, erzählte Abel.

„Macht es dir Spaß?“ Georg schaute ihn prüfend an.

Abel konnte seinem Blick nicht standhalten.

„Du solltest nicht mehr versuchen, deinem Vater zu gefallen. Er muss dich so akzeptieren, wie du bist. Er kann dich doch nicht nach seinem Geschmack umformen. Du bist ein eigenständiger Mensch, mit eigenen Qualitäten, eigenen Gedanken und Gefühlen. Lass dich von ihm nicht kaputtmachen.“ Georg schüttelte missbilligend seinen Kopf.

Darüber musste Abel einmal gründlich nachdenken. Eines Tages, wenn er nicht mehr unter Prüfungsstress litt.

„Was machst du beruflich?“, fragte er stattdessen.

„Ich bin Zimmerer. Seit einem halben Jahr bin ich Geselle. Mein Chef hat mich übernommen. Aber ich möchte ins Ausland gehen. Ich suche etwas in Schweden oder Finnland." Die beiden unterhielten sich noch lange über Skandinavien und kamen dann auf Computer zu sprechen. Abel erzählte von der Netzwerkgruppe in der Schule und sogar von seinen Erfahrungen als Hacker - und von seiner Festnahme.

„Pech gehabt. In Softwarefirmen sollte man sich wirklich nicht herumtreiben." Georg lachte leise. Sie verabredeten sich für einen weiteren Abend, diesmal bei Georg. Bald trafen sie sich regelmäßig bei Georg zu Hause und hackten fremde Computer. Der alte Kitzel war wieder da und der Stolz, den Zugang geknackt zu haben. Daheim erzählte Abel auf die Frage, wo er sich herumtriebe, er würde mit einem Klassenkameraden für die Prüfung üben.

Im Frühsommer stießen sie auf eine kleine Firma, die Legionäre zur Bekämpfung der Aufstände im Süden anwarb.

„Junge, abenteuerliche Leute gesucht." – „Zeig, was in dir steckt!"

Georg lachte. „Rattenfänger. Als ob so ein Kampf gegen Terroristen ein Spiel, ein Abenteuer ist."

„Irgendwelche Spinner", meinte Abel.

„Nee, geschäftstüchtige Leute. Die wissen, wo man Geld machen kann. Einige Firmen zahlen bestimmt viel, damit ihre Anlagen geschützt sind."

„Die haben doch ihre eigenen Leute."

„Sicherheitsdienste sind viel professioneller, deren Anzeigen lesen wir gerade."

Abel mochte Georg nicht glauben. Lange lasen sie sich durch die Firmenseiten. Sie fanden Beschreibungen der Ausbildungslager. Beschreibungen der Ausbildung selbst. Es hörte sich alles wie ein Abenteuer an. Werbung eben. Irgendwann stießen sie auf einen geheimen Bereich. Georg und Abel setzten ihren Ehrgeiz daran, den Eingang zu knacken. Nach drei Tagen hatten sie es geschafft. Sie fanden Personallisten. Aber die Leute hatten bestimmt Decknamen: Indiana Jones, Iron Man und Lara Croft konnte kaum jemand tatsächlich heißen. Sie fanden auch Listen mit Waffenbestellungen.

„Wollen die denn die ganze Bevölkerung in Südeuropa ausrotten?", fragte Georg ungläubig. „Biologische Waffen, chemische Waffen, Nuklearsprengköpfe."

„Dann wird hier alles radioaktiv verseucht. Den Betrieb sollten wir anzeigen", regte sich Abel auf.

Sie klickten sich weiter durch die Firma.

Georg ließ die Seiten so schnell durchlaufen, dass Abel kaum etwas erkannte. Täuschte er sich oder las er da einen bekannten Namen? Aber große Geldsummen erkannte er. Plötzlich brach Georg die Leitung ab. „Wir müssen den PC verschwinden lassen. Hastig löschte er die Festplatte. „Kannst du ihn mit dem Auto zum Fluss bringen? Oder wo könnten wir ihn sonst loswerden?"

„Spinnst du jetzt völlig?" Abel stand ratlos vor ihm.

„Nein, da steht doch ein Syndikat dahinter. Möchtest du die am Hals haben?" Georg holte einen Seifenlappen und wischte den Computer gründlich ab. Dann zog er sich Gummihandschuhe über.

„Wie kommst du auf die Idee?", fragte Abel überrascht.

„Hast du nicht die Geldbewegungen gesehen? Nach den Anschlägen auf Umweltaktivisten und Journalisten in den letzten Monaten wurden große Geldbeträge überwiesen. Wo steht dein Auto?"

„Nee, ich habe kein Auto. Wir müssen dein Motorrad nehmen. Vielleicht sollten wir ihn verbrennen?", schlug Abel vor.

Georg nickte. „Ja, erst verbrennen und den Rest in den Fluss, dann können sie wenigstens keine Daten auslesen."

Abel besorgte in einem Supermarkt hochprozentigen Rum. Anschließend fuhren sie aufs flache Land. An einem kleinen Strand am Flussufer übergossen sie den PC mit dem Alkohol und zündeten ihn an. Nach einer viertel Stunde war er ausgebrannt. Georg zog ein Angelboot unter den Büschen hervor, packte den Computer hinein und schob das Boot ins Wasser. Abel und er wateten durchs Wasser, bis es tief genug war und sie einsteigen konnten. Dann ruderten sie hinaus. Mitten im Fluss warfen sie den PC über Bord.

Langsam ruderten sie zurück. „Hast du von deinem Laptop aus diese obskure Firma angeklickt?", fragte Georg besorgt.

„Nein, zum Glück nicht. Meinst du, das reicht, dass wir deinen Computer verschwinden ließen?"

„Keine Ahnung."

Gleich am nächsten Tag kaufte Abel einen gebrauchten PC als Ersatz für Georgs.

Anderthalb Wochen später rief Nicola an. „Abel, mein PC spinnt. Ich kann ihn nicht mehr hochfahren", erklärte sie am Telefon. Abel gab ihr alle möglichen Ratschläge, aber der Monitor blieb dunkel.

„Gut, dann komme ich morgen Nachmittag vorbei und schau ihn mir an", bot er an.

Als er am nächsten Nachmittag vor der Haustür stand, hatte er ein mulmiges Gefühl. Die Erinnerung an den letzten Besuch peinigte ihn immer noch.

Nicola öffnete die Tür und führte ihn gleich an den Computer. Sie war lässig mit einem Schlabberpulli und einer alten Jeans gekleidet. Was Abel recht war, so lenkte sie ihn nicht ab.

Sie ließ ihn in Ruhe arbeiten. Sie selbst bereitete das Abendessen vor.

„Bekommst du Besuch?", fragte Abel und dachte an seinen Vater.

„Nein, aber wenn du willst, kannst du mitessen. Selbstgemachte Ravioli. Ich probiere gern einmal etwas aus."

Nach einer Stunde lief der Computer wieder.

„Oh, vielen Dank. Was kann ich dir als Gegenleistung anbieten? Geld? Oder lieber Nachhilfe in Politik?", fragte sie und grinste ihn frech an.

„Oh, Nachhilfe wäre nicht schlecht. In einem Monat schreibe ich meine Prüfungsarbeit."

„Okay." Gnadenlos fragte Nicola ihn ab. Was er nicht wusste erklärte sie. Zum Essen öffnete sie eine Flasche Wein. Sie aßen zusammen und Nicola examinierte ihn weiter. Gegen zehn Uhr hatten sie auch noch das Tiramisu gegessen und eine zweite Flasche geleert. Nicola war mit ihren Fragen durch, stellte sich hinter Abel und massierte sanft seinen Kopf, später seinen Nacken. Dann beugte sie sich über ihn und hauchte einen Kuss auf die Wange.

„Du bist süß", murmelte sie leise, so leise, dass Abel es mehr ahnte als hörte.

Er beugte sich nach hinten, lehnte seinen Kopf an ihren Bauch. Sie fuhr mit ihren Fingern seine Lippen nach, beugte sich nach vorn und küsste ihn. Abel drehte sich um, zog sie auf seinen Schoß.

Nun ließ er sich mehr Zeit, vertraute sich ihrer erfahrenen Führung an.

Als es hell wurde, erwachte Abel auf dem Fußboden. In seinem Arm schlief Nicola. Er betrachtete sie liebevoll, stolz. Dieses Mal hatte er keinen Esel aus sich gemacht. Er hatte seinen Mann gestanden, Nicola hatte sogar gemeint, er wäre der beste Liebhaber, den sie kannte. Markus durfte das natürlich nie erfahren. Ihm reichte es, dass er es selbst wusste. Sanft strich er Nicola über den Kopf, küsste sie wach.

Die nächsten Wochen verbrachte er zum großen Teil in Nicolas Wohnung. Sie lernten gemeinsam und liebten sich hinterher. Locker und gelöst ging er in die Prüfungen und bestand alle. Knapp, aber er hatte es geschafft.

Noch bevor die Prüfungsergebnisse bekannt gegeben wurden, wartete Markus eines Abends wütend auf Abel.

„Musst du Hornochse immer wieder dieselben Fehler machen?", fauchte er seinen Sohn an.

Abel schaute ihn völlig überrascht an. „Welchen Fehler?", fragte er.

„Deine verrückte Hackerei. Meine Security Firma hat mich darauf angesprochen. Sie haben eure Spuren gefunden. Willst du unbedingt im Gefängnis landen? Hör sofort auf damit. Unmittelbar nach eurer Abschlussfeier fliegst du nach Toronto. Da kannst du noch ein Jahr aufs College gehen."

„Und mein Studium?"

„Das kann warten. Englisch und Französisch wirst du dein Leben lang brauchen. Der Aufenthalt wird dir nicht schaden. Und du bist weit weg von deinen sauberen Freunden."

„Wer weiß, ob ich einen Platz bekomme?", wandte Abel ein.

„Kein Problem, das habe ich schon gelöst. Du fliegst am 10. Juli, in Toronto nimmt dich Henry Clayton in Empfang. Du wirst das Jahr bei ihm und seiner Familie wohnen. Sie werden auf dich aufpassen, damit du keine weiteren Dummheiten machst."

„Und meine Klavierstunden? Du hattest es mir versprochen?"

„Wenn du nicht solche Dummheiten gemacht hättest, hättest du sie auch erhalten." Markus war keinen weiteren Argumenten mehr zugänglich. Selbst Dolores fertigte er mit den von ihm geschaffenen Tatsachen ab.

Am nächsten Tag besuchte Abel Georg. Georgs Mutter öffnete die Tür. Sie hatte verweinte Augen. Wortlos ließ sie ihn ein. Auf Georgs Bett stand ein Koffer. Er suchte Sachen aus seinem Schrank heraus und packte sie hinein.

„Gehst du nach Skandinavien? Das ist aber plötzlich gekommen", fragte Abel überrascht.

„Skandinavien wäre nett", meinte Georg bitter. „Ich gehe zu den Legionären."

„Nach Südeuropa?"

Georg nickte.

„Aber du fandst es doch blödsinnig", fuhr Abel heftig auf.

„Finde ich immer noch. Aber man kann nicht immer so, wie man will", antwortete Georg. „Geh bitte, frag nicht weiter."

Abel schluckte und drehte sich um. Als er an der Zimmertür stand, sagte Georg: „Leb wohl, Abel. Lerne zu kämpfen und dich gegen deinen Vater durchzusetzen. Du gehst sonst unter. Und sei vorsichtig. Die Hackerszene ist erheblich gefährlicher, als ich dachte."

Abel drehte sich um. „Mein Vater?", fragte er zögernd und schluckte.

Georg schwieg mit versteinerter Miene.

„Mach es gut. Pass auf dich auf, Georg. Und mail mir. Nein, besser, wir treffen uns Samstagsnacht um zwölf im Chatroom." Abels Stimme war so belegt, dass er kaum sprechen konnte.

Georg nickte, dann drehte er sich um und packte weiter.

Nicola lud ihn am 8. Juli zum Abschied in ein Klavierkonzert ein, anschließend gingen sie italienisch essen und verbrachten die Nacht gemeinsam in ihrer Wohnung.

„Ein Jahr ist doch so kurz. Und Toronto ist nicht aus der Welt. Ich besuche dich. Im Herbst oder nach Weihnachten. Da haben wir etwas, worauf wir uns freuen können", tröstete sie ihn.

Zur Abschiedsfeier an der Schule ließ sich Abel volllaufen. Morgen musste er weg. Warum? Markus fand es doch gut, wenn sein Sohn über die Stränge schlug. Und jetzt das. Nicola würde er monatelang nicht mehr sehen. Seine Mutter musste allein mit Markus zurechtkommen. Georg ging weg. Spielte mit seinem Leben. Und Tommy aus dem Internet war auch spurlos verschwunden. Nichts war mehr so, wie es sein sollte, und das machte ihm Angst, große Angst.

Studium

Henry Clayton und seine Familie hatten Abel freundlich aufgenommen. Er besuchte an der Universität ein einjähriges Orientierungsstudium sowie Englischkurse. In der Freizeit machten sie viele Ausflüge, damit er Land und Leute kennenlernte. Patricia Clayton, Henrys Frau, organisierte sogar eine junge Klavierlehrerin für ihn. Er was so ausgelastet, dass er keine Zeit für das Internet hatte. Selbst die vereinbarten Treffen im Chat mit Georg konnte er nicht einhalten.

Wieder daheim entschied er sich für BWL. Jura traute er sich nicht zu. Aber auch mit BWL hatte er so seine Probleme. Wenn Nicola noch da wäre und ihm helfen würde, aber seit seinem Abflug nach Toronto hatte er sie nicht mehr gesehen. Natürlich hatte sie ihn nicht in Kanada besucht, wie sie versprochen hatte. Kurz nach seiner Abreise hatte sie die Firma gewechselt, arbeitete inzwischen, wie ihr und Abels Vater, für die Genmedi Corporation und war nach einer Einarbeitungsphase nach Japan gegangen. Jetzt befand sie sich in China. Sie hätte ihm das Lernen erleichtern und das Leben versüßen können. Nun musste er sich allein durch den trockenen Stoff kämpfen. Dank des Jahres in Kanada hatte er wenigstens mit Englisch keine Probleme mehr. Um überhaupt den Anforderungen gewachsen zu sein, musste er jeden Tag stundenlang lernen. Trotzdem schaffte er die Klausuren nur gerade eben oder manchmal auch nicht. In den Semesterferien jobbte er in der Genmedi Corporation.

„Wir beschäftigen dich nach und nach in verschiedenen Abteilungen, so lernst du schon während deines Studiums fast die ganze Firma kennen", beschloss Markus und setzte ihn in den ersten Ferien im Büro der südeuropäischen Kooperativen ein. Nach der letzten Dürre vor fünf Jahren waren viele Menschen aus Südeuropa geflohen. Um sich zu schützen, hatte der reiche Norden Grenzen mit Stacheldrahtzäunen und Minenfeldern eingerichtet. Schließlich konnten sie nicht 300 Millionen Menschen aufnehmen, ohne dass es zu sozialen Unruhen käme. Die Arbeitslosigkeit war jetzt schon hoch genug. 40 %. Noch nie hatte ein Staat lange mit diesen Zahlen überleben können. Aber es war überall so, die Menschen freuten sich über die kleinsten und unangenehmsten Arbeiten. Die meisten arbeiteten im Dienstleistungsbereich. Als Chauffeur, Koch, Kindermädchen oder Pfleger bei den Reichen.

Die Genmedi Corporation hatte, um die Not zu lindern, Land aufgekauft, künstlich bewässert und an ausgewählte Bauern verteilt. Diese Menschen konnten sich jetzt selbst versorgen. Nach der Dürre hatte die Genmedi Corporation ihre Aktivitäten noch einmal erhöht. Jetzt gab es in Spanien, Süditalien, Sizilien, Griechenland und Nordafrika zwanzig Kooperativen und es sollten noch mehr werden. Dafür wurde in Benefizveranstaltungen Geld gesammelt.

Abel fühlte sich wohl in dieser Abteilung. Hier tat er etwas Nützliches und half. Mit Karin Blomberg organisierte er Veranstaltungen, engagierte die Künstler, entschied über die Werbeplakate und war froh, endlich einmal etwas Praktisches und vor allem Sinnvolles zu tun.

„Siehst du, Abel, Wirtschaft ist nicht nur kalt. Wir engagieren uns schon lange für die Ärmsten der Armen. Viele soziale Einrichtungen wurden von großen Unternehmern ins Leben gerufen. Schau dir die Fuggerei in Augsburg an oder die Körberstiftung in Hamburg", pries Markus seinen Berufsstand.

Abel stimmte ihm zu. Leider durfte er in den nächsten Ferien nicht wieder dort arbeiten.

„Nein, nein, du musst auch die Teile der Firma kennenlernen, die unser Geld erwirtschaften. Die Kooperativen sind ein Zuschussgeschäft. Die dienen unserem Image. Werbung sozusagen."

Dieses Mal musste Abel in die Buchführung. Spaß machte ihm das nicht richtig, aber es war auch nicht schlimm. Die Damen waren sehr lieb zu ihm und mit Zahlen hatte er nie Probleme gehabt.

„Kommen Sie doch mit in unsere Frühstücksrunde", wurde er gleich am ersten Tag aufgefordert. Nie bezahlte er seinen Kaffee oder sein Stück Kuchen, immer wurde er eingeladen. Daher fühlte er sich verpflichtet, am letzten Tag belegte Brötchen und Sekt auszugeben.

„Für die Finanzbuchhaltung haben Sie ein gutes Gespür, beim nächsten Mal arbeiten Sie in der Lohnbuchhaltung", sagte ihm die Gruppenleiterin zum Abschied.

„Na, wieder Semesterferien?", begrüßte ihn Herr Timm am Morgen. Herr Timm war der Chef des Wachpersonals. Ein großer, übergewichtiger Mann, dem man gar nicht zutraute, dass er immer noch zum Ringen ging und in seiner Altersklasse sogar deutscher Meister im Freistil war. Seine Leute hatte er gut im Griff. Sie waren zuverlässig. Seit Jahren hatte es keine Einbrüche mehr gegeben.

„Klar, wir haben fast länger Ferien als Vorlesungszeit. Aber das ist für mich gut, da habe ich Zeit, mich hier umzusehen", antwortete Abel.

Herr Timm war leutselig und unterhielt sich regelmäßig mit Abel über Sport. Seinetwegen informierte sich Abel immer kurz vor den Semesterferien über die wichtigsten Ergebnisse bei den Ringern. Einmal waren sie sogar gemeinsam zu einem Wettkampf der Sumoringer gegangen. Abel fand die Fettmassen der Männer unästhetisch, am liebsten wäre er gleich wieder gegangen. Hinterher hatte Herr Timm Abel gestanden, dass er nur seinetwegen hingegangen war. Zur Entschädigung hatte Abel ihn in eine Bar eingeladen.

„Frau Blomberg ist zu den Festspielen in Helsinki", erzählte Herr Timm nun.

„Oh, dann ist sie mir untreu geworden. Wir wollten doch gemeinsam zu den Festspielen nach Schottland", sagte Abel und lachte.

„Das können Sie ja im nächsten Jahr machen."

„Sie haben recht. Wir müssen uns dann auch schon rechtzeitig Karten und Zimmer besorgen. Wollen Sie nicht mitkommen? Zum Baum-Weitwurf und so?"

„Hm, ich werde es mir überlegen." Das Telefon klingelte und Herr Timm meldete sich. Abel ging weiter.

Von Herrn Timm erfuhr er immer die neusten Neuigkeiten. Er war die beste Informationsquelle der Firma. Frau Wagner, die Sekretärin seines Vaters, war verschwiegen wie ein Grab. Von ihr konnte Abel nur fachliche Dinge erfahren.

Aber erst einmal lernte er die Labors kennen. In der Hauptsache entwickelte Genmedi Corporation Medikamente. Vor allem auf chronische Krankheiten wie Diabetes und Rheuma hatten sie sich spezialisiert, aber auch Nervenleiden wie Querschnittslähmungen, Alzheimer und Parkinson erforschten sie.

In einem Nebenbereich, dem landwirtschaftlichen Sektor, züchteten sie ertragreichere, resistentere Kulturpflanzen und Haustiere.

Wochenlang half Abel den Forschern im Labor, ein neues Krebsmittel zu entwickeln. Im folgenden Halbjahr jobbte er im Labor der Landwirte. Dort durfte er die Gewinne neuer gentechnisch veränderter Nutzpflanzen und -tiere berechnen. Einige Pflanzen schieden schnell aus, weil die Entwicklungskosten zu hoch waren.

„Bis wir kostendeckend arbeiten, hat die Konkurrenz schon längst noch bessere Pflanzen entwickelt", erklärte Dr. Christine Rosnik.

„Suchen wir nicht nach Pflanzen, die auch unter Wüstenbedingungen wachsen?"

„Nein, das lohnt sich nicht. Wir entwickeln robuste Pflanzen für unsere Kooperativen, aber da wird ja Wasser aus großen Tiefen gefördert. Wüstenpflanzen lohnen sich noch nicht. Vielleicht in ein paar Jahren", antwortete Dr. Rosnik.

Abel verstand es nicht. Trotz Studiums begriff er die Welt der Wirtschaft nicht. Er hätte mit seinem gesunden Menschenverstand erwartet, dass sich die Entwickelung solcher Pflanzen, die es noch überhaupt nicht gab, eher lohnen würde als eine Mais- oder Weizenzüchtung, die noch ein bisschen mehr Erträge brachte, oder Hirse, Gerste oder Ölsamenpflanzen, die ein bisschen weniger Wasser benötigten.

Erst danach landete er wieder in der Buchhaltung bei den Damen und ließ sich verwöhnen. Die „Streicheleinheiten" taten ihm gut. Er begriff die Buchungsvorgänge schneller als die anderen Geschäfte der Firma.

Leider fiel er durch die Zwischenprüfung und musste nun noch etwas dranhängen.

Dolores wurde immer schmaler und blasser. Es dauerte eine Weile, bis es Abel auffiel.

„Mutter, bis du krank?", fragte er.

„Nein, es ist nur das Alter", wehrte sie ab und lächelte.

Abel setzte sich an das Klavier und spielte ihr seit langer Zeit wieder etwas vor.

„Warum haben wir uns nicht durchgesetzt?", flüsterte Dolores.

„Was hast du gesagt?", fragte Abel.

„Ach nichts."

Abel spielte weiter, selbst als Markus heimkam und sich neben Dolores setzte.

„Meyer-Birkenriehl gibt eine Abendgesellschaft. Er würde es nett finden, wenn du etwas vorspielen würdest, Abel", sagte Markus.

„Ich habe so lange nicht mehr gespielt", wehrte Abel ab.

„Es sind noch zwei Wochen. Du hast genug Zeit zu üben."

Vor Staunen erwiderte Abel nichts. Noch nie hatte Markus angeregt, er solle Klavier spielen. Und ausgerechnet jetzt, wo er durch die Prüfung gefallen war, schlug er es vor. Das verstehe, wer will …

„Kauf dir ein schönes Kleid", forderte Markus Dolores auf.

Als er ins Bad ging, fragte Abel: „Ist Vater krank?"

Dolores schüttelte den Kopf. „Die Gesellschaft scheint wichtig zu sein."

„Na schön. Klavier üben macht mir auch mehr Spaß, als für die Prüfung zu lernen." Abel nahm sich ein paar Weintrauben und steckte sie in den Mund.

„Musizieren, um zu zeigen, wie kultiviert man ist, findet dein Vater gut, aber nicht, um daraus einen Broterwerb zu machen." Sie klang bitter.

„Warum hast du deine Karriere aufgegeben?", fragte Abel.

„Weil ich ihn liebe."

Ihr trauriger Blick schmerzte ihn. Er wusste nicht, wie er sie trösten sollte.

Markus kam zurück. Abel blätterte die Noten durch. Er musste etwas heraussuchen, was er vortragen konnte. Dabei überlegte er, warum Markus seine Frau und seinen Sohn nicht so lieben konnte, wie sie waren und wie sie ihn liebten? Er würde seinen Vater nie verstehen.

Am nächsten Tag flog Markus nach China. Es gab Probleme mit den dortigen Forschungslabors.

Abel nutzte die Zeit, schwänzte die Vorlesungen und übte seit vielen Jahren endlich wieder intensiv Klavier spielen. Aber er war mit seinen Fähigkeiten selbst nicht mehr zufrieden. Nach so langer Zeit sah er sich kritischer. Markus hatte Recht gehabt, als Pianist wäre er höchstens drittklassig geworden. Obwohl - als Betriebswirt wurde er wohl noch nicht einmal das. Einen guten Posten konnte er sich nur durch seinen Vater erhoffen, nicht durch seine Fähigkeiten.

Aus China brachte Markus ein wunderschönes Seidenkleid für Dolores mit. Als sie es anzog und es um ihren Körper schlotterte, sogar das Grün, das ihr sonst so gut gestanden hatte, sie krank aussehen ließ, fiel selbst Markus ihr veränderter Zustand auf.

„Bist du krank?", fragte er besorgt.

„Ich glaube nicht, nur alt und müde." Sie lächelte matt.

„Du solltest unbedingt zum Arzt gehen", drängte Markus. Dolores versprach es, aber erst nach der Feier bei Meyer-Birkenriehl.

Die Abendgesellschaft war eine große Angelegenheit mit mehreren hundert geladenen Gästen. Er feierte seine Beförderung zum technischen Direktor und gleichzeitig die Verlobung seiner Tochter mit dem jungen Professor Kim Li.

„Herzlichen Glückwunsch", sagte Abel und umarmte Nicola. Er hatte sie seit seiner Abreise nach Toronto nicht mehr gesehen; am liebsten hätte er sie in einen Nebenraum gezerrt und mit ihr geschlafen. Ihre Nähe elektrisierte ihn immer noch. Dann beglückwünschte er Herrn Kim.

„Bleibst du jetzt in China?", fragte er Nicola.

„Nein, wir sind nach Batumi, ans Schwarze Meer versetzt worden."

„Dort flackern immer mal wieder Unruhen auf."

„Ich weiß, daher wohnen wir auch in einem Ghetto für Führungskräfte, besonders abgeriegelt und mit Bodyguards. Ich wäre lieber nach Japan gegangen. Leider konnten wir es uns nicht aussuchen."

Abel fragte sie über ihr Leben in China aus.

„Spielst du immer noch Tennis?", fragte sie, statt zu antworten.

„Ja, und wenn ich mit so charmanten und guten Partnern wie dir spiele, habe ich sogar eine klitzekleine Chance."

Sie lachten. „Li ist ein hervorragender Tennisspieler. Wir würden gerne einmal mit dir spielen."

„Dein Verlobter sieht auch sehr athletisch aus."

„Tja, er ist chinesischer Meister in Kung Fu."

„Oh, und jetzt schaut er mich so böse an. Nein, ich wehre mich auch nicht, sondern verliere freiwillig“, witzelte Abel.

Nicola lachte. „Du bist selbstbewusster geworden.“

Abel lächelte. „Du entschuldigst mich … Ich habe ein Rendezvous mit eurem Klavier.“

Er nickte Nicola und Li zu und verzog sich zur Bühne.

Trotz der jahrelangen Klavierabstinenz spielte er hervorragend und erhielt lebhaften Beifall. Er gab mehrere Zugaben. Schließlich erhob er sich, verbeugte sich und flüchtete von der Bühne.

„Hervorragend“, lobt Meyer-Birkenriehl. „Viel besser als Ihr Tennisspiel.“

„Hm, das heißt nicht viel, so wie ich Tennis spiele“, gab Abel lächelnd zur Antwort.

„So ist's recht.“ Meyer-Birkenriehl schlug ihm auf die Schulter und lachte herzhaft.

„Bei unserer goldenen Hochzeit müssen Sie unbedingt spielen“, bat Frau Meyer-Birkenriehl.

„Gern, aber das dauert ja noch viele Jahre. Wenn ich mich dann noch bewegen kann und nicht unter Arthrose leide, spiele ich gern“, antwortete Abel.

„Sie Charmeur, jetzt übertreiben Sie aber wirklich.“ Frau Meyer-Birkenriehl strahlte ihn an. Dann unterhielten sie sich über Kanada. Familie Meyer-Birkenriehl hatte jahrelang in Toronto und Quebec gelebt.

„Nicola ist es so gut bekommen. Sie hat dort in der Schule viel mehr als in Deutschland gelernt. Außerdem das Sprachtraining, Deutsch daheim, Englisch und Französisch täglich in der Schule und mit den Nachbarkindern“, schwärmte Frau Meyer-Birkenriehl.

„Und jetzt spricht sie fließend Chinesisch?“, fragte Abel.

„Für das tägliche Leben reicht es. Ihr Russisch ist besser. Aber Li spricht nicht nur perfekt Englisch, sondern genauso gut Deutsch.“

„Hm, da beneide ich die beiden. Mir ist Chinesisch sehr schwergefallen und Russisch habe ich gleich nach einem Jahr wieder aufgegeben. Englisch, na ja, dank meiner Mutter spreche ich wenigstens Französisch und Spanisch fließend."

„Es kann nicht jeder alles können. Sie spielen dafür göttlich Klavier."

Abel grinste schief. Dann machte er sich auf die Suche nach Nicola. In der Menge konnte er sie nicht entdecken, dafür unterhielt er sich lange mit Li. Er war ein wirklich sympathischer Mann, der sogar Violine spielte.

„Schade, dass ihr schon wieder wegfahrt. Beim nächsten Mal müssen wir unbedingt einmal zusammen musizieren", sagte Abel.

„Gern. Nicola hört gern zu, kann aber leider kein Instrument spielen", antwortete Li.

Abel ging weiter und unterhielt sich mit anderen Gästen. Nach einer Weile wurde es ihm zu warm und er ging in den Flur. Er stellte sich an das Fenster und blickte aus dem neunzigsten Stock auf die Stadt.

„Wann sehe ich dich wieder", flüsterte eine Stimme, die ihm bekannt vorkam. Woher kam die Stimme? Abel schaute sich suchend um. Neben ihm stand niemand. Rechts ging die Tür zum großen Saal. Links waren die Garderoben und Toiletten, er ging zur Garderobentür.

Eine Frau stöhnte auf. Es kam eindeutig aus der Garderobe. Jetzt erkannte er die Stimme. Nicolas Stöhnen hatte er oft genug gehört.

„Ich besuche dich. Und wir können uns zu Tagungen treffen", antwortete sein Vater. Dann hörte er schweres, hastiges Atmen und Stöhnen. Schnell flüchtete Abel. Beim Tresen traf er Li. Er konnte ihm nicht in die Augen schauen. Deshalb fuhr er ins Erdgeschoss hinunter und lief hinaus auf die Straße. Gegenüber befand sich eine Grünanlage, dort streifte er ziellos herum, bis er sich beruhigte.

Später am Abend forderte er Frau Meyer-Birkenriehl und danach ein paar andere Damen zum Tanz auf. Seine eigene Mutter fühlte sich nicht wohl und wollte nicht tanzen.

„Mama, du solltest wirklich zum Arzt gehen", sagte Abel besorgt.

„Es ist nichts. Ich bin einfach überarbeitet."

Nach Mitternacht fuhr Büchner sie nach Hause. Wie bequem, einen Chauffeur zu haben und Alkohol trinken zu dürfen. Nicht nur Abel hatte reichlich getrunken, auch Markus war ziemlich angeheitert.

Am nächsten Mittag ließ Abel seine Vorlesungen ausfallen und lauerte Nicola auf.

„Was machst du denn hier?", fragte sie überrascht.

„Ich musste dich unbedingt noch einmal sehen, bevor ihr nach Georgien zieht." Abel grinste sie an.

„Ich habe nicht viel Zeit, ich muss einkaufen."

„Gut, dann komme ich mit."

Nicola zuckte die Achseln. Sie antwortete kurz angebunden und es kam kein Gespräch zustande. In einer Boutique suchte sie sich ein paar Oberteile heraus und verschwand in der Kabine.

Nach einer Weile kam sie im Minirock und T-Shirt wieder heraus. „Wie gefällt es dir?", fragte sie und drehte sich vor Abel im Kreis. Das enganliegende Stretchteil ließ viel erahnen.

„Gut!" Abel folgte ihr in die Kabine, umarmte sie von hinten, küsste ihren Hals und streichelte sie.

„Nicht hier." Nicola schob seine Hände weg.

„Lass uns in eine Pension gehen." Er drehte sie zu sich und küsste sie leidenschaftlich.

Sie nahmen ein Taxi. Nicola nannte einen Namen und der Fahrer fuhr sie zu einem kleinen Hotel.

Während der Fahrt liebkosten sie sich. Im Hotel schafften sie es kaum noch bis ins Zimmer, bevor sie übereinander herfielen.

„Oh, Nicola, wie habe ich dich vermisst. Wann sehen wir uns wieder?", fragte Abel.

„Morgen, übermorgen, überübermorgen, dann fliegen wir weg."

„Und was erzählst du deinem Mann?"

„Das ich Einkäufe mache." Nicola zwinkerte ihm grinsend zu.

Im folgenden Monat suchte Markus einen Nachhilfelehrer für Abel. Jetzt musste Abel seine Hausaufgaben nicht mehr allein machen, sondern nur noch den Anweisungen des Lehrers folgen. Dadurch stiegen seine Noten und seine Chancen, einen Abschluss zu schaffen.

Dolores ging wirklich zum Arzt. Der erste konnte nichts feststellen, aber Markus drängte sie, zum nächsten zu gehen. Der dritte Arzt äußerte einen Verdacht und wies sie sofort in das Universitätskrankenhaus ein.

Dort diagnostizierten sie Leukämie.

„Mach dir keine Sorgen, unsere Medikamente sind so gut, das lässt sich heilen", versprach Markus. Dolores lächelte tapfer. Mit Chemotherapie und Stammzellen wurde die Leukämie in den nächsten Monaten behandelt.

Abel besuchte sie häufig im Krankenhaus. Als sie wieder daheim war, spielte er stundenlang für sie auf dem Klavier oder las ihr vor. Markus war wieder einmal viel zu Konferenzen im Ausland unterwegs, schließlich mussten die Frauen, die die Embryonen für die Therapie spendeten, bei Laune gehalten werden.

Ein paar Monate später wurden bei Dolores Metastasen in Leber und Darm entdeckt und operiert.

Krebstherapie

Abel schaffte seinen Bachelor unterstützt von zwei Doktoren der Betriebswirtschaft nach sieben Jahren. Zur Feier des Tages gab Markus eine große Party. Abel hätte lieber auf eine Feier verzichtet. Schließlich hatte er sich nicht gerade mit Ruhm bekleckert. Außerdem war er noch immer scheu. Dolores zog sich bald nach der Begrüßung der Gäste zurück. Abel musste wieder auf dem Klavier vorspielen. Diesmal jazzte er mit einem Freund, der sein Saxophon mitgebracht hatte, das passte besser zum Anlass.

„Notfalls kannst du dir immer noch deinen Lebensunterhalt mit Musizieren verdienen", sagte Meyer-Birkenriehl.

„Klar, er stellt sich mit einem Keyboard vor das Einkaufszentrum und legte einen Hut hin", spottete Markus.

„Ich werde es mir merken, falls die Genmedi Corporation Konkurs geht, kaufe ich mir einen Hut", nickte Abel.

In der Nacht musste Dolores mit dem Rettungswagen ins Krankenhaus gebracht werden. Der Professor wurde aus einer Opernaufführung geholt und machte eine Notoperation. Zwei Tage danach operierte er noch einmal. Mit Schmerzmittel vollgepumpt lag sie klein und blass im Bett und konnte sich kaum noch unterhalten.

„Der Krebs ist sehr weit fortgeschritten. Die Operation vor drei Jahren war schon zu spät. Die besten Medikamente nützen nichts, wenn die Patienten zu spät kommen", erklärte der Arzt.

„Warum ist sie nicht rechtzeitig zum Arzt gegangen?", grübelte Markus.

„Weil sie sich selbst nie wichtig genommen hat. Sonst hätte sie doch auch weitergearbeitet", antwortete Abel.

„Sie hat deinetwegen die Arbeit aufgegeben."

Abel schwieg. Er wusste es besser. Er wusste auch, warum seine Mutter Markus nie von ihren Schmerzen erzählt hatte. Wann auch? Markus war doch nie zu Hause. Entweder war er in der Firma oder bei seiner Geliebten.

Markus sprach die besten Pharmazeuten seiner Firma an und ließ eine spezielle Behandlung für Dolores erstellen.

„Die Kosten spielen keine Rolle. Das ist ein Forschungsauftrag", sagte er.

Und seine Leute machten sich an die Arbeit, versuchten wieder einmal aus Stammzellen Ersatzorgane zu züchten und verabreichten genetisch hergestellte unerprobte Krebsmittel.

„Lass es doch, es hat keinen Sinn", wehrte Dolores schwach ab. Aber Markus gab nicht nach.

Abel verbrachte viele Stunden an ihrem Bett.

„Ich hätte mich durchsetzen und dir ein Musikstudium ermöglichen sollen", sagte Dolores reuevoll.

„Mach dir deshalb keine Gedanken. Ich fühle mich in Vaters Firma ganz wohl. Auch wenn ich nie Direktor werden werde. Dafür bin ich nicht gut genug."

„Das brauchst du auch nicht. Du brauchst nur die richtigen Mitarbeiter", meinte Dolores und lächelte schwach.

„Und die müsste ich gut anleiten können, damit sie alles für mich machen und für mich durchs Feuer gehen. Das kann ich aber nicht."

Sie schwiegen eine Weile.

„In einem hatte Vater recht. Ich bin kein wirklich begnadeter Musiker. Ich wäre nur Mittelmaß gewesen", sagte Abel nachdenklich.

„Wäre das so schlimm gewesen? Du hättest aber mehr Freude an deiner Arbeit gehabt."

„Oder ich wäre verbittert gewesen, weil ich so erfolglos wäre."

„Normalerweise könnte sich keiner so eine Therapie leisten", murmelte ein Forscher.

„Wenn es Erfolg hat, könnte es eine Standardtherapie werden. Frau Stemmer ist ein Versuchskaninchen", erwiderte eine Ärztin.

Abel hörte das Gespräch zufällig, als er am frühen Morgen das Zimmer seiner Mutter verließ.

Natürlich, sein Vater konnte nicht zulassen, dass jemand stärker war als er. Selbst dem Tod gestattete er es nicht. Lieber quälte er seine Frau unerträglich, als sie in Ruhe und Würde sterben zu lassen.

Arbeitsleben

„Es tut mir leid, Abel, dass du unter so schlechten Bedingungen anfangen musst. Aber mehr als sechs Wochen reisen sind nicht drinnen. Wir brauchen dringend Leute und ich kann die Stelle nicht länger für dich offen halten", erklärte Markus am Telefon.

„Selbstverständlich komme ich sofort zurück", sagte Abel und hängte auf. Er seufzte. Am liebsten wäre er hier in Japan geblieben. Obwohl er es sich vor Jahren anders vorgestellt hatte. Damals hatte er geträumt, Nicola würde ihm Japan und China zeigen. Und sie würden wieder dort anfangen, wo sie vor seinem Aufenthalt in Kanada aufgehört hatten. Trotzdem gefiel ihm das Reisen besser, als sich kaufmännischen Dingen zu widmen.

Markus gönnte ihm zwei Tage, um den Jetlag zu überwinden, dann musste Abel im Personalbüro erscheinen und erhielt einen Fortbildungsplan.

„Warum soll ich noch einmal in die Abteilungen? Ich habe doch schon überall gearbeitet", wandte er ein.

„Als Student, das ist etwas ganz anderes, jetzt sollst du Chef werden, da musst du ganz andere Dinge machen", erklärte Markus und reichte ihn an seinen Personalchef weiter.

Abel stellte schnell fest, dass sein Vater Recht hatte. Er wurde nicht mehr mit Kaffee und Kuchen verwöhnt, sondern musste Verantwortung übernehmen. Die Kollegen behandelten ihn distanzierter, erzählten in seiner Gegenwart kaum noch private Sachen.

„Wie konnten Sie den Vorgang bewilligen. Der Termin ist nie einzuhalten. Jetzt verlieren wir viel Geld", herrschte ihn der Produktionschef der Pharmafirma an.

„Aber ich habe doch nachgefragt, und Sie haben gesagt, Sie brauchen vier Wochen", verteidigte sich Abel.

„Für kleine Mengen, aber diese Massen können wir gar nicht so schnell liefern. Jetzt müssen wir sehen, wo wir Produktionsanlagen herbekommen", fauchte der Chef. Er ließ Abel noch mehrmals auflaufen. Und Abel hatte das Gefühl, dass er ihm zeigen wollte, dass er auch als Sohn des Direktors nur ein kleines Licht war.

Ingrid

Für die technische Abteilung war nur ein Monat vorgesehen. Gut gelaunt machte sich Abel am ersten Tag auf den Weg. Der technische Direktor Meyer-Birkenriehl erwartete ihn. Obwohl er sich fünf Minuten vor der Zeit bei dessen Assistentin Ingrid Verhoven meldete, schaute Meyer-Birkenriehl schon auf die Uhr. Abel wusste nicht, ob er ihn deshalb ansprechen sollte. Da es ihm peinlich war, ignorierte er es. Vielleicht hatte er einfach nur viele Termine vor sich.

„Herr Stemmer, wir erwarten von Ihnen korrektes Auftreten, genaues Arbeiten, Pünktlichkeit und Eigeninitiative. Auch wenn Ihr Vater hier Chef ist, werden wir Sie genauso wie jeden anderen Trainee behandeln", knurrte Meyer-Birkenriehl.

„Aber … aber natürlich, das will ich doch auch", stotterte Abel nervös. Er hatte schon immer vor Meyer-Birkenriehl Angst gehabt. Der große bullige Mann mit dem ernsten Gesicht und der strengen Art ließ ihn wieder zu einem kleinen, ängstlichen Kind werden.

„Frau Verhoven und Herr Längner werden sich um Sie kümmern", damit war Abel entlassen. Erleichtert verließ er den Raum. Hoffentlich hatte er in dem Monat nicht allzu viel mit Meyer-Birkenriehl zu tun.

Ingrid Verhoven strahlte ihn an. „Sie sollen ein Computerfachmann sein, da können wir Sie hier gut gebrauchen." Abel lächelte die kleine, mollige Frau freundlich an.

„Ich stehe im Dauerstreit mit unserem Programm", erklärte sie.

„Das glaube ich kaum, sonst hätte Herr Meyer-Birkenriehl sich schon längst eine andere Assistentin gesucht", bemerkte Abel und schaute in graue Augen. Gehorsam kontrollierte er in den nächsten Tagen die Programme und fand Reste eines alten Virenprogrammes, die die neuen behinderten.

„Ich wusste doch, dass Sie unser Retter sind“, lobte Ingrid Verhoven. In der Mittagszeit setzte er sich an den Tisch, an dem sie mit ein paar Kollegen saß. Und sie erzählte ihm haarklein alles von ihrem letzten Islandurlaub. Die Tage danach versuchte er, sich an einen anderen Tisch zu setzen oder zu einer anderen Zeit Pause zu machen.

Meyer-Birkenriehl war als Bauingenieur für Neubauten der Firma zuständig. Aber auch die technischen Planungen der Kooperativen in Südeuropa, wie Brunnenbohrungen, Staudämme, Bewässerungskanäle betreute seine Abteilung.

Herr Länger ließ gerade einen Staudamm mit Bewässerungsgräben in Albanien bauen. Abel kontrollierte die Kostenvoranschläge und vergab Aufträge.

„Wie konnten Sie der Firma Civil Engineering Ltd den Auftrag geben. Das hat doch immer unsere Münchner Firma Wasserbau AG gemacht“, tobte Meyer-Birkenriehl.

„Aber das war das günstigste Angebot. Billiger und eine bessere Gewährleistung“, verteidigte sich Abel.

„Dafür gibt uns Wasserbau einen Nachlass bei unserer Wasserrechnung.“

Abel schaute erstaunt.

„Unser Wasserwerk gehört der Firma Wasserbau.“ Meyer-Birkenriehl zog seine buschigen Augenbrauen zusammen.

„Aber das konnte ich doch nicht ahnen.“

Meyer-Birkenriehl tobte noch eine ganze Weile herum. Als Abel endlich flüchten durfte, musste Herr Längner zu ihm und sich alles Mögliche anhören.

Am nächsten Tag erschien Direktor Meyer-Birkenriehl erst gegen Mittag.

„Der muss erst einmal den Kunden wieder beruhigen. Und das geschieht am besten in verschiedenen Vergnügungslokalen“, sagte Ingrid Verhoven und kicherte.

Herr Längner war nach dem Vorfall knurrig und gab Abel die Ablage zum Sortieren.

„Ich soll doch etwas lernen“, sagte Abel.

„Auch das müssen Sie lernen.“

„Aber das habe ich doch schon als Schüler in den Sommerferien gemacht.“ Aber Herr Längner ließ nicht mit sich reden.

Meyer-Birkenriehl stauchte Abel jedes Mal zusammen, wenn er ihn sah. Nichts konnte Abel ihm recht machen. Mit den Kollegen war er zu freundschaftlich oder zu unhöflich, zu seinem Chef nicht offen genug. Und in seiner Arbeit fand sich auch immer ein Fehler. Und je mehr er tobte, desto mehr Fehler machte Abel.

Abel traute sich morgens schon kaum noch in die Firma.

„Na, du kommst mit deinem Chef nicht so zurecht?“, fragte sein Vater.

Abel nickte. Er hatte einen Kloß im Hals. Er schlief schlecht und hatte häufig Kopfschmerzen.

„Da muss man durch. Nicht jeder kann mit jedem. Irgendwann wechselst du ja.“ Er war nicht bereit, zwischen Meyer-Birkenriehl und Abel zu vermitteln.

„Nehmen Sie es sich nicht so zu Herzen. Er ist mit sich und seinem Leben unzufrieden“, tröstete Ingrid Verhoven nach einem Vorfall, den sie miterlebte. Mehr als einmal bewahrte sie Abel vor einem Anpfiff, indem sie seine Fehler stillschweigend behob.

Abel war froh, als er in die nächste Abteilung kam und nicht länger unter Meyer-Birkenriehl arbeiten musste.

„Markus, dein Sohn wird dich nie ersetzen können. Selbst in zwanzig Jahren nicht“, hörte Abel Meyer-Birkenriehl. Er wollte seinem Vater gerade einem Ordner aus der Produktion bringen und stand vor der Tür.

„Warte es ab. Er ist sehr ruhig und etwas langsam. Aber es steckt eine ganze Menge in ihm.“

„Er ist zu einfach gestrickt. Die Wahrheit verkraftet er nicht.“

Abel war so überrascht über das Gehörte, dass er unwillkürlich ein paar Schritte rückwärts machte und erst einmal auf die Toilette ging, bevor er an die Tür zum Büro seines Vaters klopfte. Weder sein Vater noch er selbst brachten die Bemerkungen Meyer-Birkenriehls zur Sprache.

Nach zwei Jahren war er halbwegs eingearbeitet und Markus nahm ihn als seinen persönlichen Assistenten. Abel fühlte, dass Markus ihn kontrollieren wollte. Er traute ihm nicht zu, selbst seinen Weg zu machen, sondern wollte ihn unauffällig hochpuschen. Warum war er auch sofort zur Genmedi Corporation gegangen? Hätte er nicht lieber wie Nicola woanders anfangen und dann mit mehr Erfahrungen in die Genmedi Corporation einsteigen sollen?

Bewässerungsplan

„Ach, Sie sind Herr Roloff? Es tut mir leid, ich habe jetzt eine Besprechung. Können Sie in zwei Stunden wiederkommen? Sie können auch gern in unserer Cafeteria etwas zu sich nehmen.“ Abel hastete an dem schlanken Herrn mit den angegrauten Schläfen vorbei. Den Roloff hatte er völlig vergessen, dabei hatte er extra angerufen und um einen Termin gebeten.

Zwei Stunden später klopfte Peter Roloff wieder an seiner Tür.

„Entschuldigen Sie, dass Sie warten mussten. Manchmal kommen einfach dringende Sachen dazwischen“, entschuldigte sich Abel.

„Nicht so schlimm. Ich habe mir extra einen Tag Urlaub genommen, um Ihnen meinen Plan zu zeigen.“ Peter Roloff holte seine Präsentation aus der Tasche. Er legte Abel eine Mappe auf den Tisch und sah sich nach einem Beamer um.

„Wir können im Nachbarraum einen Computer mit Beamer benutzen“, schlug Abel vor. Er ging in den kleinen Sitzungsraum voran.

Peter Roloff schaltete den Computer an und legte seine CD-ROM ein. Eine Stunde lang erklärte er seine Bewässerungs- und Anbaupläne.

„Mit meiner Methode könnte man ganz Europa wieder landwirtschaftlich nutzen. Sogar im Süden könnten weite Landstriche wieder fruchtbar gemacht werden. Das würde uns enorm entlasten. Wir müssten keine Hilfslieferungen in den Süden mehr machen und keine Angst vor weiteren Zuwanderungen haben“, fügte Peter Roloff hinzu.

„Ihr Plan ist gut, wirklich gut. Aber das kann ich nicht allein entscheiden. Ich werde Sie empfehlen. Sie müssen noch einmal kommen und alles vorstellen“, sagte Abel. „Wir werden Sie anrufen und einen Termin mit Ihnen vereinbaren.“

In der nächsten Woche lag Abel seinem Vater damit in den Ohren.

„Du musst dir die Pläne von Peter Roloff ansehen. Er ist gut. Wenn wir ihn nicht nehmen, geht er bestimmt zur Konkurrenz", drängte Abel.

„Na gut, schauen wir uns dein Genie einmal an." Markus grinste, so engagiert hatte er Abel in der Firma noch nie erlebt.

Frau Wagner, Markus Sekretärin, vereinbarte einen Termin mit dem Ingenieur Peter Roloff.

„Das Schnitzel schmeckt lecker", sagte eine Stimme hinter Abel. Er stand am Tresen der Essensausgabe und überlegte, was er nehmen sollte. Sofort drehte er sich um und grüßte Ingrid Verhoven.

„Sie empfehlen das Schnitzel, gut, mit Pommes frites und einen Salat", bestellte Abel.

„Wie gefällt es ihnen an der Schaltstelle der Macht?", fragte Ingrid Verhoven.

„Danke, von dort hat man die beste Übersicht", sagte Abel; da er auf sein Essen warten musste, konnte er nicht flüchten.

„Wir sind jetzt in Indien tätig. Da wird ein großer Staudamm gebaut. Der größte des Subkontinents, das wird vielen Menschen bewässertes Land bescheren."

„Und die Brunnen?", fragte Abel mäßig interessiert. Er wartete höflich, bis Ingrid ihr Schnitzel hatte und balancierte sein Tablett an einen Tisch in der Ecke.

„Laufen weiter wie bisher. Aber nachdem die Technik und die Firmen, die sie bohren, ausgewählt worden sind, ist es nur noch Tagesgeschäft."

Dann erzählte sie von ihrem Wochenende in Masuren.

Abel schaute auf die Uhr. „Oh, ich muss gehen." Er stand auf, nickte ihr zu und beeilte sich, wegzukommen.

„Danke, dass Sie sich ein zweites Mal herbemüht haben", begrüßte Abel Herrn Roloff.

„Mein Sohn sagte mir, dass Sie besonders engagiert sind und nicht nur Ihren eigenen Gewinn sehen", sagte Markus.

„Ja, Herr Dr. Stemmer. Meine Kinder sollen einmal auf einer friedlichen Erde leben und nicht im Krieg gegen die Hungernden im Süden umkommen. Unsere Erde ist so schön, da lohnt es sich, etwas zu investieren, um diese Schönheit zu erhalten." Der Ingenieur war sehr überzeugt von der Möglichkeit, seine Pläne umzusetzen.

Frau Wagner hatte im Nachbarraum schon alles vorbereitet und er konnte mit seiner Präsentation beginnen. Ein paar Kleinigkeiten hatte er in der Zwischenzeit noch verändert. Außerdem hatte er einige Ertragszahlen ausgerechnet.

„Soll ich Herrn Meyer-Birkenriehl herbitten?", fragte Abel.

„Nein, der hat eine Telefonkonferenz", lehnte Markus ab.

Als Roloff mit seinem Vortrag fertig war, schwieg Markus eine Weile.

„So etwas kann ich nicht allein entscheiden, nicht einmal abschätzen. Ich bin kein Fachmann. Wir müssen die Pläne überprüfen lassen", antwortete er zögernd.

„Das ist in Ordnung. Aber ihre Fachleute werden meine Angaben bestätigen. Wann kann ich mit einer Antwort rechnen, damit ich mich notfalls anderweitig umsehen kann?", fragte Peter Roloff.

„In spätestens zwei Wochen werden wir entschieden haben und uns bei Ihnen melden. Bis dahin bleibt es ein Exklusivangebot an uns."

Der Ingenieur zeigte sich einverstanden. Zum Abschied reichte er Abel die Hand. Markus geleitete ihn zur Tür.

„Danke, dass Sie zuerst an uns gedacht haben", sagte er und verabschiedete Peter Roloff.

„Der Plan ist genial, warum dauerte eine Überprüfung so lange?", fragte Abel.

Markus blätterte noch einmal in der Mappe.

„Europa wäre wieder bewohnbar, selbst die Randgebiete der Sahara könnten wieder grün werden. Wir könnten mit unseren hitzeresistenten Hirse- und Gerstenpflanzen große Gewinne erwirtschaften. Die landwirtschaftliche Firma würde den Pharmabereich übertrumpfen", schwärmte Abel.

„Abel, der Träumer", lachte Markus.

Abel wurde rot. Dieser Plan würde nicht nur den Menschen helfen, er würde auch ihrer Firma Gewinn bringen. Er verstand seinen Vater nicht, warum zögerte er noch?

„Du musst doch zugeben, dass Roloffs Projekt gut ist", bohrte Abel.

„Die beste Idee, von der ich jemals gehört habe." Markus wandte sich ab und ging zum Schreibtisch.

„Frau Wagner, lassen Sie bitte Herrn Büchner und Herrn Timm die üblichen Maßnahmen treffen", wies Markus seine Sekretärin über die Gegensprechanlage an.

„Dann sollten wir den Vorstand überzeugen."

„Wir sorgen dafür, dass es nicht realisiert wird." Markus räumte die Unterlagen zusammen und verstaute sie in seinem Schreibtisch.

„Aber wieso? Die schwierigsten Probleme der Menschheit wären gelöst. Wir könnten die Wüste aufhalten und die Gefahr eines Krieges um die Ressourcen bannen", begeisterte sich Abel.

„Ausgerechnet du kannst das beurteilen", spottete Markus und betrachtete seinen Sohn herablassend.

Abel fühlte sich unbehaglich unter diesem verächtlichen Blick. Er traute sich nicht, noch etwas zu sagen und wandte sich ab. Vom Fenster aus sah er Herrn Büchner das Gebäude verlassen. Seine steifen Bewegungen verrieten Anspannung. So kannte Abel ihn gar nicht und er wunderte sich darüber.

Zwei Tage später hörte Abel beim Frühstück von der Explosion eines Wohnhauses. Interessiert sah er vom Teller auf und schaute auf den Bildschirm. Zwölf Bewohner waren bei dem Unglück ums Leben gekommen. Die Polizei vermutete eine Gasexplosion.

„Dass es immer noch Häuser gibt, die auf Kohlenwasserstoffbasis geheizt werden; so eine Ressourcenverschwendung. Wir verfügen doch über modernere Techniken", regte er sich auf.

„Alte Häuser nachzurüsten ist sehr teuer", erwiderte Markus und strich Marmelade auf sein Brötchen.

„Dann müssen sie abgerissen werden."

„Nicht nötig. Das erledigt sich von selbst."

„Du bist wirklich ein Zyniker, Vater." Abel schüttelte missbilligend den Kopf.

„Idealisten sind Dummköpfe", gab Markus zurück.

In der Firma sah Abel Ingrid Verhoven vor dem Fahrstuhl stehen. Bevor sie ihn entdeckte und mit ihrem aufdringlichen Charme den Tag verdarb, flüchtete er ins Treppenhaus und lief die sechs Stockwerke bis zu seinem Büro.

Noch außer Atem überflog er die Zeitungsmeldungen aus aller Welt, die die Presseabteilung für die Führungskräfte zusammenstellte. Bei der Meldung über die Gasexplosion wunderte er sich. Seit wann wurden solche unwichtigen Ereignisse herausgesucht? Gründlich las er den Artikel durch und stutzte bei den Namen der Opfer. Peter R. Sollte das etwa der Ingenieur sein, der ihnen neulich sein Konzept vorgetragen hatte und dessen Unterlagen immer noch zur Prüfung in der Firma waren?

Abel sah sich in der Ablage nach den Unterlagen des Bewässerungsprojektes um. Vergeblich. Die Akte lag also noch im Schreibtisch seines Vaters. Daher suchte er im Internet die Telefonnummer und die Adresse von Peter Roloff heraus und rief anschließend die lokale Zeitung an.

„Können Sie mir sagen, wo genau die Gasexplosion war? Mein Freund Peter Roloff wohnt in der Lutherallee 142, und ich sorge mich um ihn."

Seine Befürchtung bestätigte sich. Roloff gehörte mit Frau und Tochter zu den Opfern. Nur sein kleiner Sohn war schwer verletzt geborgen worden.

Abel legte auf. Ihm war mulmig zumute. Ein merkwürdiger Zufall. Gerade erst hatte er den Ingenieur kennengelernt und Markus hatte dessen hervorragende Arbeit abgelehnt. Und nun dieser Unfall; und ausgerechnet dieser Zeitungsartikel lag in der Pressemappe.

Der Vorfall ließ Abel keine Ruhe. Er konnte sich auf keine Arbeit konzentrieren. Nach dem Mittagessen schob er einen Gesprächstermin vor und suchte die Lutherallee auf. Für Autos war die gesamte Straße gesperrt. Zu Fuß gelangte er bis zum Haus Nr. 142. Erstarrt blieb er stehen. So sahen die Bilder von den Bombenangriffen des Zweiten Weltkrieges aus. Von dem Haus standen im Erdgeschoss noch ein paar Wände. An einer Wand mit einer Blümchentapete hingen eine Kuckucksuhr und ein Bild von Venedig. Der Rest war eingestürzt. Auch die beiden Nachbarhäuser waren beschädigt, standen aber noch. Hohe Absperrzäune hielten die Passanten fern.

„Schlimm, die armen Leute", sagte eine alte Dame hinter ihm.

„Wie kann so etwas passieren?", flüsterte Abel erschüttert.

„Gas, ich habe schon immer Angst vor dem Gas gehabt. Es müsste verboten werden. In so einer Straße mag man gar nicht mehr wohnen. Zum Glück ist unser Haus stehen geblieben", sagte sie.

„Wir haben überall Glasscherben herumliegen gehabt. Keine Scheibe ist heil geblieben." Abel drehte sich zu der Sprecherin um. Eine rüstige Sechzigjährige zeigte auf das gegenüberliegende Haus. Die leeren Fenster waren mit Plastikfolie abgedichtet worden. In einer Wohnung arbeitete der Glaser schon.

„Die Scheiben müssen erst bestellt werden. Das kann dauern, solange muss die Folie herhalten."

„Schrecklich", murmelte Abel.

„Und die armen Leute hier. Die junge Familie Roloff mit ihren Kindern. Die Frau habe ich schon gekannt, als sie noch ein Kind war. Damals hat sie in der 86 gewohnt."

Abel hörte sich die Gespräche noch eine Weile an, dann ging er. Erst langsam, dann immer schneller. Er musste den Druck auf seiner Brust loswerden, wollte vor ihm weglaufen. Nach zwei Stunden konnte er wieder tief Luft holen und auch an das Haus denken, ohne dass ihm schlecht wurde.

Kurz vor Feierabend sprach Abel seinen Vater auf den Bewässerungsplan an.

„Vater, Roloffs Sohn könnte das Geld sicher gut gebrauchen. Kannst du dir die Sache nicht doch noch anders überlegen?"

„Wir haben kein Interesse daran. Außerdem funktioniert es nicht. Es waren nur Fantastereien", blockte Markus ab.

„Aber du hast doch selber gesagt, der Plan sei hervorragend", wagte Abel schüchtern einzuwenden.

„Ich bin Jurist und kein Geologe. Unser technischer Direktor, Meyer-Birkenriehl, hat sich genauer damit befasst. Wir haben uns geirrt. Es geht nicht."

Wieder einmal spürte Abel, für wie dumm ihn Markus hielt. Nie konnte er seinen Vater zufriedenstellen. Seit der Kindheit bemühte er sich vergebens um seine Liebe und Anerkennung. Er hatte sogar Fußball gespielt, um ihm zu gefallen. Leider war er völlig unbegabt gewesen und der Trainer hatte Markus gebeten, doch eine andere Sportart für Abel zu finden. Später hatte er es mit Schwimmen, Karate und Tennis probiert. Dabei hätte er in dieser Zeit lieber vor dem Klavier gesessen. Er war einfach nicht der Sohn, den sich sein Vater gewünscht hatte.

Diesmal jedoch war Abel nicht bereit, sich zu fügen. Er beschloss, das Projekt selber zu kontrollieren. Er glaubte seinem Vater nicht. Vielleicht konnte er Roloffs Sohn helfen, die Pläne anderweitig zu verkaufen, wenn sein Vater stur blieb.

Ein paar Tage später hatte er Gelegenheit, als sein Vater nach einer Besprechung aus seinem Raum mit einem Mitarbeiter hinausging und ihn allein ließ. Hastig durchsuchte er sämtliche Schubladen und Schränke. Nichts. Die Unterlagen waren verschwunden. Ob Meyer-Birkenriehl sie noch hatte? Vielleicht konnte Ingrid für ihn die Präsentation suchen?

Um Ingrid unauffällig ansprechen zu können, stand Abel hilflos mit seinen Quittungen in der Buchhaltung, als sie - wie jeden Tag kurz vor Feierabend - ihre Rechnungen abgab. Bereitwillig half sie ihm bei seiner Spesenabrechnung. Das gab ihm die Gelegenheit, sie ins Restaurant einzuladen. Ingrid strahlte vor Glück.

Während sie auf den Kellner warteten, betrachtete er sie. Sie hatte ein hübsches Gesicht. Eigentlich fand er sie ganz anziehend, auch wenn er nicht gerade auf Vollschlanke stand. Ingrid errötete unter seinen Blicken.

„Was machen Sie in Ihrer Freizeit?", fragte sie etwas verlegen. „In der Firma haben Sie nie von sich erzählt."

„Oh, ich spiele Tennis und surfe. Früher habe ich auch noch im Internet gesurft", entgegnete Abel und schmunzelte. Ingrid lachte. „Und Sie?"

„Ich singe im Kirchenchor."

„Sie lieben Musik? Ich wollte früher Pianist werden", verriet Abel.

„Und warum sind Sie es nicht geworden?"

Abel zuckte mit den Schultern. „Brotlose Kunst."

Nach dem Essen schlug Abel noch einen Spaziergang im Mondschein vor. Er kam sich schäbig vor. Bisher hatte er ihre Gegenwart immer gemieden und jetzt nutzte er ihre Gutmütigkeit aus.

„Singen Sie etwas", bat er, als sie am Flussufer standen.

„Doch nicht hier."

„Bitte."

Und Ingrid sang. Abel gefiel ihr leicht rauchiger Alt.

Dank der Verbundenheit zur Musik fiel es ihm nicht schwer, den Arm um sie zu legen.

„Ingrid, wir hatten neulich einen Plan zur Bewässerung der Wüste. Meyer-Birkenriehl wollte ihn kontrollieren. Liegt er noch immer in deiner Abteilung?"

„Keine Ahnung, ich kann ja mal nachsehen."

„Sei vorsichtig. Das Projekt soll geheim gehalten werden. Die Konkurrenz darf nichts davon erfahren."

„Glaubst du, Meyer-Birkenriehl spioniert?"

„Anscheinend gibt es eine undichte Stelle. Ich möchte niemanden verdächtigen, aber achte darauf, dich nicht beim Schnüffeln erwischen zu lassen."

Ingrid versprach es. Abel fuhr sie nach Hause. Vor ihrer Haustür küsste er sie zum Abschied. Zum Glück forderte sie ihn nicht auf, mit in ihre Wohnung zu kommen.

In den nächsten Tagen schlief er schlecht. Nachts schreckte er immer wieder hoch, weil er träumte, dass Ingrid von Meyer-Birkenriehl erwischt wurde. Einmal öffnete er die Tür, als sein Vater sie auf Meyer-Birkenriehls Schreibtisch liebte. Schweißgebadet schreckte er hoch. Ein anderes Mal griff er nach der Mappe, die Ingrid ihm reichte, als sein Vater dazukam und er erst sie, dann ihn erschoss.

Tat er denn so etwas Schlimmes? Er suchte doch nur das Eigentum von Peter Roloff.

Endlich traf er Ingrid am Kaffeeautomaten.

„Der Plan ist nicht in unserer Abteilung. Ich habe alles durchgesucht, habe extra Überstunden gemacht, um im Büro allein zu sein."

„Und die Schlüssel?"

Ingrid lachte. „Da gibt es Mittel und Wege. Die Unterlagen liegen bestimmt im Safe."

„Wahrscheinlich." Abel versuchte, sich seine Verstimmung nicht anmerken zu lassen.

Rom

„Abel, du fliegst am Montag nach Rom. Du wolltest doch schon lange einmal im Ausland arbeiten", eröffnete ihm Markus am Donnerstagabend nach einer Dienstbesprechung.

„So schnell?"

„Ja, unser dortiger Mitarbeiter ist krank geworden. Aids, er hat nicht aufgepasst. Jetzt müssen wir ihn erst einmal hier wieder hochpäppeln. Lass es dir eine Warnung sein und treib es nicht mit den südländischen Schönheiten." Markus zwinkerte ihm zu und grinste.

Abel wurde rot. „Ich denke, unsere Spenderinnen werden ärztlich überwacht."

„Tja, dann hat er wohl keine Spenderin beglückt, war unvorsichtig in der Partnerwahl. In einem Monat ist er wieder auf dem Damm und dann kommst du hierher zurück. Pass auf dich auf."

Überhastet kaufte Abel noch die notwendigsten Dinge ein. Schrieb Ingrid einen Brief und ging am Samstagabend mit seiner Mutter in die Oper. Seit ihren letzten Behandlungen litt sie an chronischen Schmerzen und war bettlägerig. Sie kam nicht auf die Beine. Die Therapie hatte zwar geholfen, den Krebs allerdings nicht besiegt, aber zurückgedrängt. Nur geheilt war sie nicht. In regelmäßigen Abständen musste sie wieder behandelt werden.

Nur selten ging sie aus dem Haus. Meistens, wenn Abel sie im Rollstuhl ins Konzert oder die Oper ausführte. Zu den Geburtstagen besuchte sie mit Markus eine Theateraufführung oder eine Vernissage.

Büchner brachte sie in die Oper und holte sie nach der Aufführung ab. Er stand direkt vor dem Eingang und hielt den Wagenschlag auf, als er Abel entdeckte. Aber Dolores schaffte es nicht bis zum Auto. In der Tür rutschte sie im Rollstuhl zusammen. Abel griff geistesgegenwärtig zu und verhinderte, dass sie aus dem Rollstuhl fiel. Im Nu stand Büchner neben ihm und gemeinsam trugen sie Dolores zum Wagen.

„Es geht schon wieder. Danke, Herr Büchner", hauchte sie schwach, als er startete.

„Wenn ich mir eine Bemerkung erlauben darf: Sie sollten den Arzt rufen", sagte Büchner.

„Ja, das werde ich."

Abel griff nach ihrer Hand. Eiskalt war sie. Er hielt sie fest. „Wir sollten zum Krankenhaus fahren", schlug er vor.

„Nicht heute, Abel, nicht heute."

Abel streichelte ihre Hand. „Ich bleibe zu Hause."

Dolores zwang sich zu einem kleinen Lachen. „Nein, nein, du wolltest doch schon so lange einmal ins Ausland. Mir wird es morgen schon wieder besser gehen."

Daheim bestand Abel darauf, dass Dr. Reimer, ihr Hausarzt gerufen wurde. Er kam sehr schnell.

„Frau Stemmer, Sie sollten sich nicht mehr so viel zumuten. Sie sind sehr krank und haben keine Reserven mehr", riet er, als er von Abel hörte, was vorgefallen war.

„Es war so schön. Ich habe nur noch so wenige Freuden", meinte Dolores. Ihre dunklen Augen waren feucht.

Abel verließ das Zimmer, damit Dr. Reimer sie untersuchen konnte.

„Wie geht es ihr?", fragte er, als Dr. Reimer herauskam.

„Schlecht. Die Therapie hält sie am Leben, heilt sie aber nicht." Dr. Reimer war sehr ernst.

„Schlechter als sonst?"

„Seit ihrem zweiten Krankheitsausbruch geht es ihr schlecht. Nein, nicht schlechter als sonst. Es ist eine Quälerei, es müsste verboten werden."

Abel wunderte sich, noch nie hatte sich ihr Hausarzt zu so einer Bemerkung hinreißen lassen. Waren Markus' Bemühungen, Dolores' Leben zu retten, so verwerflich?

„Soll ich meine Reise am Montag absagen?", fragte er, „ich werde immerhin vier Wochen weg sein."

„Nein, nein, in einem Monat wird sich der Zustand nicht dramatisch verschlechtern. Notfalls rufen wir Sie zurück. Fahren Sie, Ihre Mutter wird sich von diesem Schwächeanfall erholen."

Abel blieb wach, bis sein Vater vom Treffen der Industrievertreter am frühen Morgen zurückkam.

„Was ist los? Sind deine Koffer gepackt?", fragte er.

„Mutter hatte einen Schwächeanfall. Dr. Reimer war hier. Es geht ihr schlecht."

„Habt ihr sie ins Krankenhaus gebracht?"

„Nein, Dr. Reimer meint, sie wird sich erholen."

„Du fährst auf jeden Fall am Montag nach Rom. Das ist ja nicht aus der Welt. Wenn es Mutter schlechter geht, gebe ich dir Bescheid."

Abel machte eine ablehnende Bewegung.

„Ich spreche morgen noch einmal mit Dr. Reimer, aber er erzählt mir doch sicher dasselbe wie dir."

Abel war am nächsten Tag hin- und hergerissen. Sollte er fahren oder nicht? Sein Gewissen hielt ihn zurück, seine Abenteuerlust trieb ihn weg.

„Abel flieg. Es ist höchste Zeit, dass du von zu Hause wegkommst. Weit weg von Markus' Einfluss. Das Jahr in Toronto hat dir damals sehr gut getan", drängte ihn seine Mutter, als sie einen Augenblick allein waren.

Das gab den Ausschlag. Abel packte seine Koffer und am frühen Morgen ließ er sich von Büchner zum Flughafen fahren.

„Herr Büchner, passen Sie auf meine Mutter auf. Mein Vater ist so häufig unterwegs, dass er vielleicht nicht mitbekommt, wenn es ihr schlecht geht", bat er den treuen Chauffeur.

„Machen Sie sich keine Sorgen. Ihr Vater passt schon auf. Er liebt Ihre Mutter."

„Und sie ihn, deswegen macht sie ihm immer etwas vor. Wenn er da ist, überspielt sie ihre Schmerzen, ist lebhaft und guter Dinge. Sobald er weg ist, fällt sie in sich zusammen", gestand Abel.

„Ich werde ihre Mutter jeden Tag fragen, wie es ihr geht, und sehen, ob mein Eindruck ihren Aussagen entspricht", versprach Büchner.

Am Flughafen wartete Ingrid, um sich von ihm zu verabschieden.

„Musst du nicht in der Firma sein?", fragte Abel.

„Ich habe noch einen Arzttermin und gehe erst mittags ins Büro."

„Wie gut, dass Büchner weitergefahren ist." Abel grinste sie an.

Sie lachte. „Habe ich gesehen, ich stand beim Coffeeshop an der Tür hinter Reisenden."

Sie reichte ihm eine Biografie über Benjamin Britten. „Damit du dich im Flieger nicht langweilst."

Abel bedankte sich und umarmte sie. Er freute sich wirklich, dass sie zum Flughafen gekommen war, um ihn zu verabschieden.

Zum Lesen kam er natürlich während des Fluges nicht. Dazu war er zu kurz und außerdem auch sehr interessant. Er hatte Glück, der Himmel war wolkenlos und die Sicht hervorragend. Als sie die Alpen überflogen, schaute Abel fasziniert aus dem Fenster. Von oben sah Italien wunderschön aus: die Berge und die blaue See.

Bald landeten sie. Lucia Berger holte ihn am Flughafen ab. Lucia war Halbitalienerin. Ihre Großeltern stammten aus Neapel. Vor langer Zeit waren sie nach einigen Jahren Aufenthalt in Turin nach München gezogen, wo ihre Mutter aufgewachsen war. Nach einer Ausbildung bei der Genmedi Corporation ging sie freiwillig nach Rom, weil sie das Land ihrer Vorfahren kennenlernen wollte. Allerdings entsprach es in keiner Weise den Erzählungen ihrer Großeltern, vieles hatte sich verändert. Das Land mit dem einst fröhlichen, pulsierenden Leben war völlig verarmt und die Menschen waren abgemagert und verhärmt. Viele der alten Baudenkmäler waren in den Unruhen zerstört worden.

„Möchten Sie eine Stadtrundfahrt machen?", fragte sie.

„Ja, gern", antwortete Abel.

Lucia wies den Chauffeur auf Italienisch an. „Rom ist immer noch eine Großstadt. Durch die vielen Touristen, die im Winter hierherkommen, gibt es genügend Arbeit. Allerdings dürfen nur Menschen mit Arbeitserlaubnis hier leben, da es nicht genug Trinkwasser gibt. Um die Stadt herum ist eine streng bewachte Grenze mit Zäunen und Checkpoints an den Einfallsstraßen. Alle Einreisenden werden gründlich kontrolliert."

Dann fuhren sie am Petersdom vorbei, an der Laterankirche, an der Spanischen Treppe, am Kolosseum und Lucia hielt Abel einen geschichtlichen Vortrag.

„Es ist bedauerlich, dass diese alte Stadt auf diese Art stirbt", schloss sie.

„Aber sie wirkt doch noch immer lebendig", erwiderte Abel. Interessiert hatte er während der gesamten Fahrt die Römer beobachtet. Sie waren einfach, aber ordentlich gekleidet und schienen gesund zu sein – zumindest auf den ersten Blick. Gesünder als die übergewichtigen Westeuropäer.

„Das täuscht, die Stadt vegetiert nur noch am Tropf. Ohne die Unterstützung Nordeuropas wäre sie längst menschenleer." Sie hielten bei einem Restaurant und aßen. Lucia suchte aus. „Etwas typisch Italienisches. Leider können es sich die Süditaliener nicht mehr leisten."

Abel schmeckte der Fisch mit dem Salat, das zarte Fleisch mit den überbackenen Auberginen hervorragend. Sicher wurde alles aus den nördlichen Ländern importiert. Die Vegetationsgrenzen hatten sich verschoben. In Lappland wurde Getreide und Kartoffeln angebaut, während in Süditalien ohne künstliche Bewässerung nichts mehr wuchs.

Anschließend brachte Lucia ihn zu seinem Quartier.

„Wir dachten, Sie fühlen sich bestimmt wohler, wenn Sie bei einem Kollegen wohnen und nicht in einem Hotel. Herr Steyr lebt seit fünf Jahren in Italien." Vor einem großen Palazzo hielten sie. Bewaffnete Wächter öffneten das Tor und der Wagen konnte in den Hof fahren.

Kati Steyr, die junge Ehefrau seines Gastgebers, empfing ihn freundlich.

„Herzlich willkommen, Herr Stemmer. Ich freue mich, wieder einmal einen Mitteleuropäer zu Besuch zu haben." Sie führte Abel in ein Gästezimmer mit eigenem Bad und Kochnische.

„Wenn Sie das Haus verlassen, nehmen Sie einen Leibwächter mit. In letzter Zeit sind wieder Fremde entführt worden."

„Ich dachte, die Unruhen hätten sich gelegt?"

„Es ist ruhiger geworden. Aber irgendwelche Anschläge gibt es immer wieder."

Nachdem sie gegangen war, packte Abel seine Koffer aus. Anschließend surfte er im Internet. Die Zeit vor der Abreise hatte nicht gereicht, sich eingehend über Rom und Italien zu informieren.

Am nächsten Tag machte Lucia Berger Abel mit allen Mitarbeitern der Niederlassung bekannt.

„Wir überwachen von hier aus die kleineren Stationen in Palermo, Messina, Catania, Reggio, Tarent, Bari, Foggia und Salerno. Sardinien und Korsika werden von Frankreich, von Nizza, aus betreut."

„Niederlassungen?", fragte Abel.

„Nein, nur kleine Stationen, die vor Ort fünf bis zehn Kooperativen betreuen. Die Kooperativen bilden praktisch Dörfer. Wir stellen ihnen Wasser zur Verfügung, entweder bohren wir Brunnen oder wir legen Bewässerungskanäle. Die

Mitglieder der Kooperativen müssen einen Teil der Ernte abgeben, von dem Ertrag werden Lagerhallen, Kühlhallen, Transportfahrzeuge, Schulen und Polykliniken finanziert."

„Gab es das nicht schon?", fragte Abel.

„Die Infrastruktur, selbst die sozialen Strukturen sind völlig zusammengebrochen. Durch die Trockenheit kam es zu einer Landflucht, später zu einer Flucht in den Norden. Zurück blieben meistens die Ärmsten der Armen oder die, die es nicht schafften und zurückgeschickt wurden. Die Aufstände vor zehn Jahren haben ein Übriges getan. Wir mussten alles wieder aufbauen."

In den ersten Tagen kümmerte sich Abel um die Computer, die dringend einer Wartung bedurften. In seiner freien Zeit am Abend bastelte er an einer Homepage. Sepp Steyr und Lucia Berger waren begeistert.

„Wir haben ja schon unsere Webseite bei unserer Muttergesellschaft, aber eine eigene Seite, wo wir unsere sozialen Aufgaben viel stärker herausstellen können, ist fantastisch", lobte Sepp.

Später spielte Abel mit Kati Steyr vierhändig am Klavier.

„In der Saison ist hier viel los. Da besuchen wir Theater und Konzerte. Ansonsten müssen wir unser eigenes Programm machen. Außerdem können wir uns Bücher oder Filme über die Firmenwebseite aus Deutschland ausleihen", erzählte Kati. Sie arbeitete nur halbtags in der Firma, um nachmittags ihre Kinder betreuen zu können. Kontakte hatte sie nur innerhalb der Siedlung der Reichen. Ausflüge außerhalb der Stadt waren aus Sicherheitsgründen die Ausnahme.

„Und im Hochsommer ist es hier unerträglich heiß. Da kann man sich nur in den klimatisierten Räumen aufhalten", stöhnte sie.

„Zum Glück sind die Wagen ebenfalls klimatisiert", sagte Sepp.

Als die Computer alle zur Zufriedenheit liefen, kümmerte sich Abel um den Transport und Verkauf der Produkte - die Arbeit, für die er stellvertretend für den erkrankten Kollegen angereist war.

Die Firma schrieb den Kooperativen die Preise vor.

„Können die so billig produzieren?", wunderte sich Abel.

„Auf landwirtschaftliche Produkte gibt es nur einen sehr niedrigen Aufschlag. Aber die Leute leben in ihren eigenen Häusern und sind größtenteils Eigenversorger. Aufgrund der Menge geht es dann. In normalen Jahren können die Bauern davon leben, in schlechten müssen sie von ihren Zwangsrücklagen zehren. In Krisenjahren streckt die Firma etwas vor, das wird dann in kleinen Abzahlungen zurückgezahlt", erklärte Sepp Steyr.

Nach ein paar Tagen erhielt Abel Einblick in die Einkommen einiger Mitglieder ihrer Kooperativen. Er war erschrocken. Wie konnten die Menschen davon leben? Er hätte noch nicht einmal seinen Tennisclub davon bezahlen können!

In der dritten Woche besuchten sie eine Kooperative. Sie fuhren auf der von Genmedi wiederhergestellten Hauptstraße. Vorbei an Ruinen von Fabriken und ganzen Dörfern, die verlassen waren.

„Als das Wasser immer knapper wurde, siedelten die Firmen in den Norden Italiens. Die Dörfer wurden ein paar Jahre später nach und nach aufgegeben, als hier überhaupt nichts mehr wuchs", sagte Lucia Berger.

„Leben hier noch außerhalb unserer Kooperativen Menschen?", fragte Abel. Er konnte es sich nicht vorstellen. Die Erde war braun und rissig, nur an wenigen Stellen war etwas Grün zu sehen. Ansonsten war alles verbrannt und die Bäche ausgetrocknet.

„Doch, an etwas feuchteren Stellen gibt es kleine Höfe. Einige leben als Nomaden und ziehen mit Rindern, Ziegen und Büffel von Bach zu Bach. Selbst wenn die Bäche ausgetrocknet sind, ist das Land in deren Nähe feuchter und es wächst noch Gras."

An einzelnen solcher verkommenen Höfe, in denen Ziegen und schmutzige Kinder mit Hungerbäuchen vor sich hin vegetierten, kamen sie vorbei. Abel starrte in die Weite. So trostlos hatte er sich Europas Süden nicht vorgestellt. Kein Wunder, dass die Plätze in ihren Kooperativen so begehrt waren.

Das Land der Kooperative erkannte er schon von Weitem. Ein grüner Fleck, der immer größer wurde.

„Wir suchen uns geeignete Plätze aus. Es muss genügend Grundwasser vorhanden sein. Und wir brauchen in der näheren Umgebung motivierte Leute, die anpacken können, nicht so lethargisch sind", erklärte Lucia, bevor sie ausstieg und den Dorfältesten begrüßte.

Ein junger Mann führte Abel stolz herum. Die Häuser waren neu gebaut, einfach und sauber. Darum herum waren kleine Gemüsegärten angelegt.

„Die Gärten dienen der Selbstversorgung. Die Felder gehören der gesamten Kooperative", sagte der junge Mann und wanderte zu den Feldern weiter. Die Pflanzungen wurden mit einem ausgeklügelten System bewässert.

„Für das Bewässerungssystem bin ich verantwortlich. Ich habe in München Wasserbau studiert", sagte der junge Mann.

„Stammen Sie aus dieser Gegend?", fragte Abel.

„Ja, ich bin in einem Dorf ein paar Kilometer von hier geboren worden. In der großen Dürre verloren wir alle unsere Tiere. Vor Hunger aßen wir unser Saatgut auf. Vier meiner fünf Geschwister starben. Mein Vater machte sich nach Norditalien auf. Er kam nicht wieder. Entweder ist er verhungert oder von den Grenzern erschossen worden. Meine Mutter flüchtete mit zwei Nachbarinnen hierher. Damals waren es nur zwei Höfe, die einen tiefen Brunnen hatten. Das Rote Kreuz errichtete eine Zeltstadt und brachte Spenden aus dem Norden. So überlebten wir in dieser Oase, während ringsherum Hunderttausende verhungerten. Später investierte die Genmedi Corporation und baute die Kooperative auf. Meine Mutter und drei Nachbarinnen gehörten zu den ersten Mitgliedern. Ich durfte die Schule besuchen und bekam ein Stipendium für das Studium."

„Sie haben wirklich etwas geschaffen. Eine Oase in der Wüste. Sie können stolz darauf sein." Abel grinste den jungen Mann an. „Das gilt sowohl für das Dorf als auch für Ihre Karriere."

„Danke, wir haben uns immer bemüht. Wir wollten nicht so zugrunde gehen wie die anderen. Dank der Genmedi Corporation haben wir es geschafft. Dafür werde ich immer dankbar sein."

Auf dem Rückweg war Abel still und in sich gekehrt. Wie elend es den Menschen hier ging. Ihre Kooperativen waren nur ein Tropfen auf dem heißen Stein. Es mussten viel größere Projekte in Angriff genommen werden. Er musste seinen Vater drängen, Roloffs Idee zu verwirklichen. Notfalls musste er die Pläne der Konkurrenz anbieten. Aber dafür musste er sie erst einmal finden!

Zwei Tage vor seinem Rückflug machte er mit Sepp Steyr eine Erkundungstour durch die Umgebung von Rom. Sepp Steyr sollte Ausschau nach Gebieten halten, die sich für künstliche Bewässerung eigneten. Sie fuhren zur alten Hafenstadt Civitavecchia und in die Berge. Überall sah Abel dieselben beklemmenden Bilder: Vertrocknete Erde, verdorrte Pflanzen, ausgetrocknete Flüsse. Verfallene Industrieanlagen, Häfen und Städte.

„Als wäre eine Atombombe hier eingeschlagen oder Aliens aus dem All hätten uns überfallen und vernichtet", sagte er. Ein Schauer lief über seinen Rücken. Sie fuhren an einer Hütte vorbei. In einem kleinen mickrigen Garten arbeitete eine Frau. Drei magere Kinder in zerlumpten Kleidern tobten um sie herum.

„Freiwillig verlasse ich die Stadt nie. Selbst die Strände locken bei der Hitze nicht. In Rom gibt es wenigstens noch Grünanlagen, Läden und gesunde Menschen.“

„Und immer noch so viele Brunnen.“

„Die nur im Winter fließen, wenn nicht so viel Wasser verdunstet. So wird dasselbe Wasser immer wieder hochgepumpt. Außerdem sind dann die Touristen da und man benötigt Attraktionen.“ Sepp deutete auf eine Frau, die auf einem Esel Holz transportierte.

„Wozu braucht die Holz?“, fragte Abel.

„Zum Kochen.“

„So eine Verschwendung. Da gibt es doch bessere Möglichkeiten.“

„Die sind aber teuer.“

„Und warum schenkt ihnen niemand ein paar Solarzellen oder einen Spiegel?“, erregte sich Abel.

„Weil das immer nur in ein paar kleinen Projekten geht, die große Masse wird damit nicht erreicht.“

Am letzten Abend gaben Josef und Kati ein großes Fest für Abel. Sie grillten und Abel spielte Schlager auf dem Klavier.

„Sie werden uns fehlen“, sagte Lucia Berger.

„Mir hat es hier gut gefallen. Sie waren alle sehr nett zu mir“, bedankte sich Abel.

Während des Heimflugs las er trotz tiefhängender Wolken nicht. Zu sehr bedrückte ihn das Erlebte. Noch wochenlang würden ihn die verdorrten italienischen Regionen im Schlaf verfolgen.

Am Flughafen daheim wartete Ingrid auf ihn. Büchner war mit seinem Vater unterwegs und konnte ihn somit nicht abholen.

„Du siehst gut aus. Richtig erholt“, stellte Ingrid fest.

„Dabei habe ich viel gearbeitet, vielleicht mehr als daheim“, antwortete Abel verwundert.

„Lucia Berger ist ganz begeistert von dir. Sie schwärmte geradezu. Endlich arbeiten ihre Computer nach Wunsch, aber auch bei den anderen Aufgaben hast du dich bestens bewährt."

Abel sah verlegen weg.

„Das muss dir doch nicht peinlich sein." Ingrid lachte. „Dein Vater ist nicht gerade verschwenderisch mit Lob. Das ist allgemein bekannt. Es gibt viele, die dich bemitleiden. Bei so einem Vater ist es schwer zu zeigen, was man kann. Man wird doch immer nur mit ihm verglichen und er selbst ist niemals zufriedenzustellen."

Abel musste ihr recht geben. Wie häufig hatte er sich geärgert, weil sein Vater seine Leistungen nicht anerkannte. Er sah immer nur die Defizite, nie das Erreichte.

„Hast du Zeit?", fragte Abel. „Dann können wir noch am Fluss einen Spaziergang machen. Ich freue mich, Grün zu sehen, nicht nur vertrocknete Vegetation. Anschließend können wir italienisch essen gehen, sozusagen als Abschluss meines Italienaufenthalts."

Aber zuerst einmal fuhr er nach Hause und begrüßte seine Mutter. Sie saß im Wohnzimmer eingehüllt in eine Decke in einem Sessel. Sie wirkte so klein und zerbrechlich, zusammen-schrumpft. Ingrid begleitete ihn.

„Mutter, das ist Ingrid Verhoven. Sie war so nett und hat mich am Flughafen abgeholt", stellte Abel sie vor.

Dolores musterte Ingrid prüfend, dann lächelte sie. „Herz-lich willkommen. Ich habe schon von Ihnen gehört. Sie sollen sehr tüchtig sein."

Ingrid errötete. „Ich erledige nur meine Aufgaben." Dann half sie Maria, dem Dienstmädchen, den Tisch zu decken.

„Maria ist jetzt rund um die Uhr im Haus, damit ich notfalls auch nachts Hilfe habe. Dein Vater ist doch so oft unterwegs", erklärte Dolores.

Abel erzählte von seiner Reise, aber nach einer Stunde bemerkte er, wie seine Mutter immer mehr abbaute.

„Ich ermüde dich, morgen erzähle ich weiter. Soll ich dich ins Bett bringen?", fragte er.

„Nein, nein, ich bleibe im Sessel. Das ist mein Lieblingsplatz, von hier kann ich so gut in den Garten hinaussehen", erwiderte Dolores leise, so leise, dass Abel sie kaum verstand. Er half seiner Mutter die Rückenlehne des Sessels herabzulassen, damit sie es bequemer hatte, während Ingrid mit Maria abdeckte.

„Besuchen Sie mich bald wieder", bat Dolores zum Abschied.

Abel fuhr mit Ingrid aus der Stadt hinaus auf einen Parkplatz des Flusswanderwegs.

„Endlich grün. Du glaubst gar nicht, wie ich das vermisst habe."

Das Gospelkonzert war hervorragend. Ingrid hatte Abel gebeten, mitzukommen. Die Stimmung im ausverkauften Saal war gut. Alle swingten und klatschten mit. Die Lebendigkeit und Kraft dieser Musik begeisterte Abel.

„Trinken wir noch ein Bier?", schlug Abel nach dem Konzert vor, und sie suchten einen kleinen Pub auf, der in der Nähe lag.

„Warum bewässern wir die Wüste nicht! Warum setzen wir nur winzige Projekte um?", regte er sich auf, während er auf sein Bier wartete.

„Weil wir es nicht nötig haben."

„Wir würden unser Image aufbessern."

„Dann zahlt die Pharmafirma drauf."

„Wieso?" Abel sah verblüfft von seinem Bier auf.

Ingrid schaute sich vorsichtig nach allen Seiten um, dann beugte sie sich zu ihm und wisperte: „Welche Frau würde sich dann wohl noch Eizellen entnehmen lassen?"

„Aber ..."

„Pst, nicht so laut. Das Thema ist hochbrisant. Vor drei Jahren hat ein junger Biologe in der Firma viele Fragen gestellt. Zu viele Fragen. Er wollte nur unsere Spendenstation in Spanien besuchen, ist aber auf dem Weg zum Flughafen tödlich verunglückt. Ein Journalist, der kurz darauf in Spanien deswegen recherchiert hat, ist an Cholera gestorben. Und die beiden waren nicht die Einzigen, die ...“

Abel sah sie kopfschüttelnd an.

Während des Studiums hatte er öfters im Pharmabereich gejobbt. In der Buchhaltung, in der Personalabteilung – eigentlich überall. Alles schien korrekt. Warum sollten neugierige Leute umgebracht werden? Die Firma wurde weltweit geachtet. Sie stellte wichtige Medikamente her und half mit ihren Kooperativen Menschen beim Kampf gegen den Hunger.

„Halte dich von Meyer-Birkenriehl fern und rede nicht so viel“, warnte sie.

„Ingrid, was soll das?“

„Ich habe nichts gesagt. - Du solltest lieber Pianist werden.“ Sie blickte auf ihre Uhr. „Oh, ich muss mich beeilen, sonst verpasse ich meinen Anschluss.“ Sie stand hastig auf.

„Ich bringe dich ...“

Doch Ingrid war schon weg. Abel fühlte sich plötzlich einsam. Er bestellte sich noch ein Bier. Gerade jetzt brauchte er jemanden, der ihn verstand und zu ihm hielt. Aber Ingrid hatte Angst. Würde sie ihm trotzdem helfen? Erst hatte er sie einfach nur ausgenutzt. Inzwischen fühlte er sich zu ihr hingezogen.

Abel musste der Sache auf dem Grund gehen. Er wollte wissen, was in seiner Firma wirklich geschah und es, falls nötig, verbessern. Er war sicher, er könnte den Bewohnern der Wüstenrandgebiete helfen. - Er wollte sich für etwas einsetzen. Dafür lohnte es sich zu leben. Endlich hatte er seine Aufgabe gefunden und funktionierte nicht nur so, wie sein Vater es wünschte.

Seiner Mutter ging es immer schlechter. Es schien Abel so, als hätte sie nur gewartet, dass er wieder daheim wäre. Die Ärzte schlugen eine erneute Therapie vor. Ein neues Medikament sollte ausprobiert werden. Außerdem wollten sie das von den vielen Chemotherapien geschädigte Herz austauschen.

„Wir können in kürzester Zeit ein mechanisches Herz einsetzen. Ihr eigenes wird es nicht mehr lange schaffen", schlugen sie vor.

Markus versuchte Dolores dazu zu überzeugen, aber sie wollte nicht mehr.

„Markus, ich bin so müde. Bitte lass mich gehen", bat sie.

Dr. Reimer war gegen eine erneute Therapie. „Wir sollten immer noch akzeptieren, dass wir endlich sind. Und unseren Kranken erlauben zu sterben."

Markus warf Dr. Reimer aus dem Haus. „Was bildet der sich ein, wer er ist. So ein mittelalterlicher Quacksalber!", tobte er.

„Aber Mutter schätzt ihn", verteidigte Abel den alten Hausarzt.

„So einen Pfuscher lass ich nicht mehr an meine Frau."

„Darf sich Mutter nicht ihren Arzt aussuchen?"

„Du unterstützt ihn wohl auch noch. Deine Mutter ist krank und weiß nicht mehr, was für sie am besten ist. Und du willst sie auch noch sterben lassen. Liebst du sie überhaupt nicht?"

Seit Jahren hatte Abel nicht mehr solche Vorwürfe und Angriffe von Markus gehört. Markus wollte einfach nicht zulassen, dass seine Frau starb. Abel fragte sich, ob es sein schlechtes Gewissen, seine berufliche Ehre oder tatsächlich seine Liebe war, die es nicht zuließ, dass Dolores mit Würde gehen durfte.

Er ließ sie wieder in das Universitätskrankenhaus einliefern und mit einer ganz neuen, gerade erst von seinen Wissenschaftlern entwickelten Therapie behandeln.

„Die arme Frau, wie kann man nur so gnadenlos sein", hörte Abel einmal, als er am Schwesternzimmer vorbeilief.

Aber Dolores ließ nicht mehr alles mit sich geschehen. Sie bat die Ärzte, die Behandlung einzustellen. Mit richterlichen

Verfügungen erreichte Markus, dass sie entmündigt wurde und die Ärzte sie weiterbehandelten.

„Abel, verzeih mir, ich habe so vieles falsch gemacht", bat sie eines Tages, als Abel sie besuchte.

„Aber, Mutter, du hast dich so liebevoll um mich gekümmert", sagte Abel erschüttert. Er konnte seine Tränen nur mühsam unterdrücken.

„Nein, ich hätte dafür sorgen müssen, dass du deinen eigenen Weg gehst und nicht immer unter den Fittichen deines Vaters bist. Und verzeih mir, egal was ich noch tun werde. Ich muss es tun!"

Abel kämpfte mit den Tränen, bevor er nachhaken konnte, was sie meinte, steckte eine Schwester den Kopf ins Zimmer: „Sie müssen gehen. Ihre Mutter ermüdet schnell."

Abel stand auf und verabschiedete sich. Um sie nicht aufzuregen, verzichtete er auf Fragen.

„Ingrid gefällt mir. Das ist eine Frau, die zu dir passt." Abel musste die Ohren spitzen, um diese leise gesprochenen Wörter zu verstehen.

„Bis morgen", sagte Abel an der Tür und warf seiner Mutter eine Kusshand zu.

Es gab keinen Morgen mehr für sie. Dolores hatte sich am Abend bis zum Fenster geschleppt und hinausgestürzt. Die Ärzte wunderten sich, wie sie es überhaupt geschafft hatte. Sie lebte noch, als sie sie fanden. Aber helfen konnte ihr niemand mehr. Wenige Stunden später starb sie, ohne wieder zu Bewusstsein gekommen zu sein. Es war eine Erlösung.

Markus brach zusammen. Die Ärzte verabreichten ihm Beruhigungsmittel. Abel organisierte mit Ingrid zusammen die Beerdigung mit Todesanzeigen und Trauerfeier. Seinen Vater mochte er nicht trösten. Er hasste ihn mit einem Mal. Warum hatte er seine Mutter gezwungen Selbstmord zu begehen? Warum hatte er sie nicht einfach in Ruhe mit einer Schmerztherapie einschlafen lassen?

Nach der Beerdigung, zu der sehr viele Bekannte, Kollegen seines Vaters, aber auch Freundinnen seiner Mutter und ehemalige Arbeitskollegen von ihr gekommen waren, war Markus lange krank.

Abel suchte Dr. Reimer auf und unterhielt sich ausführlich mit ihm. „Ihre Mutter war müde. Aber nach dem Schwächeanfall vor Ihrer Reise hat sie durchgängig stärkste Schmerzmittel bekommen. In dieser Hinsicht hat sie nicht mehr gelitten", tröstete Dr. Reimer ihn.

„Sie hat jahrelang Schmerzen gehabt", beharrte Abel.

„Aber da hat sie es angenommen und hatte noch einen starken Lebenswillen. Sie hat viele schöne Augenblicke erlebt, das hielt sie am Leben. Sie erzählte mir von Besuchen im Konzert oder Oper."

So viel Leid für so wenige Höhepunkte. Abel lächelte. Aber nie war er seiner Mutter so nahe gewesen wie in dieser Zeit.

Nikola arbeitete endlich wieder in der Zentrale. Seit Neuestem war sie für die Spendenstationen zuständig. Abel fühlte sich durch ihre Gegenwart unbehaglich und mied ein Treffen mit ihr. Er nahm extra zu einer anderen Zeit seine Pausen, um ihr aus dem Weg zu gehen.

Trotzdem stand er abends auf dem Parkplatz plötzlich neben ihr.

„Hallo, Abel, wie geht es dir?", fragte sie.

„Danke", murmelte er.

„Das mit deiner Mutter tut mir leid. Ich mochte sie sehr gern", sagte sie. Abel schaute ihr in die Augen. Ihre blauen Augen sahen ernst aus.

„Es ist gut, dass es vorbei ist. Die letzten Jahre waren eine Quälerei. Der medizinische Fortschritt ist nicht immer ein Segen", sagte er leise. Der Schmerz überrollte ihn. Er schluckte und drehte sich weg. Nikola spürte es wohl, sie legte eine Hand auf seinen Arm.

„Wenn du jemanden zum Reden und Zuhören brauchst, bin ich für dich da", sagte sie und drückte seinen Arm.

„Danke!" Abel entriegelte seinen Wagen, stieg ein und fuhr fort. Als er sich umdrehte, sah er sie noch auf dem Parkplatz stehen und ihm hinterherschauen.

Zwei Tage später trank er einen Kaffee in der Kantine, als er Nikola eintreten sah. Hastig stellte er die Tasse auf das Tablett, erhob sich und verließ den Raum.

„Hallo, Abel", rief Nikola hinter ihm.

Notgedrungen musste er stehen bleiben und sich umdrehen.

„Hallo, Nikola."

„Spielen wir wieder einmal Tennis?", fragte sie ihn.

Er zögerte.

„Wir können mal wieder Doppel spielen. Spielt Ingrid auch Tennis?", fragte sie.

„Gegen euch hätten wir keine Chancen", sagte Abel und lächelte.

„Nein, nein, Frauen gegen Männer! Wir Frauen gewinnen", behauptete Nikola.

Was blieb Abel übrig, als zuzustimmen.

Wie in alten Zeiten trafen sie sich am Samstagnachmittag. Li war genauso nett wie zur Verlobungsfeier.

„Wie gefällt es Ihnen in Deutschland?", fragte Ingrid ihn.

„Danke, sehr gut. Hier ist es so schön grün und es gibt so viel Wasser", antwortete Li höflich.

„Und die Arbeit? In Kanada ist gerade eine gute Stelle frei", sagte Abel.

„Die Forschungsarbeit ist hier sehr interessant", antwortete Li.

„Meinetwegen hat er die Stelle in Kanada ausgeschlagen", erklärte Nikola.

„Vielleicht sollte mein Vater mit den Universitäten sprechen, ob da eine geeignete Professur frei ist", überlegte Abel.

„Nein, dann wäre ich gebunden, wenn Nikola wieder einmal versetzt wird." Li schaute Nikola verliebt an.

Abel runzelte die Stirn. So eine Vergeudung von Potenzial. Es musste doch eine Lösung geben.

„Ich spreche trotzdem mit meinem Vater. Vielleicht gibt es eine Möglichkeit im Rahmen einer Zusammenarbeit mit einem Forschungsinstitut."

„Mach dir nicht so viele Gedanken", sagte Nikola und boxte ihm in die Seite. „Du grübelst zu viel, das hat mein Vater schon immer gesagt."

Abel beobachtete die beiden den Nachmittag über. Sie turtelten wie jung Verliebte, dabei lebten sie schon vier Jahre zusammen. Kaum zu glauben, dass Nikola ihren Mann mit verschiedenen Liebhabern betrog. Für Abel hatte sie ihre Anziehungskraft verloren. Ihre Freundlichkeit und Herzlichkeit war aufgesetzt, diente seiner Meinung nach dazu, um Macht über ihre Umgebung zu gewinnen.

Ingrid spielte unbeschwert mit, obwohl Abel sie zu dem Match hatte überreden müssen. Sie hatte Hemmungen, sich mit der Tochter ihres Chefs zu treffen. Abel vermutete auch Eifersucht hinter ihren Argumenten. Erst als sie Nikola, Li und Abel auf dem Platz beobachtete, taute sie wieder auf.

Nikola behielt recht, sie gewann mit Ingrid haushoch.

„Warum habe ich nicht mit dir gewettet?", fragte Nikola gut gelaunt.

„Weil ich nie darauf gewettet hätte. Ich weiß doch, was für ein hoffnungsloser Fall ich bin."

„Sie spielen gut. Nicht jeder kann so profimäßig wie Nikola spielen", tröstete Li ihn.

Abel fühlte sich in seiner Gegenwart unbehaglich. Aber er mochte eine Einladung zum gemeinsamen Musizieren nicht ablehnen.

„Ich habe schon lange nicht mehr gespielt", wehrte er ab.

„Sie spielen sehr gut Klavier, sie sind viel begabter als ich", entgegnete Li höflich.

Nach einem Bier an der Bar fuhren sie zu Nikola und Li. Abel musste sich an das Klavier setzen und spielen. Li holte seine Violine. Bald hatten sie sich eingespielt. Abel stimmte eine Ballade an. Ingrid stellte sich an das Klavier und sang dazu.

„Fantastisch. Ihr klingt fantastisch", sagte Nikola begeistert. Sie lachte Abel an: „Jetzt fühle ich mich fehl am Platz, völlig unbegabt."

Abel atmete gespielt tief ein. „Endlich, seit meiner Kindheit warte ich darauf, dass Nikola sich irgendwo einmal unfähig fühlt."

Alle lachten.

„Siehst du Liebling, keiner traut sich an dich heran, weil du so perfekt bist", stichelte Li.

Abel und Li vereinbarten, sich jeden Dienstag zum Musizieren zu treffen.

Dr. Reimer drängte Markus, endlich eine Kur zu machen. Auch seine Kollegen überredeten ihn dazu. Er litt unter Schlafstörungen und Antriebslosigkeit und ließ die Arbeit schleifen. Da sein Gesundheitszustand sich nicht besserte, ließ er sich in Kur schicken.

Während Markus weg war, vertrat Meyer-Birkenriehl ihn. Abel schlief in der Nacht, bevor sein Vater zur Kur fuhr, schlecht. Unruhig wälzte er sich hin und her. Die Zusammenarbeit mit Meyer-Birkenriehl stand ihm bevor. Am Morgen ging er mit Bauchschmerzen zur Arbeit. Aber Meyer-Birkenriehl ging sehr freundlich mit ihm um. Er ließ ihn einige Vorgänge eigenverantwortlich bearbeiten. Besorgt präsentierte er Meyer-Birkenriehl die Ergebnisse und war sehr überrascht, dass alles so übernommen wurde, wie er es angeordnet hatte.

Abel schrieb es Nikolas Einfluss zu, dass ihr Vater ihn jetzt freundlicher behandelte. Trotzdem sprach er mit Ingrid darüber.

„Seit wann ist Meyer-Birkenriehl so umgänglich?“, fragte er Ingrid, der er alles erzählt hatte. Sie wanderten auf gekennzeichneten Wegen durch einen der wenigen geschützten Wälder. Das Verlassen der Wege war strengstens untersagt, um die kranken Bäume nicht noch mehr zu belasten. Ingrid lief mit gesenktem Kopf vorsichtig auf den unebenen Pfad. Nach einer Weile meinte sie: „Hm, zu Längner war er nicht so nett, den hat er gerade nach Palermo versetzt.“

„Als Strafversetzung?“, fragte er. Längner war jahrelang Meyer-Birkenriehls Liebling gewesen, nur als er Abel betreute, hatte es Reibereien zwischen den beiden gegeben.

„Ja, Längner hat angeboten, in der Mongolei oder in Alaska zu arbeiten, aber Meyer-Birkenriehl ist nicht darauf eingegangen. Zudem ist sein Gehalt nicht so gut, dass er zwei Haushalte finanzieren kann, dass bedeutet, dass seine Frau mit Kindern zu ihren Eltern ziehen muss. Sie selbst verdient wohl auch nicht genug.“

„Die Firma zahlt doch Zuschläge für die Auslandsaufenthalte“, sagte Abel.

„Nicht mehr. Seit einem halben Jahr ist er gestrichen.“

„Und wer geht dann noch ins Ausland?“ Abel blieb stehen und sah Ingrid in die Augen.

„Die Strafversetzten.“

„Und es gibt genügend Arbeitslose, die unter jeder Bedingung arbeiten“, flüsterte Abel heiser. „Aber die sind doch meistens nicht so qualifiziert. Vater wollte deshalb doch immer seine langjährigen Mitarbeiter halten.“

„Dein Vater war in den letzten Monaten nicht so widerstandsfähig“, sagte Ingrid behutsam.

„Du meinst, Meyer-Birkenriehl hat die Macht an sich gerissen?“

„Vielleicht ...“

Das konnte sich Abel gar nicht vorstellen. Sein Vater war so dominant, der würde Dinge, die ihm wichtig waren, doch nicht hinnehmen. Er würde sich das Zepter nicht aus der Hand nehmen lassen. Niemals! Bestimmt irrte Ingrid sich.

In den folgenden Tagen achtete Abel auf seine Tätigkeiten. Von Meyer-Birkenriehls Vertrauen war er so überrascht und geblendet gewesen, dass er nicht bemerkt hatte, wie unwichtig die Aufträge waren, die er zur Bearbeitung erhielt. Von wirklich wichtigen Entscheidungen hatte Meyer-Birkenriehl ihn gezielt ferngehalten. Er hatte sogar einige Besprechungen verpasst, weil er nicht dazu eingeladen wurde.

Geschickt öffnete er den Computer von Frau Wagner und las sämtliche Protokolle der letzten Zeit durch. Das Krebsforschungsprojekt, das seinem Vater so viel bedeutet hatte, war eingestellt worden. Abel konnte es niemanden verdenken. Seiner Mutter hatte es keine Heilung gebracht, sondern nur Leid. Aber Markus würde toben, wenn er es erführe. Würde sein Vater Meyer-Birkenriehl deshalb aus der Firma hinausdrängen?

Abel überlegte, ob er seinen Vater verständigen sollte? Aber der sollte sich doch erholen und nicht durch Stress von der Firma noch mehr geschädigt werden.

Dann las er, dass die Firma International Security gebeten werden sollte, noch weitere Legionäre zum Schutz der Spendenstationen auf Sizilien und Korsika bereitzustellen. In Spanien war die Qualität der Eispenden zurückgegangen. Der Leiter der dortigen Station bat um Lebensmittelversorgung für die Spenderinnen.

Auf Malta bat der Leiter der Spendenstation um zusätzliche Ärzte, da ihre Spenderinnen gesundheitliche Probleme hatten und er um die Qualität der Embryonen bangte. Ein paar Tage später war er abgelöst worden und arbeitete jetzt im Kaukasus.

Und das alles hatte Abel nicht mitbekommen, obwohl er doch der Assistent des Direktors war. Er hatte sich von Meyer-Birkenriehl ganz schön Sand in die Augen reiben lassen.

Am nächsten Tag passte er auf, aber den ganzen Tag über fand keine Besprechung statt, die er nicht mitmachte. Abends ging er nicht nach Hause, sondern hielt sich in der Buchhaltung auf. Von dem Fenster aus konnte er den kleinen Besprechungsraum beobachten.

Halb neun ging das Licht an, Meyer-Birkenriehl betrat den Raum, bald folgte Frau Koch, die Nachfolgerin von Herrn Längner, der Leiter der pharmazeutischen Labore, und Nikola, die für die Spendenstationen zuständig war. Abel hob das Fernglas, das er mitgebracht hatte, an seine Augen. Ingrid konnte er nicht erkennen. Aus irgendeinem Grund war er darüber erleichtert. Das Treffen war kurz, nach einer Dreiviertelstunde gingen alle wieder. Bald sah Abel die Autos vom Parkplatz fahren. Lange grübelte er über dieses geheimnisvolle Treffen, das zu so später Stunde stattgefunden hatte, zu dem er nicht gebeten worden war.

Am Wochenende besuchte er seinen Vater. Markus hatte sich gut erholt. Sie unterhielten sich über Bücher und die Wahlen in Amerika, während sie eine lange Wanderung durchs Gebirge machten. Abel kam außer Atem. Solche Anstrengungen war er nicht gewohnt.

„Du solltest mehr Sport treiben", sagte Markus.

„Oh, ich habe wieder Tennis gespielt. Außerdem gehe ich häufig spazieren. Aber bei uns ist ja alles flach", verteidigte sich Abel. Er blieb stehen und beobachtete einen Specht, der hoch im Baum den Stamm bearbeitete.

„Was macht die Arbeit?", fragte Markus und Abel erzählte von seinen Projekten.

„So, so, ganz selbständig erledigst du das", murmelte Markus.

„Ja, es wird auch langsam Zeit, jetzt arbeite ich schon seit drei Jahren in der Firma. Da kann ich doch endlich einmal eigenverantwortlich kleinere Projekte durchführen", sagte Abel.

„Meyer-Birkenriehl ist ganz schön mutig, wenn er dir so viel zutraut", murmelte Markus.

Abel schwieg verletzt. Mutter hatte Recht gehabt, er musste unbedingt woanders arbeiten, unter seinem Vater würde er immer das kleine Kind bleiben. Nie würde ihm Markus etwas zutrauen.

Um das Thema zu wechseln, sprach Abel über Li. „Vater, es ist eine Schande, dass dieser geniale Wissenschaftler bei uns so einen kleinen Posten bekleidet.“

„Das ist der Preis der Ehe. Er hätte auch nach Kanada gehen können, aber er wollte bei Nikola bleiben.“

„Ich weiß. Leider ist keine Führungsstelle frei, aber könnte er nicht irgendwo in einem Forschungsinstitut, das uns zuarbeitet, unterkommen?“

„Hm, das wäre eine Möglichkeit. Ich werde mich darum kümmern und nachfragen“, meinte Markus.

Am Abend aßen sie noch gemeinsam. Eine Frau im mittleren Alter saß am Nachbartisch und musterte Abel unverhohlen. Abel beobachtete einen Blickwechsel zwischen ihr und Markus. Hatte sich sein Vater einen Kurschatten zugelegt? Dann hatte er Dolores' Tod anscheinend schnell überwunden.

Schlecht gelaunt fuhr Abel mit dem Hochgeschwindigkeitszug nach Hause. Aber statt einen Bericht zu schreiben, wie er es während der Fahrt vorgehabt hatte, schaute er gedankenverloren aus dem Fenster. Er konnte sich einfach nicht auf die Arbeit konzentrieren

„Jonathan Roloff hat sich gut erholt. Wir hätten nie gedacht, dass er solche Fortschritte macht“, sagte Schwester Irene in der Rehaklinik.

Abel hatte sich veranlasst gefühlt, nach dem Jungen zu forschen. „Darf ich ihn sehen?“, fragte er. Er hatte sich als Cousin von Peter Roloff ausgegeben, der den Jungen vor drei Jahren das letzte Mal gesehen hatte, da er zwischenzeitlich in Kanada gelebt hatte.

„Es ist schön, dass sich doch noch ein Verwandter gefunden hat, der sich für das Kind interessiert", sagte Schwester Irene und führte Abel zum Spielplatz.

„Jonathan, das ist ein Verwandter aus Amerika", sagte Schwester Irene zu dem Jungen.

„Hallo, Jonathan, wie geht es dir?", fragte Abel und gab dem Jungen einen großen Stoffhund, den er zuvor besorgt hatte.

„Danke, mir geht's gut." Der Junge grinste ihn frech an. Abel lächelte.

„Wir können uns auf die Bank setzen und uns unterhalten", schlug Abel vor und reichte ihm die Hand. Gemeinsam liefen sie die paar Meter. Das Kind mühte sich mit seiner Beinprothese ab. Der Anblick seines Hörgerätes schmerzte Abel. So ein kleines Kind schon so schwer geschädigt. Auch wenn Schwester Irene ihm gesagt hatte, dass der Junge in ein paar Jahren ein Hörimplantat erhalten würde. Bei seinem Bein konnte nichts mehr gemacht werden, er würde ein Leben lang auf eine Prothese, auch wenn sie technisch noch so gut war, angewiesen sein.

„Was ist denn dein Lieblingsspiel?", fragte Abel.

„Fußball und mit der Autorennbahn spielen", sagte Jonathan wie aus der Pistole geschossen.

„Fußball, das habe ich als Kind auch mal gespielt, aber ich war so schlecht und habe nie getroffen, deshalb habe ich damit aufgehört", erzählte Abel.

„Und was machst du jetzt?"

Abel lachte. „Klavier spielen, da brauche ich nicht mit dem Ball zu treffen."

„Klavier spielen?"

„Ja, das ist ein großes Instrument mit Tasten", erklärte Abel.

„Ich weiß, spielst du mir was vor? Wir haben ein Klavier." Jonathan stand auf und humpelte ins Haus. Abel folgte ihm langsam. Im großen Tagesraum stand ein kleines Klavier an der Wand. Jonathan schlug den Deckel auf.

„Eigentlich dürfen wir das nicht, aber wenn du spielen kannst ...“

Abel zog sich einen Stuhl heran und setzte sich. Er schlug einen Akkord an und verzog das Gesicht. Das Klavier war völlig verstimmt.

„Ist das alles?“

„Was möchtest du hören?“ Abel grinste Jonathan an.

„Auf der Eisenbahn.“

„Das kenne ich nicht.“ Jonathan sang es ihm vor und Abel spielte es nach.

„Die Affen rasen durch den Wald.“ Jonathan summte es gleich vor.

„Das kenne ich.“ Abel spielte es. Dann spielte er alle Kinderlieder, die ihm einfielen, und sang sie mit. Einige sang Jonathan ebenfalls mit. Nach und nach kamen immer mehr Kinder hinzu und äußerten Wünsche oder sangen mit.

Nach einer Stunde fiel Abel kein Lied mehr ein, außerdem war er heiser.

„Bravo.“ Schwester Irene und zwei weitere Schwestern klatschten Beifall. „Das war ja ein richtiges Konzert.“

Abel deutete eine Verbeugung an, dann ließ er sich von Jonathan durch die Klinik führen.

„Kommst du wieder?“, fragte Jonathan, als er sich verabschiedete. Abel wuschelte ihm durchs Haar.

„Ja, ich besuche dich mal wieder.“

„Wir würden uns freuen, wenn Sie uns besuchen. Vielleicht können wir dann ein richtiges Kinderkonzert machen“, schlug Schwester Irene vor. „Die Kinder haben hier nicht so viel, was sie unternehmen können und ihnen Freude macht.“

Abel nickte. „Dann muss ich mich aber vorher mit dem Klavier beschäftigen und es ein bisschen stimmen.“

„War es so schlimm?“

„Schlimmer. Ich bin kein Klavierstimmer, aber hinterher klingt es auf jeden Fall besser als jetzt."

Anschließend fuhr Abel an die See und machte einen langen Spaziergang am Strand. Er musste für den Jungen etwas tun. So klein, allein und mit so einem Handikap. Wütend kickte er einen Stein ins Wasser.

In der Nacht konnte er nicht schlafen. Peter Roloff und sein Projekt gingen ihm im Kopf herum, und der kleine Jonathan, der sein Schicksal so tapfer ertrug. Er nahm sich vor, den Kleinen regelmäßig zu besuchen.

Er versuchte zu schlafen, aber es hatte keinen Sinn. Er konnte seine Gedanken einfach nicht ausblenden. Also stand er auf, schaltete seinen Computer an und suchte seinen alten Chatroom im Internet auf. Wie er es als Schüler immer getan hatte, wenn ihn etwas quälte. Er hatte Glück und fand einen Bekannten wieder.

Sie unterhielten sich eine Weile. Der andere war inzwischen verheiratet und Vater von drei Kindern. Vor einigen Wochen war seine Frau mit einem anderen durchgebrannt und hatte ihn mit den Kindern sitzen gelassen.

„Und jetzt chatte ich wieder. Was soll ich sonst tun? Den ganzen Abend Videos schauen? Wegen der Kinder kann ich doch nicht aus dem Haus und regelmäßig einen Babysitter nehmen, kann ich mir nicht leisten."

„Kanntest du eigentlich Tommy?", fragte Abel.

„Natürlich. Tommy und sein Bruder Danny. Tommy hatte vor Jahren einen Autounfall. Kurz nachdem du nicht mehr hier in diesem Chatroom warst. Er ist nachts mit dem Fahrrad nach Hause gefahren und wurde von einem Auto überfahren. Der Fahrer beging Fahrerflucht und wurde nie gefasst. Es war ein schwarzer Mercedes. Merkwürdig, dass das autonome Sicherheitssystem versagt hat und warum der Fahrer keine Hilfe geleistet hat. Er konnte für das technische Versagen doch nichts."

„Wie schrecklich.“

„Da war noch was. Ach ja, da gab es einen Zeugen, ein Kind, das sagte, das Auto hätte direkt auf Tommy zugehalten. Aber es konnte sich nicht mehr an die Nummer erinnern.“

Abel schloss die Augen. Das musste zu der Zeit gewesen sein, als Markus ihn nach Kanada geschickt hatte. Zur Strafe hatten seine Gasteltern ihm den Zugang zum Internet verboten. Und an der Schule durfte er nur bestimmte Seiten aufsuchen. Als er nach ein paar Monaten wieder einmal eine Gelegenheit hatte, ins Internet zu gehen, fand er Tommy nicht mehr.

„Wo ist Danny?“, fragte er.

„Keine Ahnung. Er hat uns noch von dem Unfall erzählt, dann ist auch er verschwunden.“

Abel schaltete den Computer aus und wanderte im Zimmer umher. An Schlaf war nicht mehr zu denken. Er ging an Markus‘ Bar und nahm sich einen Whisky, dann noch einen. Es half nichts. Er beschloss, mitten in der Nacht noch einen Spaziergang zu machen. Danach schlief er wenigstens ein, wenn auch nur kurz.

Einige Tage später kehrte Markus zurück. In der Firma bat er Meyer-Birkenriehl zu einem Gespräch. Abel, der zufällig im Flur an der Tür vorbeiging, hörte einen lautstarken Streit, trotz der doppelten Tür des Direktorenzimmers.

„Bekommst du den Hals nicht voll genug!“, hörte er seinen Vater schreien.

„… ein Weichling“, verstand er von der Antwort nur. Meyer-Birkenriehl redete leiser.

„Müsst ihr die Leute in den Widerstand treiben. Nikola soll sich darum kümmern.“

Abel mochte nicht länger an der Tür stehen bleiben, jeden Augenblick konnte jemand kommen, daher schlich er weiter.

Am nächsten Morgen ging er sehr früh zur Firma, suchte die Buchhaltungsräume mit ein paar Belegen auf, damit er einen Grund hatte, falls ihn jemand sah. Dort hackte er sich von einem der Computer in den seines Vaters ein. Hastig überflog er geheime, passwortgeschützte Unterlagen. In Zypern war es bei der Eientnahme zu Todesfällen gekommen, ebenso in Malta. Dabei hatte der strafversetzte Leiter der Station schon vor Wochen auf die Probleme hingewiesen. Aber der Genmedi Corporation war die bessere Versorgung der Frauen zu teuer gewesen. Das hätte ihren Riesengewinn ein bisschen geschmälert. Abel wurde übel. Auf Zypern beschwerten sich nach den Todesfällen die Familien bei der Firma und bei den örtlichen Behörden. Inzwischen hatten sich andere Dorfbewohner angeschlossen.

Abel hörte durch das geöffnete Fenster Autos auf den Parkplatz fahren. Er fuhr den PC herunter und legte seine Belege Frau Henkelmann, die für die Spesenabrechnung zuständig war, auf den Tisch, dann verließ er die Buchhaltung.

„Müsst ihr uns immer so restlos schlagen?", fragt Abel. Ihm tat Li leid. Mit ihm als Partner hatte Li keine Chance beim Doppel.

„Wir können ja beim nächsten Mal tauschen, dann spielst du mit Nikola und ich mit Li", schlug Ingrid vor.

„Das wird etwas länger dauern. Die nächsten Wochenenden kann ich nicht. Ich fahre nach Zypern, dann weiter nach Malta, Sizilien und wer weiß, wohin noch. Ich muss die örtlichen Stationen einmal besuchen und überprüfen", sagte Nikola.

„Du persönlich? Hast du nichts Wichtigeres zu tun?", fragte Abel.

„Tja, es ist wichtig. Wir sind in letzter Zeit nicht immer rechtzeitig informiert worden. Da ist es an der Zeit, dass sich die Chefin persönlich darum kümmert." Nikola lächelte und nahm damit den Worten den Ernst.

„Na, dann nimm ein gutes Buch mit", empfahl Abel.

„Du hast dich doch in deiner Zeit in Rom auch nicht gelangweilt", sagte Nikola.

„Das lag aber an Sepp und Kati Steyr und Lucia Berger, die waren froh, einmal ein neues Gesicht zu sehen und haben Feste veranstaltet. Aber Rom ist auch noch außerhalb der Touristensaison eine kleine Stadt. Aber auf Zypern gibt es wohl nur noch ein paar Mitarbeiter von uns." Abel erinnerte sich immer wieder gern an seinen Aufenthalt in Rom.

„Bleibst du hier?", fragte Abel Li.

„Natürlich, es ist ja nur eine Reise und ich stehe mit meinem Forschungsauftrag unter Zeitdruck." Li arbeitete zusammen mit dem pharmazeutischen Forschungsinstitut und der Genmedi Corporation an einem neuen Malariamittel. Die Malaria breitete sich immer weiter aus. Inzwischen erkrankten auch im Süden Deutschlands Menschen daran. Gegen die herkömmlichen Mittel waren die Erreger inzwischen resistent.

Nach einem weiteren Bier entschuldigte Nikola sich: „Ich muss gehen. Ich habe noch so viel vorzubereiten, eigentlich hätte ich gar nicht zum Tennisspielen gehen dürfen."

„Dann wünsche ich dir eine gute Reise", sagte Ingrid.

„Langweile dich nicht zu sehr", riet Abel.

„Na, ich werde genug zu tun haben."

Ingrid und Abel blieben sitzen und winkten Nikola und Li noch einmal zu.

„Während mein Vater weg war, sind Probleme aufgetaucht und Meyer-Birkenriehl hat sich wohl nicht ausreichend darum gekümmert", wisperte Abel.

„Es scheint Machtkämpfe zu geben", meinte Ingrid.

„Was weißt du darüber?"

„Erst hieß es, mein Chef reißt die Macht an sich und zieht sein Ding durch, jetzt heißt es, dass er sich mit deinem Vater streitet."

„Und Nikola ist sein Instrument?"

„Es könnte sein."

Der Wirt kehrte aus dem Nachbarraum zurück, deshalb wechselten sie das Thema und unterhielten sich über die Chancen von dem jungen Gerd Löwe in Wimbledon.

„Hast du Mutter schon vergessen?“, warf Abel seinem Vater vor. Am Wochenende hatte sein Vater die Frau, die bei seinem Besuch in der Kur am Nachbartisch gesessen hatte, als Übernachtungsgast mitgebracht.

„Soll ich den Rest meines Lebens als trauernder Witwer verbringen, nur weil es meinem Sohn so gefällt“, fragte Markus.

„Ich rede nicht vom Rest deines Lebens!“ Abel wurde lauter.

„Ich bin in den besten Jahren. Ein Mann braucht eine Frau.“

„Wie kannst du so kurz nach ihrem Tod eine neue Beziehung haben.“ Am liebsten hätte Abel vor Wut geweint, so hilflos fühlte er sich.

„Es ist nicht jeder so verklemmt wie du! Ohne meine Nachhilfe wärst du doch noch immer Jungfrau“, spottete Markus.

„Und du bist total gefühllos.“ Abel drehte sich um und ging. Das höhnische Gelächter seines Vaters folgte ihm. Am liebsten wäre er ausgezogen, aber bei dem schwierigen Wohnungsmarkt würde er nichts finden. Selbst große Familien lebten in kleinen Zweizimmerwohnungen. Seit vor Jahren die große Flüchtlingswelle aus Südeuropa Deutschland und die Nachbarländer überschwemmt hatte, waren Wohnungen ein Luxus geworden.

In der Firma herrschte gedrückte Stimmung, als Abel das Büro am Morgen betrat. Auf seinem Schreibtisch lag eine kleine Notiz auf der Pressemappe auf seinem Schreibtisch. „Spendenstation in Zypern von Aufständischen gestürmt. Mitarbeiter getötet. Die Chefin der Spendenstationen wurde ebenfalls umgebracht. Nikola Meyer-Birkenriehl hielt sich in der Station auf, um Unregelmäßigkeiten zu klären. Das zypriotische Militär will hart gegen die Aufständischen vorgehen.“

Nikola, geliebte Nikola! Abel ließ sich schwer auf seinen Drehstuhl fallen und barg sein Gesicht in seinen Händen. Vor zehn Tagen hatten sie noch gemeinsam Tennis gespielt. Nikola mit ihren langen blonden Locken. Er sah sie nackt neben sich auf dem Fußboden liegen. Die hochbegabte, wunderschöne Nikola, die das Leben so liebte. Von den Machtkämpfen ihrer beider Väter geopfert. Abel weinte. Was war aus den Freunden seiner Kindheit geworden?

Abel war niedergeschlagen, untröstlich. Erst Tommy, der ihn damals so häufig getröstet hatte, dann seine geliebte Mutter und jetzt Nicola, die ihn zum Mann gemacht hatte. Ohne sie hätte er sein Abitur nie geschafft. Mussten alle sterben, die ihm etwas bedeuteten?

War das die Strafe seines Vaters für Meyer-Birkenriehl? Eine teure Strafe, die so viele Unschuldige mit traf. Er holte tief Luft, dann trocknete er sein Gesicht. Die anderen brauchten ihn so nicht zu erleben. Er ging an das Fenster und öffnete es. Er brauchte frische Luft.

Nachdem er ruhiger geworden war, setzte er sich wieder an den Schreibtisch, öffnete die Pressemappe und studierte die Artikel. Später sprach er mit Frau Wagner, damit sie eine Todesanzeige und einen Nachruf in die Zeitung setzen ließ.

Als er damit fertig war, schloss er das Fenster. Der Wagen seines Vaters fuhr vor, sein Vater stieg aus. Büchner fuhr weiter. Im Wagen saß noch eine weitere Person. Charlotte Parveau, die Geliebte seines Vaters. Zum Tod der ehemaligen Geliebten ein Stelldichein mit der neuen. Abel spürte einen bitteren Geschmack im Mund.

Dann richtete er sich auf und straffte seine Schultern. Er musste Meyer-Birkenriehl kondolieren. Er ging zu seinem Vater ins Büro.

„Was hast du?", herrschte ihn Markus an.

„Warst du schon bei Meyer-Birkenriehl? Lass uns gemeinsam hinfahren", schlug Abel vor.

Markus schaute auf seine Uhr. „Ich habe gleich eine Telefonkonferenz. In ein bis zwei Stunden besuchen wir Herrn und Frau Meyer-Birkenriehl."

Er beugte sich über seine Gegensprechanlage: „Frau Wagner, Herr Büchner soll sich in einer Stunde bereithalten, mich zu fahren. Er ist gerade zur Waschanlage gefahren." Er nickte Abel zu. Abel verließ den Raum. Als er die Tür öffnete, sagte Markus: „Gut, dass du schon an eine Todesanzeige gedacht hast."

„Bis gleich." Abel ging hinaus.

Wenig später fuhren sie zu Familie Meyer-Birkenriehl und statteten ein Beileidsbesuch ab. Meyer-Birkenriehl war diszipliniert wie immer. Er ließ sich nichts anmerken. Markus würde bestimmt ähnlich beherrscht reagieren, wenn ihm etwas passierte, dachte Abel. Nein, wahrscheinlich hätte Markus das gar nicht nötig. Ihm war es doch völlig egal, ob sein Sohn lebte oder nicht.

Frau Meyer-Birkenriehl brach bei jedem Wort in Tränen aus.

„Der Arzt kommt gleich. Sie braucht etwas zur Beruhigung", sagte Meyer-Birkenriehl. Das Telefon klingelte. „Ja, jemand wird dich am Flughafen abholen", sagte Meyer-Birkenriehl.

Nach einer Weile legte er auf.

„Paul kommt von St. Petersburg. Sein Flieger landet um 17 Uhr", erklärte er, bevor er mit seinem Chauffeur telefonierte, um ihm Anweisungen zu geben.

„Gut, dass Paul sich so schnell freinehmen konnte." Paul, Nikolas zehn Jahre älterer Bruder, arbeitete seit Jahren beim Militär. Meistens im Ausland. Selbst zur Verlobung seiner Schwester hatte er keinen Urlaub erhalten. Abel erinnerte sich gar nicht mehr an ihn. Obwohl er ihn vor vielen Jahren einmal bei einem Firmenjubiläum gesehen hatte.

Abel sprach leise auf Frau Meyer-Birkenriehl ein. Er streichelte ihre Hand und erzählte, wie nett Nikola immer zu ihm gewesen war. „Beim Tennis hat sie mich angespornt und gelobt. Wenn ich mit ihr spielte, bin ich immer über mich hinausgewachsen. Sie war so fröhlich. Beim Spiel strahlte alles an ihr. Ihre Haare hüpften, wenn sie leichtfüßig hinter dem Ball hersprang. Es war ein Spiel, kein Kampf. Selbst wenn sie um Punkte kämpfte, machte es ihr Spaß und sie lachte. Sie war so ansteckend mit ihrer guten Laune. Alle mochten sie. Für meine Mutter war sie eine Ersatztochter.“

Frau Meyer-Birkenriehl weinte leise vor sich hin. Ab und zu lächelte sie. „Nicht wahr. Sie war ein Schatz. Engel werden nicht alt.“ Sie wischte sich die Tränen fort. „Sie war so eine liebevolle Tochter. Sie hat sich immer so viel Mühe gegeben. Mit der Schule, mit dem Studium und später mit der Arbeit. Und daheim war sie immer hilfsbereit und höflich.“ Abel hörte sich geduldig die Erzählungen von ihr an.

„Das sollen sie mir büßen. Da schicke ich Legionäre hin“, hörte er im Hintergrund Meyer-Birkenriehl zischen.

Abel nickte der trauernden Frau zu und warf ab und zu ein passendes Wort ein.

Als der Arzt endlich kam, hatte sich Frau Meyer-Birkenriehl schon beruhigt. Der Arzt entschuldigte sich für seine Verspätung mit einem Notfall, einem Atemstillstand bei einem Kleinkind, bei dem er dringend gebraucht worden war. Dann untersuchte er Nikolas Mutter und ließ vorsichtshalber ein Beruhigungsmittel da.

„Heute Abend nehmen Sie vor dem Schlafengehen eine Tablette. Wenn es Ihnen im Laufe des Tages wieder schlechter geht, nehmen Sie zusätzlich eine. Warten Sie damit nicht zu lange. Aber nicht mehr als drei Stück am Tag.“

An der Tür sagte er zu Meyer-Birkenriehl: „Das Zuhören des jungen Mannes hat ihr gutgetan. Sorgen Sie dafür, dass immer ein Gesprächspartner im Haus ist.“

Markus und Abel mussten wieder zur Arbeit. „Schau mal wieder herein. Du tust meiner Frau gut“, sagte Meyer-Birkenriehl zu Abel und dann an Markus gewandt: „Vielleicht hätte dein Sohn einen sozialen Beruf ergreifen sollen. Da wäre sein weiches Herz nützlich."

Zwei Wochen später waren die sterblichen Überreste von Nikola nach Deutschland überführt worden und es fand eine große Trauerfeier statt.

Abel kondolierte Li. Seit dem Unglück hatte er ihn nicht mehr gesehen. „Was wirst du jetzt machen?"

„Ich weiß nicht. Aber ich werde nicht in Deutschland bleiben. Ich werde mich im Ausland nach einem guten Job umsehen." Sein Gesicht zuckte. „Oh, Abel, sie fehlt mir so. Dabei weiß ich, dass sie mich von Anfang an betrogen hat."

Abel war geschockt.

„Und trotzdem bist du bei ihr geblieben?"

„Ich habe sie so geliebt. Und sie mich auch. Aber sie konnte nicht treu sein. Ihr Vater hat sie, ihren Körper, doch seit ihrer Jugend für seine Zwecke eingesetzt." Seine schwarzen Augen blickten hasserfüllt in Abels dunkle Augen.

„Sie war erwachsen", meinte Abel, in der Hoffnung, ihn zu bremsen.

„Er hat sie schon mit sechzehn an seine Geschäftspartner verkuppelt, um seine Ideen durchzusetzen. Und sie hat ihm zuliebe alles getan, sie wollte seine Liebe nicht verlieren. Sie wollte gar nicht nach Zypern fliegen. Sie hatte Angst vor den Unruhen. Wäre sie bloß nicht geflogen." Er ballte seine Fäuste.

Abel schüttelte den Kopf. „Wir sind alle nur Schachfiguren", flüsterte er.

Li reichte ihm die Hand. „Leb wohl, ich glaube nicht, dass wir uns noch einmal wiedersehen."

Über Frau Meyer-Birkenriehl, die er regelmäßig besuchte, hörte er, dass Li die Wohnung auflöste und alles verkaufte. Einen Monat später zog er nach Argentinien. Er hatte da Arbeit in einer kleinen alternativen Chemiefirma gefunden.

Innerhalb kurzer Zeit war nichts mehr von den Unruhen auf Zypern zu hören. Das Militär hatte wohl erfolgreich alle Unruhestifter gefasst. Aber der Leiter der spanischen Spendenstation meldete sich und beschwerte sich über den schlechten Gesundheitszustand seiner Frauen.

„Die haben überhaupt kein Verantwortungsgefühl. Wir lassen sie schon zweimal in der Woche herkommen, damit sie eine vernünftige Mahlzeit erhalten. Außerdem bekommen sie Lebensmittelpakete und Tabletten mit Spurenelementen. Trotzdem hilft es nicht. Die sind nicht in der Lage, die Präparate richtig einzunehmen", jammerte er in einer Telefonkonferenz.

Markus zog seine Stirn in Falten.

„Besser, es fliegt einer hin und hilft da. Wir können es momentan nicht wie früher auf sich beruhen lassen", meinte er.

„Unbedingt, sonst gibt es auch noch in Spanien Unruhen", sagte Meyer-Birkenriehl. Die anderen Gesprächsteilnehmer nickten.

„Unruhen in Spanien sind schwerer zu bekämpfen", merkte Herr Krüger, der Sicherheitsberater, an.

„Gut, Herr Schmidt, wir werden jemanden zu Ihrer Hilfe hinschicken. Wir melden uns bald wieder." Damit beendete Markus das Gespräch

„Wir müssen jemanden hinschicken, dem wir vertrauen können. Jemand der alles beobachtet und uns darüber berichtet. Warum sind die Frauen so schlecht ernährt? Gibt es Aufrührer, die sie zwingen, ihre Portionen weiterzugeben?" Meyer-Birkenriehl blickte Abel an. „Diesmal ist dein Sohn dran, Markus."

Markus sah ihm in die Augen, dann senkte er seinen Blick. „Ich weiß nicht ..."

„Ich möchte dahinfliegen", warf Abel ein. Die anderen schauten ihn überrascht an.

„Weißt du, was du sagst?", herrschte Markus ihn an.

„Beim letzten Besuch von Deutschland ...“ Krüger beendete den Satz nicht.

„Der Junge hat mehr Mumm, als du ihm zutraust“, meinte Meyer-Birkenriehl.

Abel grinste ihn an. „Ich wollte schon immer einmal in eine Spendenstation. Schließlich arbeite ich hier schon so lange, war aber noch nie an unserer Rohstoffquelle.“

Die anderen Konferenzteilnehmer nickten beifällig. „Wenn er befördert werden will, muss er sowieso einmal dort arbeiten. Warum also nicht gleich.“

„Gut.“ Markus war kurz angebunden. Sein Gesicht wirkte härter als sonst.

„Wie kannst du nur freiwillig nach Spanien gehen. Überall gären Unruhen, bald lodern alle unsere Auslandsniederlassungen“, machte Ingrid Abel Vorwürfe.

„Ich muss unbedingt wissen, was in den Spendenstationen läuft. Warum sind die Leute so unzufrieden. Die Menschen in den landwirtschaftlichen Kooperativen in Italien waren sehr zufrieden.“

„Die verkaufen auch nicht ihren Körper.“

„Das kann es nicht allein sein. Ich bin Jonathan Roloff immer noch etwas schuldig. Die Idee seines Vaters könnte ihm viel Geld einbringen, aber das Projekt ist in unserer Hauptverwaltung verschollen.“

„Abel, ich habe Angst um dich“, flüsterte Ingrid.

Abel nahm sie in seine Arme, sie barg ihr Gesicht an seiner Brust.

„Ich muss gehen, Ingrid. Ich habe nie Rückgrat gehabt. Wenn ich es jetzt nicht mache, kann ich nie wieder in den Spiegel schauen. Das bin ich mir schuldig - und auch Jonathan.“

Ingrid schmiegte sich fest an ihn. „Ich habe Angst. Pass bloß gut auf dich auf.“

Er küsste sie sanft. Erst auf die Augen, dann auf beide Wangen, auf die Nasenspitze und schließlich auf den Mund.

Der Kuss wurde intensiver, verlangender. Ihr Atem ging stoßweise. „Komm mit in mein Zimmer", hauchte Ingrid und zog ihn an seiner Hand mit. In dieser Nacht schliefen sie kaum. Sie liebten sich, unterhielten sich und liebten sich wieder. Abel zog Ingrid an seine Brust. Sie strich über seine Schultern, Brust und Bauch.

„Du bist ein Geschenk des Himmels", flüsterte er.

„Du bist zu sehr im Zentrum der Macht."

„Stört dich das?"

„Ja, es macht mir Angst. Es gibt zu viele Intrigen", murmelte sie.

„Gab's die schon immer?", fragte er und spielte mit ihren Haaren. Er drehte eine ihrer kurzen Strähnen in seiner Hand.

„Au, das ziept", schrie sie.

Er lachte und ließ wieder los.

„Wahrscheinlich, aber in den letzten Wochen dreht sich alles rasant", beantwortete sie seine Frage.

„Weil mein Vater ausgefallen ist?"

„Hm, ich glaube, da gibt es noch andere Gründe. Ich habe um Versetzung gebeten. Ich möchte in die Werbeabteilung."

„Weil du Angst hast?"

„Weil ich mal etwas Neues machen will."

Sie schwiegen. Abel stellte mit einer Hand den Lautsprecher neben dem Bett an und suchte auf dem Handy nach einem Musikstück.

Irischer Folk erklang.

„Ach was, natürlich aus Angst. Ich will nicht länger mit Meyer-Birkenriehl zusammenarbeiten. Er strahlt irgendetwas Tödliches aus. Ich kann es nicht erklären, das ist nur so ein Gefühl. Seit Nikola tot ist, ist es schlimmer geworden. Und ich will nicht länger zwischen diesen ganzen Intrigen sitzen. Alle denken, ich bin als Assistentin eingeweiht, dabei weiß ich wahrscheinlich am wenigsten." Sie strich sich Haare aus dem Gesicht.

„Ich werde aufatmen, wenn du aus seiner Abteilung raus bist.“

„Hoffentlich wird Meyer-Birkenriehl nicht Vorstandsvorsitzender.“

„Du meinst, mein Vater ist schon so weit demontiert, dass er es demnächst wird?“ Abel richtete sich etwas auf und schaute auf sie herab.

Ingrid nickte.

„Na, vielleicht tröstet Markus sich mit seiner neuen Freundin über den Verlust seiner Macht hinweg.“ Abel klang bitter. Er ließ sich wieder zurückfallen.

„Er ist ein erwachsener Mann. Und noch nicht so alt, dass ihm Sex keinen Spaß macht“, sagte Ingrid und grinste ihn an. „Kinder wollen das immer nicht wahrhaben.“

„Jetzt redest du wie er. Meine Mutter ist gerade ein Vierteljahr tot und alle reden schon so, als würde ich verlangen, dass mein Vater ewig wie ein Mönch lebt. Aber er könnte ja wenigstens etwas Pietät beweisen. Aber er war ihr ja schon im Leben nicht treu, warum sollte er es nach dem Tod sein? Die ganze zwangsweise Therapiererei sollte doch nur sein schlechtes Gewissen beruhigen.“ Sein Mund war angespannt, die Lippen nur noch ein dünner Strich.

„Ich glaube, er hat deine Mutter wirklich geliebt. Er konnte ihr nur nicht treu sein.“ Sie fuhr mit einem Finger von der Kuhle am Hals über sein Brustbein bis zum Nabel. Dann umkreiste sie den Nabel.

„Na, seine Neue wird nicht so geduldig sein. Die wird ihn bestimmt über den Tisch ziehen. Eine Staatsanwältin. Siebzehn Jahre jünger als er.“

„Du solltest dir eine Wohnung suchen.“

„Ich finde keine, mein Vater hat viel zu viel Wohnraum.“

„Und über seine Beziehungen?“

„Das will ich nicht.“

„Na, bevor du mit seiner Neuen zusammenwohnst ...“

„... ziehen wir zusammen. Hauptsache, du gehst nicht ins Ausland."

„Am liebsten würde ich es machen, aber ich wollte in deiner Nähe bleiben."

Abel zog ihren Kopf an seine Schulter, mit einem Arm presste er sie auf seine Brust, mit der anderen Hand wuschelte er durch ihr kurzes Haar.

Am nächsten Tag gingen sie schwimmen, zu Tennis hatten sie seit Nikolas Tod keine Lust mehr. Abel betrachtete sich danach zu Hause in einem Spiegel. In letzter Zeit hatte er Muskeln bekommen und Masse gewonnen. Er sah nicht mehr so hager, so spillerig aus.

Alicante

Schon zwei Tage später stieg Abel in das Flugzeug nach Alicante. Ingrid hatte ihn nicht begleiten können, sie musste noch ein paar wichtige Arbeiten für Meyer-Birkenriehl erledigen, bevor sie zum Monatsende seine Abteilung verließ.

Beim Einsteigen war Abel mulmig zumute. Hoffentlich hatte er sich nicht zu viel zugemutet. Er dachte an Nikola. Sie hatte auch Angst vor der Reise gehabt. Wie recht hatte sie damit gehabt. Warum hatte sie nicht auf ihre innere Stimme gehört?

Er flog nach Paris, dort stieg er nach Madrid um. In Madrid hatte die Maschine, die ihn weiterbefördern sollte, einen technischen Schaden und musste erst repariert werden. Leider konnte er sich nicht die Stadt ansehen, sondern musste auf dem Flugplatz bleiben. Er nahm sich das Buch vor, das ihm Ingrid noch am Abend zuvor vorbeigebracht hatte. Endlich wurde sein Flug aufgerufen, und er stieg in ein kleines Flugzeug mit zehn Plätzen. Einen Augenblick zögerte er beim Einsteigen, aber dann gab er sich einen Ruck und betrat den Flieger.

Er war der einzige Fluggast, aber die Linie diente auch nicht zum Personentransport, sondern um die Embryonen zur Fabrik zu befördern.

In Alicante holte ihn niemand vom Flughafen ab. Er nahm eine Taxe und fuhr erst zum Hotel, dann zur Station. Anders als in Deutschland fuhren die Autos nicht autonom, sondern wurden tatsächlich von einem Chauffeur gesteuert.

Die Stadt schien verlassen. Sie fuhren an endlosen Hochhausruinen vorbei. Stücke der Verkleidungen hingen lose an den Mauern und wehten im Wind hin und her. Die ehemals glänzenden Fassaden waren blind, in den Fenstern steckten spitze Glasscherben.

„Das ist ja lebensgefährlich, warum werden die Häuser nicht abgerissen?", fragte Abel.

„Kein Geld, lohnt sich nicht." Der Taxifahrer zuckte die Achseln.

Abel fing an zu schwitzen, die Klimaanlage im Wagen funktionierte nicht mehr richtig. Er würde sich eine bessere Taxe aussuchen und die dann fest reservieren, nahm er sich vor.

Als er aus dem Wagen stieg, war er schweißgebadet.

Herr Schmidt erwartete ihn schon. Seine Leibesfülle war enorm, dabei war er eher klein von Statur. Mit einem Taschentuch wischte er sich den Schweiß von der Stirn. „Ich denke, Sie wollten schon gestern kommen", sagte er unfreundlich.

„Ich habe erst heute einen Flug bekommen."

„War die Reise sehr anstrengend?"

„Hm, in Madrid musste ich warten, weil das Flugzeug erst repariert werden musste. Ich habe ernsthaft überlegt, ob es ratsam ist, da einzusteigen."

Schmidt lachte. „Die Transportmittel zu den Stationen sind immer abenteuerlich. Auf Kreta musste ich einmal mit einem Kamel reiten, weil ein Sandsturm alle erreichbaren Flugzeuge ruiniert hatte."

„Wie viele Mitarbeiter haben Sie?", fragte Abel.

„Pilar, meine Krankenschwester und noch drei Hilfskräfte."

„So wenig? Reicht das denn?" Abel hatte sich daheim die Unterlagen der Station durchgelesen, aber er hatte es nicht glauben können.

„Nein, es reicht nicht. Außerdem haben wir keinen Arzt. Eigentlich bräuchten wir ein richtiges Krankenhaus mit mehreren Ärzten und ausgebildeten Krankenschwestern."

Abel riss seine Augen auf. „Da ist die landwirtschaftliche Kooperative in Rom besser ausgestattet als Ihre Station."

„Das sind auch Vorzeigeobjekte. Da werden Vertreter des Roten Kreuzes, der UNO und der Medien herumgeführt. Aber hier geht es nur um den Gewinn."

„Offiziell sollen eine medizinische Station, Schulen und Werkstätten, die auch andere Einheimische benutzen dürfen, unseren Spendenstationen angeschlossen sein." Abel redete lebhafter und lauter.

„Sollten, ja, aber die medizinische Betreuung wurde vor ein paar Jahren eingestellt." Schmidt watschelte an das Fenster und winkte Abel heran. „Dort, das lange, flache Gebäude war unsere Klinik. Rückseitig", er zeigte auf die trockene, aufgesprungene Erde dahinter, „sollten unsere Schule und die Werkstätten gebaut werden."

„Die hat es nie gegeben?"

„Nein. Irgendein Kosten-Nutzen-Prüfer hat festgestellt, dass es unnütze Ausgaben sind."

„Sehen alle Stationen so aus?", fragte Abel.

Schmidt nickte. „Wir hatten wenigstens mal eine Klinik. Bei den Stationen, die erst später gebaut wurden, waren sie nicht einmal vorgesehen."

Abel schaute Schmidt an. Sein feistes Gesicht wirkte verbittert.

„Wie lange sind Sie schon hier?", fragte er. Aus den Akten wusste er, dass Schmidt seit sechs Jahren in Alicante der Leiter war.

„Jetzt wieder seit sechs Jahre, davor war ich auf Kreta, in Bosnien, Saloniki und in Izmir ...“

„Izmir?"

„Die Station wurde aufgegeben. Die religiösen Probleme wurden zu groß. Es tauchten charismatische Anführer auf, die gegen uns hetzten. Schließlich stürmten die Bewohner unsere Häuser und warfen mit Steinen nach uns. Wir konnten gerade noch entkommen. Aber die Station hatte sowieso keinen Gewinn gemacht, also wurde sie aufgegeben."

Er ging zum Kühlschrank und holte zwei Dosen Cola heraus, dabei schnaufte er laut. Zurück am Schreibtisch ließ er sich schwer in seinen Sessel fallen. Der Stuhl knarrte laut.

Abel setzte sich ihm gegenüber.

„Ich bin strafversetzt worden. Erst von der Zentrale nach Alicante, später immer weiter. Meine Familie habe ich seit fünfzehn Jahren immer nur im Urlaub gesehen. Meine Frau wollte nicht mitkommen. Nach drei Jahren hat sie sich scheiden lassen. Als ich vor sechs Jahren wieder hier eintraf, war ich geschockt. Keine Ärzte, keine Schule, kein Personal, nur Pilar und ich. Die anderen haben wir angelernt."

Schmidt bückte sich, öffnete eine Schublade seines Schreibtisches und holte eine Flasche Rum heraus. Er nahm einen Schluck aus der Flasche, dann hielt er sie Abel hin. „Wollen Sie auch einen?"

„Nein, danke, nicht in der Hitze, dann bin ich ja gleich hin."

Schmidt wühlte wieder im Schreibtisch herum und förderte eine dicke Mappe hervor.

„Da, sehen Sie selbst. Sie wollen sicherlich nicht länger als unbedingt nötig hierbleiben. Also fangen Sie gleich mit der Arbeit an."

Abel schlug die Mappe auf. Sie enthielt Personendaten der einzelnen Spenderinnen.

„Wir haben im Raum nebenan einen großen Schrank mit ausführlichen Karteikarten. Aber für den Anfang reicht meine kleine Sammlung."

„Karteikarten? Was ist das?" Abel hatte das Wort noch nie gehört.

Schmidt lachte. „Vorsintflutlich, nicht? Das sind Karten aus Karton, auf denen alles über die Spenderinnen aufgeschrieben wird. Wann sie ihre Regel hat, wann der Eisprung war, wann sie mit der Hormonbehandlung angefangen haben, wann die Embryonen entnommen werden, wie lange die Pause war und so weiter. Früher schrieben Ärzte die Informationen über ihre Patienten auf solche Pappkarten", erklärte er.

„Aber warum nehmen Sie nicht den Computer?"

„Weil wir laufend Stromausfälle haben."

„Haben Sie denn keine eigene Stromanlage? Keine Solarzellen?"

„Doch, trotzdem bricht unser Stromnetz laufend zusammen. Und der Kühlschrank ist im Notfall wichtiger als der Computer."

Abel blickte auf die Coladose vor sich.

Schmidt lachte schallend, sodass sein Bauch in Bewegung geriet und ihm Tränen über die Wangen liefen. „Nein, den Embryonen darf nichts geschehen."

Abel grinste und vertiefte sich in die Unterlagen. Die medizinischen Daten der Frauen erschütterten ihn. Sie waren alle untergewichtig, selbst als medizinischer Laie konnte er das Verhältnis Größe zu Gewicht erkennen. Einmal im Jahr wurden von Blutproben Laboruntersuchungen in Amsterdam gemacht. In der Zwischenzeit konnten die Frauen Infektionskrankheiten oder sonst etwas bekommen.

„Dadurch erhöht sich doch der Ausschuss bei den Embryonen", stellte er fest.

„Das stört anscheinend niemanden. Aber die Embryonen werden wirklich untersucht, damit es keinen Skandal mit verseuchten Medikamenten gibt."

Abel kamen die Frauen wie Hühner in einer Legebatterie vor. Mit dem Unterschied, dass die vor einigen Jahren wieder eingeführten Legebatterien große Proteste hervorriefen, während sich um die Spenderinnen keiner kümmerte.

Es wurde dunkel, Abel konnte die Zahlen auf dem Papier nicht mehr lesen. Er rieb sich die Augen.

„Was passiert mit den Lebensmitteln, die die Firma hierherschickt?", fragte er.

„Denken Sie, ich unterschlage die und verkaufe sie auf dem Schwarzmarkt? Nein, so skrupellos bin ich nicht. Aber die Frauen sind doch nicht allein, die haben Familie. Eltern, Geschwister, Kinder. Denken Sie, die essen sich satt und lassen ihre Familie verhungern? Deshalb sind wir doch schon übergegangen und kochen zweimal die Woche für die Frauen. Dann wissen wir, dass sie tatsächlich das Essen zu sich genommen haben."

„Dann müssen Sie eben täglich kochen.“

„Und den Frauen keine Essenspakete mehr mitgeben? Und was wird aus den Familien?“

Abel klappte die Mappe zu und legte sie auf Schmidts Schreibtisch.

„Es ist nicht so lupenrein, wie es von Deutschland aus aussieht. Nicht?“, sagte Schmidt.

Der Stachel bohrte sich Abel in den Leib.

„Gehen Sie lieber nicht spazieren“, empfahl Schmidt, bevor Abel mit dem Taxi ins Hotel fuhr. Die Hotelküche hatte schon geschlossen, und der Barkeeper meinte, in ganz Alicante würde er nach 20 Uhr nichts mehr zu essen bekommen. Also trank er noch zwei Bier und ging dann hungrig schlafen. Am nächsten Morgen suchte er nach dem kargen Hotelfrühstück gleich einen Supermarkt auf. Der ehemals großzügige Laden wies gähnend leere Regale auf. Nur wenige Fächer waren bestückt. Immerhin fand Abel schwedisches Knäckebrot, Ölsardinen, Hartkäse und ein paar Kekse. Das musste als Notration reichen.

In der Spendenstation standen die ersten Frauen vor der Tür und warteten, bis sie an der Reihe waren. Ausgemergelt Gestalten, grauhaarig, mit runzeligen Gesichtern und glanzlosen Augen.

Abel zuckte zusammen, als er an den Frauen vorbeiging und sie von Nahem sah. Er wusste aus Schmidts Unterlagen, dass keine einzige dieser Frauen über fünfunddreißig war. Die meisten waren erst Mitte zwanzig. Einige hatten Kleinkinder dabei, die apathisch auf dem Fußboden saßen.

Er betrat die medizinische Station. Pilar nickte ihm zu. Sie stand an einem OP-Tisch, sprach ein paar beruhigende Worte zu der Spenderin. Dann führte sie der Frau über die Scheide eine feine Nadel ein. Auf einen Monitor verfolgte sie die Bewegungen des Instruments. Kein Sichtschutz gewährte der armen Frau ihre Intimsphäre. Der Eingriff ging schnell. Kurz darauf reichte Pilar einer Helferin die Nadel. Die eilte damit zu einem Mikroskop, um die Eizellen zu kontrollieren und die gesunden Zellen mit Spenderspermien zu befruchten.

Pilar stand inzwischen schon an dem Nachbartisch und entnahm der nächsten Spenderin die Eizellen. Der Eingriff fand ohne Betäubung statt und die Frauen ertrugen die Behandlung klaglos. Kurz nach der Entnahme verließen die Spenderinnen mit einem Essenspaket beladen die Station.

Den ganzen Vormittag punktierte Pilar. Schmidt ließ sich währenddessen zweimal sehen.

„Haben Sie es sich so vorgestellt?", fragte er Abel.

Abel schüttelte den Kopf, seine Kehle war zugeschnürt. Er kämpfte gegen Übelkeit.

Nachdem Pilar die reifen Eizellen geerntet hatte, kontrollierte sie ihre Helferinnen bei der Befruchtung und der Lagerung im Transportbrutschrank.

„Seid ihr bald fertig? Ich muss los", drängte ein kleiner schwarzhaariger Mann.

Pilar nickte und er verlud den Brutschrank in einem Transporter, mit dem er sofort zum Flughafen fuhr.

Am Nachmittag erhielten einige Frauen Hormonspritzen. Pilar legte die Karteikarten neben sich, kontrollierte Blutdruck und Puls und sprach mit den Frauen, dann gab sie ihren Helferinnen Anweisungen, welche Mengen von welchem Hormon gespritzt werden sollten, und trug alles in die Karten ein.

Mehrere Frauen klagten über Bauchschmerzen. Pilar tastete bei ihnen den Bauch ab. Zwei Spenderinnen hatten hohes Fieber, die schickte Pilar mit einer Handvoll Tabletten wieder nach Hause.

„Maria, du musst ein Jahr aussetzen", sagte sie zu einer Frau.

„Aber wir brauchen das Geld. Es geht mir gut, wirklich", flehte die Frau.

Pilar ließ sich nicht erweichen. „Es hat keinen Sinn, Maria, du bringst dich um."

Maria weinte, trotzdem änderte Pilar ihre Meinung nicht.

Eine Frau wurde von ihrer Mutter gebracht. „Wie geht es dir, Mercedes?“

„Gut“, antwortete Mercedes mit monotoner Stimme.

„Sie liegt nur noch im Bett und rührt sich nicht. Nicht einmal um ihre Kinder kümmert sie sich“, klagte ihre Mutter.

„Nach der Spendenentnahme ist es wieder vorbei“, tröstete Pilar.

„Wo ist Anna?“, fragte Pilar die Alte.

Die Frau fing an zu weinen. „Sie hat Schande über uns gebracht“, schluchzte sie. Pilar nahm sie in den Arm und strich ihr über den Rücken.

„Schon gut, schon gut, Rosa.“

Die nächste Spenderin klärte sie über Anna auf. „Anna hat sich die Pulsadern aufgeschnitten. Der Pfarrer wollte sie nicht bestatten, obwohl Rosa ihn angefleht hat. Jetzt liegt sie außerhalb des christlichen Friedhofes begraben.“

Pilar seufzte und verabreichte ihr die Spritze.

Am Abend packten die Helferinnen die Sachen zusammen. Ein Mann sterilisierte alle Geräte und Spritzen.

„Ein Elend ist es. Wir bräuchten Ärzte hier. Einer allein schafft es gar nicht. Ich kann nichts machen. Im Notfall höre ich zu und verteile ein paar Penicillintabletten. Das beruhigt mein Gewissen, aber helfen kann ich nicht“, klagte Pilar.

„Was hatten die Frauen? Ist es ansteckend?“, fragte Abel.

„Normalerweise nicht - hier wohl schon“, antwortete Pilar bissig. „Nebenwirkungen der Hormonbehandlung, genauso wie die Depressionen bei Mercedes und Anna. Aber das spielt keine Rolle. Das Leben dieser Frauen ist der Genmedi Coporation nichts wert. Es gibt genug hungrige Frauen, die ihren Körper verkaufen.“

Abel zuckte erschrocken zusammen.

„Sagen Sie es ruhig Ihrem Vater, dem Direktor Dr. Stemmer. Ich habe keine Angst. Angst habe ich vor dem Fegefeuer. Wissen Sie, wie viel Freundinnen, Nachbarinnen,

Schwestern und Nichten ich schon zu Tode behandelt habe?“, fragte sie bitter.

„Das wusste ich nicht“, flüsterte Abel. „Sie können doch nichts dafür, Sie tun nur Ihre Arbeit.“

Der Taxifahrer war einsilbig und mürrisch. Bisher hatte Abel noch keinen gesprächigen gefunden, aber dieser war besonders schlimm. Hätte er nicht Angst gehabt, an den baufälligen Gebäuden vorbeizulaufen, wäre er ausgestiegen und hätte den Rest des Weges zu Fuß zurückgelegt. So aber blieb er sitzen, obwohl er die Ablehnung schon fast körperlich spürte.

„Eure Taxifahrer sind nicht besonders freundlich“, meinte er zu Schmidt am nächsten Tag.

„Was erwarten Sie? Die Genmedi Corporation hat hier wirklich nicht den besten Ruf.“

„Aber er verdient Geld an mir“, meinte Abel.

„Deswegen fährt er Sie, auch wenn er es eigentlich nicht will. Kommen Sie, wir fahren einmal ins Dorf.“

Schmidt stand auf und ging zu seinem alten Jeep, der vor der Tür stand. Er hievte sich mühsam in den Sitz hoch und schnaufte schwer. Abel sprang leichtfüßig auf den Beifahrersitz. Sie fuhren über eine Straße, die voller Schlaglöcher war, hinter ihnen schwebte eine Staubwolke. Rechts und links der Straße zog sich verdorrtes, brüchiges Land entlang, so weit das Auge reichte.

„Früher wurde Wein angebaut. Die Leute konnten davon leben. Ein guter, schwerer Wein wurde hier produziert. Begehrt in der ganzen Welt. Außerdem Gemüse und Obst. Und es gab Tourismus. Aber jetzt ...“ Schmidt vollendete den Satz nicht.

„Warum gibt es hier keine selbstfahrenden Autos?“, fragte Abel.

Schmidt lachte und machte eine weitausholende Bewegung mit der Hand. „Sehen Sie den Sand und wie der Wind ihn aufwirbelt? Das hält keine moderne Technik aus. Die alten Autos kann man selbst reparieren, sie stecken auch manches weg, aber diese Elektronik ist viel zu empfindlich. Deshalb fahren wir mit diesen alten brennstoffbetriebenen Dreckschleudern.“

Abel kam sich wie zu Beginn der technischen Revolution vor.

Sie fuhren an ein paar baufälligen Häusern vorbei. Unter einem alten Ölbaum wuchsen ein paar Pflanzen.

„Landwirtschaft in Südeuropa Ende des 21. Jahrhunderts“, sagte Schmidt bitter.

„Wovon leben diese Menschen?“, fragte Abel.

„Von uns.“

„Und die anderen?“

„Es gibt keine anderen mehr. Jede Familie, die noch hier auf dem Land lebt, hat mindestens eine Spenderin, die sie ernährt. Und wenn die ausfällt oder zu alt wird, muss sich ihre Schwester oder ihre Tochter an uns verkaufen.“ Sein Hohn sprach unvermittelt aus seinen Worten.

„Haben Sie keine Angst, so offen zu sprechen?“

Schmidt bremste abrupt. „Steigen Sie aus.“

Abel gehorchte. Er sprang aus dem Jeep und wartete auf Schmidt. Vor ihnen war ein ausgetrockneter Graben. „Das war der Girona. In meinen ersten Jahren führte er für kurze Zeit im Winter, wenn es regnete, Wasser. Aber jetzt?“

In der Ferne konnte Abel etwas Grünes erkennen. Er deutete darauf. „Was ist das?“

„Der Fluss fließt noch in der Erde. An manchen Stellen erreichen die Wurzeln der Bäume das Wasser. Dahinten ist auch ein für hiesige Verhältnisse ganz ansehbarer Hof.“

Schmidt drehte sich zu Abel. „Angst, nein, Angst habe ich nicht mehr. Wir sind hier alle Verdammte.“

Er holte eine Flasche Whisky aus dem Auto, schraubte die Flasche auf und nahm einen Schluck. Dann bot er Abel die Flasche an. „Wollen Sie auch einen Schluck?“

Abel lehnte es kopfschüttelnd ab.

„Wir können hier nur noch mit Betäubung leben. Pilar kann die Station nur noch mit Bewachung verlassen. Die Leute hassen sie, geben ihr die Schuld an den Todesfällen. Aber wir haben keine Schutzleute. Manchmal nehme ich sie in die Stadt mit. Die Familie in der Hütte, an der wir eben vorbeigefahren sind, hat im letzten Jahr zwei Frauen verloren. Mutter und Tochter. Ihre Eierstöcke haben sich bei der Entnahme entzündet. Das Penizillin, das Pilar ihnen gab, half nichts. Überall in dieser Gegend klagen die Toten uns an.“ Er nahm noch einen großen Zug. dann bewegte er sich auf den Wagen zu und sie stiegen wieder ein.

Sie holperten weiter durch Schlaglöcher, an Dorfruinen und abgestorbenen Bäumen vorbei, bis sie das Dorf erreichten. Es bestand aus Blechhütten, die dicht aneinandergedrängt standen.

„Wenn es früher so fruchtbar war, warum stehen dann keine richtigen Häuser mehr?“, fragte Abel.

„Da sind Sie zu jung, um das zu wissen. Vor fünfundzwanzig Jahren gab es einen großen Aufstand. Nicht nur hier. Überall. Auf Sizilien waren zu viele Spenderinnen gestorben. Ihre Männer erhoben sich, schlugen die Mitarbeiter der Stationen tot und zündeten sie an. Der Aufstand griff auf die anderen Stationen und Länder über.

Die Regierungen schlugen den Aufstand mit Militär nieder. Aber die Leute flohen ins Gebirge oder andere unwegsame Gebiete und kämpften als Partisanen weiter. Viele Menschen flohen in den Norden. Die Nachbarländer ließen ihre Grenzen bewachen und scharf schießen. Selbst Norditalien wies die Flüchtenden ab und schloss sich Österreich an. Nord- und Teile Mitteleuropas schlossen sich zur Europäischen Föderation zusammen und bauten an den Grenzen zu Spanien, Mittelitalien und quer durch den Balkan Grenzbefestigungen mit Selbstschussanlagen und Minenfeldern.

Der Norden war nicht bereit, etwas von seinem Reichtum abzugeben. Sie hatten Angst vor ihren eigenen Arbeitslosen.

Schließlich unterstützten sie mit Waffen und Söldnern, die den Aufstand brutal niederknüppelten, die Regierungen im Süden. Sie räucherten die Partisanen im Gebirge aus. Damals blieb fast nichts mehr stehen, was hier einmal erbaut worden war."

„Haben Sie damals schon für uns gearbeitet?", fragte Abel.

„Ja, ich habe zusammen mit Ihrem Vater angefangen, im gleichen Monat. Ich habe als Biochemiker im Labor gearbeitet, erst als kleines Licht, dann bin ich immer mehr aufgestiegen. Als diese Unruhen ausbrachen, sollte ich biologische Waffen entwickeln. Das konnte ich nicht. Sehen Sie, ich bin Christ. Einer der wenigen Dummen, die noch an Gott glauben. Zur Strafe wurde ich versetzt. Erst musste ich in der Mongolei ein Pflanzenschutzmittel ausprobieren und als die Unruhen niedergeschlagen waren, wurde ich in diese Station versetzt."

Er bremste vor dem größten Haus. Ein hagerer grauhaariger Mann trat aus der Tür.

„Jago, der Dorfvorsteher", stellte Schmidt ihn Abel vor.

„Was will er hier?", fragte Jago. Aus den anderen Hütten traten Männer heraus und stellten sich neben Jago.

„Er möchte das Dorf und seine Bewohner kennenlernen. Ich habe nach Deutschland berichtet, wie schlecht es euch geht und Señor Stemmer soll jetzt kontrollieren, ob ich recht habe", erklärte Schmidt.

Jago trat schweigend zur Seite und ließ Schmidt und Abel in sein Haus eintreten. Abel musste sich erst an die Dunkelheit gewöhnen, dann sah er sich um. Die Hütte bestand aus einem großen Raum. In der Mitte war eine Feuerstelle, an zwei Wänden lagen Strohsäcke mit alten, zerrissenen Decken. Neben der Tür stand eine Werkbank mit einer eingespannten Holzfigur.

„Jago ist Bildhauer. Seine Figuren verkauft er nach Amerika und China", sagte Schmidt.

Abel trat an die Werkbank heran. Die Figur, ein Mann, lehnte an einem Baumstamm, in seinem Leib steckten Pfeile.

„Der heilige Sebastian", sagte Schmidt.

„Eine Kirche in Seoul hat mir den Auftrag gegeben.“

Neben der Werkbank standen kleinere Figuren, Marien und Heilige, daneben Halbreliefs, Mütter mit sterbenden Kindern, Männer, die ihre toten Frauen trugen.

„Unser Alltag“, sagte Jago.

Schmidt verließ die Hütte und ging zur nächsten. Abel folgte ihm. Die nächste war kleiner, die Einrichtung war ähnlich wie bei Jago. Strohsäcke und eine Feuerstelle. Der einzige Luxus war ein alter Stuhl. „Den hat uns Jago repariert“, sagte die alte Frau, die mit ihren Enkeln in dem Haus wohnte. An die Hütte war ein kleiner Stall angebaut. Abel steckte seinen Kopf hinein. Es stank bestialisch.

„Paulo hütet die Ziegen draußen. Wir leben von den drei Ziegen, die hat uns Schmidt als Entschädigung gegeben, als meine vier Töchter an den Spritzen gestorben waren. Von irgendetwas müssen wir ja leben.“

Hinter der Hütte wuchs etwas Mais und Hirse.

„Wie lange brauchen Sie bis zur Station?“, fragte Abel.

„Die Jungen drei Stunden. Ich schaffe es nicht mehr dahin“, sagte die Alte.

Abel fiel auf, dass es im Dorf keine alten Männer gab, auch jüngere gab es nur wenige. Er hatte das Gefühl, nur alte Frauen und Kinder zu sehen. Alle ausgemergelt und zerlumpt.

„Wo sind die Männer?“, fragte er auf Deutsch.

„Tot, ich habe doch vom Aufstand erzählt. Selbst die Männer, die nichts getan hatten, sind umgebracht worden. Und die Jüngeren suchen in den Städten nach Arbeit, meist kommen sie nicht zurück.“

„Und woher kommen dann die Kinder?“

Schmidts Gesicht wurde breiter und breiter, schließlich lachte er.

„Woher wohl“, sagte er und gluckste vor Lachen.

Abel fühlte, wie das Blut in sein Gesicht schoss und ihm heiß wurde. Aber dann lächelte er. Jetzt entdeckte er auch bei einigen Kindern eine gewisse Ähnlichkeit mit Jago und mit Schmidt.

Je weiter außerhalb die Hütten lagen, desto trostloser sahen sie aus. Einige hatten nicht einmal eine Feuerstelle.

Ihr nächstes Ziel war ein Fischerort. Schmidt bretterte halsbrecherisch über eine ehemalige Schnellstraße. Abel klammerte sich am Sitz fest, um nicht heruntergeschleudert zu werden. Heute Abend würde er sicher jeden Knochen spüren. Schmidt schien dafür ganz unempfindlich zu sein. Endlich erreichten sie das Meer. In einer Bucht standen fünfzehn Holzhütten.

„Holz?", fragte Abel und schaute sich suchend um. Er entdeckte nur wenige Bäume.

„Treibholz", erklärte Schmidt.

Ein paar Metall- und Kunststoffboote lagen weit hochgezogen am Strand. Noch ein Stück weiter lagen die Netze, drei Männer flickten sie.

Er begrüßte sie auf Spanisch und fragte: „Wie war der Fang?"

Die Männer blickten ihn finster an.

„Maria ist gestorben. Die ganze Nacht und heute Morgen noch hat sie vor Schmerzen geschrien. Pilars Tabletten haben nicht geholfen."

„Es tut mir leid. Hebt die Tabletten gut auf. Falls eins der Kinder Fieber bekommt oder eine der anderen Frauen. Wir haben selbst nicht mehr genug Medikamente", sagte Schmidt. Er ging weiter. Aus den Hütten traten Männer heraus, aus jeder mindestens einer, nicht so, wie in dem Dorf in den Bergen.

Aus einer Hütte hörten sie Schreie und Weinen.

„Die Frauen wehklagen um Maria", erklärte Schmidt. Er trat in die Hütte ein. Maria lag wachsbleich auf einem Strohsack, ihre Hände waren zu Fäusten geballt, der Leib aufgetrieben, die Beine an den Leib gezogen. Um sie herum saßen etwa zehn Frauen und warfen Staub auf ihre Häupter.

Eine alte Frau erblickte die beiden Männer. Sie stürzte sich auf Schmidt und schlug mit ihren Händen kraftlos auf ihn ein. Dabei schrie sie: „Mörder, du Mörder." Schmidt rührte sich nicht. Dann sackte sie zusammen und lag wimmernd vor seinen Füßen. Zwei etwas jüngere Frauen hoben sie auf und legten sie auf einen Strohsack. Die eine kniete sich neben sie, strich ihr über den Kopf und betete ein Vaterunser. Die anderen stimmten mit ein. Auch Schmidt betete mit.

Als das Gebet beendet war, zog Schmidt sein Portemonnaie heraus und holte zwei Scheine heraus. Die gab er der ältesten Frau im Kreis.

„Gib sie Eva, wenn sie sich wieder beruhigt hat. Sie muss sich Ziegen oder irgendetwas kaufen, wovon sie und die Kinder leben können", sagte er eindringlich. Abel zückte ebenfalls seine Geldbörse und nahm zwei Geldscheine heraus.

„Gracias", murmelte die Frau überrascht.

Schmidt drehte sich um, zupfte Abel am Ärmel und ging hinaus. Draußen wischte er sich den Schweiß von der Stirn. Schweigend besichtigten sie das Dorf. Die Leute schienen etwas besser genährt zu sein, waren aber trotzdem mager. Aber die Kinder hatten keine Wasserbäuche und keine hellen Haare, ein Zeichen für Unterernährung. Um die Häuser herum waren kleine Gärten, in manchen grasten sogar Ziegen.

„Die Fische ernähren sie zusätzlich, daher geht es ihnen etwas besser." Schmidt strebte dem Auto zu. Er holte sich von der Ladefläche eine Wasserflasche und reichte auch Abel eine.

„Warum gibt es hier so viele Männer?", fragte Abel.

„Die sind aufs Meer geflüchtet, als damals das Militär kam, einige sind auch neu aus Nordafrika eingewandert."

Auf dem Rückweg hielt Schmidt an einem Strand an. Inzwischen war es etwas frischer geworden und sie konnten sich im Freien bewegen, ohne gleich schweißgebadet zu sein. Sie stiegen aus, setzten sich auf ein paar Felsen und schauten aufs Meer.

„Da drüben ist Afrika", sagte Schmidt und deutete auf den Horizont.

„Dort ist es noch trostloser", flüsterte Abel.

Schmidt reichte ihm die Whiskyflasche, diesmal nahm Abel sie und trank ebenfalls.

Am nächsten Tag setzte sich Abel in der Station an den Computer und sah sich die Unterlagen der Frauen an. Inzwischen hatten die Zahlen eine andere Bedeutung für ihn. Ihre Firma beutete die Ärmsten der Armen aus. Die Frauen hatten gar keine andere Wahl. Entweder sie opferten sich, oder ihre Familien starben. Wie viele Stationsleiter waren wohl so menschlich wie Schmidt und gaben den Familien ihr eigenes Geld, damit sie eine Weile davon leben konnten? Er kontrollierte die Anzahl der Spenderinnen und ihre Produktivität, so wie er beauftragt worden war. Er kontrollierte auch die Lebensmittelsendungen. Am Nachmittag ging er auf den Hof. Frauen standen in einer langen Schlange an. In großen Gulaschkanonen, die von Deutschland hertransportiert worden waren, dampfte ein Gemüseeintopf mit Fisch. Drei Helferinnen aus dem Dorf hatten ihn im Laufe des Vormittages zubereitet. Alle drei Frauen waren schon älter. Nachdem, was er im Dorf gesehen hatte, verstand er Schmidt. Die drei Frauen sicherten als Köchinnen den Lebensunterhalt der Familien. Aus dem Grund war Schmidt in den Ortschaften trotz allen Pannen immer noch angesehen.

„Wollen Sie einmal probieren?", fragte eine der Frauen, als er an den Wartenden bis ganz nach vorne vorbeigelaufen war.

Er schüttelte den Kopf, als er ihre enttäuschten Gesichter bemerkte. Er wollte niemandem etwas wegnehmen. Nur um der Köchin einen Gefallen zu tun, ließ er sich einen Löffel voll zum Probieren reichen.

„Hm, lecker", sagte er. Die Frau strahlte.

Die Spenderinnen erhielten einen großen Teller voll und ein Stück Brot. Sie setzten sich in den Schatten der Häuser und löffelten langsam die Suppe. Das Brot verschwand bei fast allen in der Tasche. Als sie die Teller abgaben, erhielten sie ein Lebensmittelpaket für die nächsten zwei Tage.

„Wir können ihnen nicht alles auf einmal geben, dass wäre zu riskant. Es könnte geklaut werden oder sie geben alles ihrer Familie und sehen selbst nichts mehr davon", sagte Pilar, die an Abel herangetreten war.

„Gibt es immer Eintopf?", fragte Abel.

„Nein, letztes Mal gab es Hirsebrei mit Tomatensoße. Wir versuchen, mit preiswerten Mitteln gehaltvolle Speisen zuzubereiten."

„Sie wohnen hier in der Station?", fragte Abel.

„Ja, im ehemaligen Krankenhaus. Meine Helferinnen und Helfer auch. In den Dörfern werden wir nicht mehr gern gesehen. Nur noch Herr Schmidt traut sich da hin."

Am Abend schrieb Abel seinen Bericht. Er schilderte die schlechten Lebensbedingungen der Bevölkerung und den elenden Gesundheitszustand der Spenderinnen. Er lobte Schmidts Engagement. Und die gut geplante Speisung der Spenderinnen. Einen Aufstand hätte es hier bisher noch nicht gegeben, weil Schmidt sich so warmherzig um die Leute kümmern würde und mit seiner Freundlichkeit vieles erträglicher machte. Er hoffte, das Richtige geschrieben zu haben. Nicht zu viel und nicht zu wenig. Er wusste, dass er sich auf gefährlichem Glatteis bewegte und hatte Angst, Schmidt noch mehr Probleme zu bereiten. Denn der Vorstand war nur am Profit interessiert, das Wohl der Spenderinnen interessierte ihn nicht. Und Schmidts Hilfsbereitschaft verursachte zu hohe Kosten.

Danach saß Abel in seinem Hotelzimmer und surfte im Netz. Er suchte nach den Aufständen, die Schmidt erwähnt hatte, konnte sie aber nicht finden. Auch von gesundheitlichen Problemen bei Spenderinnen im Rahmen der Klon-Technik entdeckte er nichts. Die einzigen Informationen über Südeuropa betrafen eine Trockenheit mit anschließender Hungersnot, bei der Millionen Menschen umgekommen waren. Dreißig Millionen waren nach Nordeuropa geflüchtet, bevor die Grenzen geschlossen wurden. Seitdem war der Süden nur noch dünn besiedelt. Die letzten Fabriken, die nicht aufgegeben hatten, weil sie eigene Entsalzungsanlagen für Meerwasser besaßen oder eigene Tiefbrunnen, hatten nach und nach auch geschlossen. Weil ihnen das Wasser ausging oder die Infrastruktur nicht mehr gegeben war.

Am nächsten Tag nahm Schmidt Abel zu einem Besuch beim Gouverneur der Provinz mit. Schmidt holte ihn in seinem Jeep am Hotel ab. Sie durchquerten die ganze Stadt. Im Industriegebiet und in der Nähe des Flughafens war es menschenleer. Halb verfallende Gebäude waren vom Einsturz bedroht. Es war bedrückend. Die Straßen waren von Sand überzogen, der Asphalt rissig. Dann fuhren sie durch Vororte, in denen einige einzelne, etwas besser erhaltene Häuser noch bewohnt waren, Richtung Innenstadt.

„Wer wohnt hier?", fragte Abel.

„Irgendwelche Hausbesetzer. Menschen, die vom Land hierher geflohen sind. Die ursprünglichen Bewohner sind gestorben oder geflüchtet."

In der Innenstadt lebten anscheinend etwas mehr Menschen. Abel entdeckte sogar ein paar Läden.

„Samstag ist Markttag. Das meiste kauft man hier auf dem Markt. Die wenigen Läden sind nicht so gut ausgestattet. Und alles, was über die Grundnahrungsmittel hinausgeht, bestellen wir über Internet im Ausland. Deshalb ist das Leben hier so teuer."

Vor einem großen Palast hielten sie. Lakaien öffneten die Türen und führten sie in das Vorzimmer des Gouverneurs. Sie ließen sich auf antiken Ebenholzstühlen nieder und warteten. Abel wagte nur zu flüstern, so respekteinflößend waren die hohen Räume, an deren Wänden Gobelins hingen.

„Sind Sie hier schon öfter gewesen?"

„Ja, ich komme viermal im Jahr hierher und erstatte Bericht. Der Gouverneur ist sehr um unsere Sicherheit besorgt. Er steht auch in ständigem Kontakt mit unserer Zentrale“, auch Schmidt sprach mit gedämpfter Stimme.

Die Tür zu öffnete sich.

„… die Energy Corporation stellt Ihnen gern ein paar Fachleute zur Verfügung …“, hörte Abel, während ein schlanker, grauhaariger Herr herauskam. Als dieser die Wartenden erblickte, nickte er Schmidt zu. „Alles in Ordnung auf Ihrer Station?“

„Danke, Harry, die gleichen Klagen wie immer. Die Ausstattung könnte etwas besser sein, aber fast alle Arbeiten sind nach Deutschland verlagert worden. Dabei könnten wir eine Krankenstation mit einem Arzt und eine sichere Stromversorgung gebrauchen.“

„Eine sinnvolle Sicherheitsmaßnahme.“ Der Herr eilte durch den Vorraum hindurch und verschwand durch die Eingangstür.

„Herr Schmidt und Herr Stemmer, bitte“, rief ein Lakai.

Die beiden erhoben sich und betraten einen alten Spiegelsaal. Vor Staunen achtete Abel nicht auf Schmidt, der sich tief verbeugte. Eilig machte Abel es nach, als er es bemerkte. Schmidt war da schon wieder dabei hochzukommen. Trotz seiner Fülle war seine Verbeugung eleganter als Abels.

„Herr Schmidt, schön Sie wiederzusehen. Wie geht es Ihnen?“

„Danke, die Hitze macht mir zu schaffen“, erwiderte Schmidt höflich.

Der Gouverneur lachte. „Wem nicht?“ Dann wandte er sich Abel zu.

„Ich freue mich, Sie kennenzulernen. Ihr Herr Vater hat mir schon viel von Ihnen berichtet. Wir telefonieren regelmäßig miteinander. Vor vielen Jahren ist Ihr Herr Vater auch ein paar Mal zu Besuch hier gewesen. Wir haben damals

zusammen Tennis gespielt und ich habe haushoch verloren",
erzählte er jovial.

Abel lächelte höflich. „Ich soll Sie von ihm grüßen. Er hat
leider so viel zu tun, dass er kaum noch zum Reisen kommt."

„Setzen Sie sich doch", forderte der Gouverneur seine
Gäste auf.

Schmidt und Abel ließen sich auf die gegenüber vom
schweren Sessel des Gouverneurs stehenden Stühle nieder.
Abel fühlte sich wie auf einer Strafbank. Unwohl rutschte er
hin und her.

Schmidt berichtete vom schlechten Gesundheitszustand der
Frauen. „Die Genmedi Corporation überlegt, einige Standorte
in Spanien zu schließen. Alicante rentiert sich nicht mehr. Wir
haben zu wenig Frauen, dafür zu hohen Ausschuss."

„Und wie ist die Stimmung in der Bevölkerung?"

„Unsere Familien sind loyal und ruhig. Sie wissen, dass sie
nur von uns leben. Gehen wir weg, verhungern sie."

„Herr Direktor Stemmer ist etwas beunruhigt. In einigen
anderen Ländern ist es schon wieder zu Unruhen gekommen",
erklärte der Gouverneur ernst.

„Aus Zentralspanien habe ich von Unruhestiftern in zwei
Niederlassungen gehört", sagte Schmidt.

„Etwas Ähnliches hat die Regierung berichtet. Sie geht hart
dagegen vor. Ich werde Ihnen vorsichtshalber ein paar Sicherheitskräfte zukommen lassen." Damit waren die beiden entlassen. Sie erhoben sich, verbeugten sich tief und verließen den
Raum. Als sie auf der Straße standen, fragte Abel: „Läuft es
immer so ab?"

„Ja, kurz und bündig. Der Herr von Energy Corporation
erhält mehr Aufmerksamkeit. Aber seine Firma hat auch viel
mehr in Spanien investiert und hat ein riesiges Heer an Sicher-
heitskräften für die Anlagen."

Abel erinnerte sich, dass EC an allen möglichen Energie-
konzepten arbeitete. In Spanien hatten sie einen Kernfusions-
reaktor sowie sehr viele Solarfelder. Mit dem Strom spalteten

sie Wasser in Wasserstoff und Sauerstoff. Der Wasserstoff wurde mit riesigen Tankern nach Großbritannien, den Niederlanden, Deutschland und Skandinavien transportiert.

Schmidt steuerte die Bar auf der gegenüberliegenden Seite des Platzes an. Abel schnappte nach Luft. Auf der ungeschützten, weiten Fläche des Platzes speicherte sich die Hitze und es war unerträglich. Der Schweiß floss von seiner Stirn über das Gesicht und tropfte hinunter. Brust und Rücken waren klatschnass. Sein Hemd klebte am Oberkörper.

In der Bar war es angenehm kühl. Abel fror jedoch, so nass, wie er war. „Möchten Sie lieber draußen sitzen?", fragte Schmidt. Abel nickte und sie setzten sich im Freien unter die Kolonnaden.

Schmidt bestellte eine Whiskycola, Abel trank ein eisgekühltes Mineralwasser.

„Sind Sicherheitskräfte notwendig?", fragte er.

„Ja, schon seit Längerem. Aber für uns lohnt es sich nicht. Andere Stationen werden schwer bewacht. Sie sind bei uns in der Provinz gelandet, weil Ihr Vater Angst hatte, Sie in ein Krisengebiet zu schicken."

Abel drehte sein Glas versonnen in seinen Händen. Vielleicht war er Markus doch nicht so egal, wie er immer dachte.

Sie hielten sich ein paar Stunden in der Bar auf. Schmidt traf eine Reihe Bekannter. Einige machten Besorgungen in der Stadt, andere waren wie sie zu einem Gespräch beim Gouverneur geladen worden.

Schmidt trank ziemlich viel, sodass Abel schon überlegte, ob er sich seinen Fahrkünsten überhaupt anvertrauen sollte. Irgendwann ging Schmidt im Gespräch zum vertraulichen Du über und Abel entschloss sich, ihn ebenfalls zu duzen.

Gegen Abend gingen sie in ein paar Läden. Schmidt kaufte einige Kleider für die Helferinnen und für sich einen neuen Hut. Dann betraten sie ein Lebensmittelgeschäft. In jedem Fach lag etwas anderes. Reis, Mehl, Salz, Zucker, Konserven, aber auch Reinigungsmittel, Nadel und Garn, Stifte und

Papier, uralte CD-ROMs. So ein Sammelsurium in einem einzigen Laden hatte Abel noch nie gesehen. Schmidt grinste, als er Abels Verblüffung sah. „Bei unseren Altvorderen sahen Läden immer so aus, selbst in Deutschland und der USA."

Er besorgte sich einen Vorrat an Whisky und Cola, außerdem noch ein paar Grundnahrungsmittel. „Die Nahrungspakete aus Deutschland haben sich wieder einmal verspätet", murmelte er.

Am Abend setzte sich Abel in sein Hotelzimmer und nahm einen alten Laptop, den er sich aus einem offenen leerstehenden Hotelzimmer ausgeliehen hatte. Das Gerät arbeitete noch, wenn auch langsamer als sein eigener. Dafür würde er unerkannt surfen können. Ohne Codierungschip musste er sich in den Computer der Genmedi Corporation einhacken. Mittels des modernsten Anonymisierungsverfahrens versteckte er die IP-Adresse des Geräts. Seine alten Erfahrungen kamen ihm jetzt zugute.

In passwortgeschützten Unterlagen des Vorstands fand er Mitteilungen über Ereignisse, von denen nie berichtet worden war.

Abel las von dem Elend der Spenderinnen. Die Hormone, die sie zur Eireifung verabreicht bekamen, machten sie psychisch und körperlich krank. Viele Frauen litten an schweren Depressionen und vergrößerten Eierstöcken. Bei der Entnahme kam es zu medizinischen Kunstfehlern, die totgeschwiegen wurden.

Um Geld zu sparen, arbeiteten ihre Teams vor Ort fast nur mit angelernten Kräften. Kontrolluntersuchungen während der Hormonbehandlung und eine medizinische Nachbetreuung fehlten - weil sie so aufwändig waren. Auch an den Medikamenten wurde gespart, es gab Mittel, die weniger Nebenwirkungen hatten, aber die waren erheblich teurer. Ein Frauenleben hingegen war nichts wert. Die Spenderinnen waren die Ernährerinnen ihrer Familien, da die wenigsten von den geringen Erträgen ihrer Höfe leben konnten. Wollten die

Frauen ihre Kinder, Eltern und Geschwister nicht verhungern lassen, mussten sie ihren Körper verkaufen.

Nachdem zu viele Spenderinnen an der Behandlung gestorben waren, hatten die Landarbeiter in Sizilien wutentbrannt die Spendenstationen gestürmt, das Personal erschlagen und die Gebäude angezündet. Der Aufstand griff danach schnell von Sizilien auf das italienische Festland über. Kurze Zeit später kam es auch in Spanien zu Unruhen. Die Bewohner des reichen Nordens befürchteten, von den wütenden Rebellen im eigenen Land angegriffen zu werden. Die großen Konzerne ließen deshalb kurzerhand die Aufstände vom Militär in Italien und Spanien blutig niedergeschlagen. Söldnertruppen unterstützten sie dabei. Die Rebellenführer zogen sich in unwegsame Gebiete zurück und verübten gelegentlich gezielte Terroranschläge, bis die Söldnertruppen die Gegend mit Bombenteppichen eindeckten und alles Leben vernichteten.

Ihre Firma unterstützte die örtlichen Machthaber in den jeweiligen Regionen finanziell. Als ehemaliger Offizier hatte Meyer-Birkenriehl die Söldner angeworben und den Kauf ihrer Ausrüstung überwacht. Er hatte mit ihren Generälen zusammen die Aktionen geplant.

Abel schüttelte sich vor Entsetzen. So viel Leid, nur damit ihre Firma ihren Gewinn vergrößern konnte. Mit zittrigen Fingern kopierte er die Daten. Sein Vater hatte Meyer-Birkenriehl den Auftrag für den Einsatz der Söldner gegeben. Er war, wie Abel aus den Verteilerlisten sofort erkannte, über alle Militäreinsätze genau informiert und arbeitete eng mit dem technischen Direktor zusammen. Abels Handflächen wurden vor Aufregung feucht. Er wischte sie an seiner Hose ab.

Spät in der Nacht brachte er den Laptop zurück in das fremde Hotelzimmer. Er war sich sicher, dass das Gerät nicht erkannt werden würde, da seine Erkennungszeichen bestimmt nicht gespeichert waren.

Am nächsten Tag lag eine dringende Mail für ihn in der Spendenstation. Meyer-Birkenriehl schickte ihn sofort nach Toledo.

„Was ist?", fragte Schmidt, als Abel hochsah.

„Ich soll nach Toledo."

„Geh nicht."

„Aber ..."

„Du hast die Mail nicht erhalten. Die Verbindungen sind so schlecht, so etwas kommt laufend vor."

„Warum sollte ich nicht dahin? Ich bin dann viel näher an Madrid dran."

„Dort ist es gefährlich. Jeden Augenblick kann es zu blutigen Aufständen kommen. Fahr nach Hause, riskiere nicht dein Leben."

„Ich will wissen, was los ist."

„Und Meyer-Birkenriehl will dich los sein. Noch einen Schicksalsschlag übersteht dein Vater nicht, dann bricht er zusammen."

„Ich glaube nicht, dass Meyer-Birkenriehl etwas gegen mich hat. Na ja, er traut mir nicht zu, eine Führungsposition zu besetzen, aber das will ich sowieso nicht."

Abel rief beim Flughafen an und wollte sich für den nächsten Flug einen Platz reservieren lassen.

„Unser Flugzeug muss überholt werden und fliegt bis auf Weiteres nicht", wurde ihm geantwortet.

„Wird dafür kein anderes Flugzeug eingesetzt?", fragte Abel verwundert.

„Wir haben kein anderes."

„Können Sie sich kein anderes ausleihen."

„Nein."

Abel legte auf. Schmidt saß in seinem Sessel und grinste ihn an: „Spanische Wirtschaft."

„Warum können die sich kein Flugzeug ausleihen?"

„Weil sie kein Geld haben"

„Und wie kommt der Boss von Energy Corporation weg?"

„Der hat sein eigenes Flugzeug und seinen eigenen Helikopter. Der benutzt höchstens einen öffentlichen Flugplatz."

„Und wie komme ich jetzt weg?"

„Nimm es als Wink des Schicksals, dass du hierbleiben sollst."

Abel furchte die Stirn. Schließlich rief er beim örtlichen Taxiunternehmen an.

„Haben Sie auch Jeeps?"

„Ja, zwei gut ausgestattete."

„Mit funktionierender Klimaanlage?"

„Ja, wohin möchten Sie?"

„Nach Toledo. Aber der Wagen muss einwandfrei sein und der Fahrer muss ihn notfalls reparieren können."

„Kein Problem."

„Und besitzen Sie eine Zeltausrüstung, die wir mitnehmen können?"

„Der Wagen hat zwei Pritschen, auf denen können Sie schlafen. Ich gebe noch einen Kocher und ein paar Decken und einen Wasserkanister mit."

„Sehr gut."

Abel bestellte den Wagen für den kommenden Morgen um fünf Uhr ans Hotel.

„Und wo willst du übernachten?", fragte Schmidt.

„In unseren Stationen." Abel suchte schon im Computer eine Route, die ihn von Station zu Station brachte. Dreimal würden sie auch an landwirtschaftlichen Kooperativen vorbeikommen. Die würde er natürlich bevorzugen, da er dort genug Wasser und Lebensmittel vorfand.

„Du riskierst dein Leben", warnte Schmidt.

„Ich lebe zum ersten Mal auf." Abel fühlte sich frei. Noch nie hatte er etwas allein geplant, außerdem überwachte ihn keiner. Er war auf sich selbst gestellt.

Schmidt reichte ihm eine Landkarte. „Nimm vorsichtshalber eine Karte mit, man weiß nie, wozu das gut ist."

Im Laufe des Tages schrieb Abel noch schnell einen Bericht für die Firma und teilte mit, dass er sich auf den Weg nach Toledo machen würde.

Dann verabschiedete er sich von Pilar.

„Seien Sie vorsichtig. Als Fremder ist es in Spanien gefährlich. Momentan gärt es überall", warnte auch sie ihn.

„Keine Sorge, ich passe schon auf. Außerdem habe ich so ein Gefühl, dass ich meine Mission noch nicht erfüllt habe und daher am Leben bleiben werde."

Er umarmte sie. „Passen Sie auf sich selbst auf. Ich finde Sie sehr tapfer. Denn die Genmedi Corporation tut nichts, um ihr Leben zu erleichtern, umso mehr bewundere ich Ihr Engagement. Leben Sie wohl."

„Gott beschütze sie."

Schmidt fuhr ihn ins Hotel zurück. „Was machst du jetzt, wenn eure Lebensmittellieferungen ausbleiben?", fragte Abel.

„Das passiert ab und zu mal. Wir haben noch Vorräte. Leider nur haltbare Dinge, die nicht so beliebt sind, wie Polenta, Hirse, Reis. Notfalls können wir auch selbst Brot backen. Hauptsache, die Frauen verhungern nicht."

„Kannst du nicht langsam in Rente gehen?"

„In vier Jahren. Aber ich werde hierbleiben. Was soll ich in Deutschland? Da habe ich niemanden mehr."

„Und deine Kinder?"

„Weigern sich, das Monster von Vater zu sehen. In ihren Augen habe ich die Familie für eine kriminelle Tätigkeit im Stich gelassen. Ich habe seit Jahren keinen Kontakt mehr zu ihnen."

Sie erreichten das Hotel. Schmidt fuhr bis zum Eingang vor.

„Das war mal das beste Hotel der Stadt."

„Schmidt, leb wohl, pass gut auf dich auf. Ich wollte, ich könnte etwas für euch tun", sagte Abel.

„Ich weiß. Aber es ist besser, du versuchst es gar nicht erst. Wir sind Verdammte und würden dich mit in die Verdammnis ziehen, wenn du es versuchtest. Reise nie wieder in den Süden. Es ist gefährlich. Kündige deinen Job bei der Genmedi." Schmidt schwieg eine Weile, suchte nach Worten. „Ich sage nicht auf Wiedersehen. Es wird keins geben. Leb wohl."

„Was meinst du damit?"

Schmidt schwieg. Abel stieg aus und blieb stehen, bis er von dem davonfahrenden Wagen nichts mehr sah.

Nach Toledo

Am frühen Morgen wurde Abel von seinem Handy geweckt. Kurz darauf meldete sich auch die Rezeption mit dem Weckruf. Verschlafen duschte Abel. Ein Luxus, den er sich in den letzten Tagen nur selten gegönnt hatte. Er mochte noch nicht frühstücken, also trank er nur seinen Kaffee und packte ein paar Brote ein.

Ein sehniger Mann holte Abel ab. Abel schätze ihn auf Mitte dreißig. Er lief um den Jeep herum und schaute sich den Wagen erst einmal an. Der Wagen war alt, sah aber gepflegt aus. Die Reifen waren für spanische Verhältnisse sehr gut. Der Fahrer zeigte Abel die Benzinvorräte, zwei gefüllte Wasserkanister, Decken und Lebensmittel.

„Gut, dann können wir starten.“

Abel war noch zu müde, um sich zu unterhalten. Als die Sonne aufging, ging es ihm besser. Sie fuhren bis zur Mittagszeit durch, dann machten sie an einer bewachsenen Stelle unter Felsen Pause.

Abel stieg aus und dehnte sich. Der Fahrer lief zu dem Haus und bat um Wasser und Lebensmittel. Er erhielt Kaktusfeigen und Oliven. Abel bezahlte den Bauern, als der ihnen das Essen brachte und sich tausendmal bedankte.

„Das Geschäft seines Lebens. So häufig kommen hier keine Fremden vorbei“, sagte der Fahrer.

„Ich bin Abel. Wie heißen Sie?“, fragte Abel.

„Pablo.“

Abel teilte seine Frühstücksbrote mit Pablo, anschließend aßen sie die Feigen. Dann holte er eine Karte und seine Adressliste hervor. Vorsichtshalber hatte er die Stationen und Kooperativen schon auf der Karte markiert.

Pablo beugte sich über die Karte. Er zeigte auf zwei Stationen. „Die fahre ich nicht an. Da gab es in der Nacht Unruhen."

„Demonstrationen?", fragte Abel.

„So kann man es auch nennen. Auf der einen haben die Bewohner versucht, die Station zu stürmen, auf der anderen haben sie eine Helferin gesteinigt."

Abel schwieg. Gingen die Kämpfe wieder los? Sein Magen drückte, wie immer, wenn er Angst hatte.

„Warum hat die Station in Alicante nichts davon erfahren?"

„Wir Einheimischen haben unsere eigenen schnellen Informationsquellen", lautete die knappe Antwort.

Abel verzog sein Gesicht. Jetzt würden sie wohl tatsächlich im Wagen schlafen müssen. Begeistert war er von dem Gedanken nicht.

Sie fuhren durchs Gebirge. An einem Seitental sahen sie eine zerbrochene Staumauer.

„Vor neun Jahren gab es stärkere Niederschläge als sonst, da wurde der Druck auf die Mauern so stark, dass sie brachen", erzählte Pablo.

Abel sah durch den weggerissenen Teil der Mauer ins Tal hinein. Ein armseliges Rinnsal schlängelte sich dort entlang. An seinen Seiten wuchs es grün. Oberhalb der grünen Fläche standen Häuser.

„Wohnten unterhalb der Mauer Menschen?", fragte Abel.

„Natürlich. Es gab mehrere Dörfer. Durch den Stausee hatten sie Wasser zum Trinken, für die Tiere und sogar für die Bewässerung. 10.000 Menschen sind damals hier gestorben."

Abel traute sich nicht zu fragen, wer für den Staudamm verantwortlich gewesen war.

Sie fuhren weiter. Am Abend erreichten sie eine Kooperative. Das Dorf war nicht so gut ausgestattet wie das in der Nähe von Rom, aber im Vergleich zu den armseligen Hütten der Umgebung ging es den Bewohnern gut. Es lag in einem Tal an einem kleinen Bach, der in der Regenzeit Wasser führte.

Hier wurde uralte Oasentechnik angewendet. Dattelpalmen schützten niedrigere Bäume und Sträucher und Gemüse und Getreide vor der Austrocknung. Ziegen wurden jeden Abend von Kindern den Bach folgend hinaufgetrieben. Eine kleine medizinische Station versorgte das Dorf und ihre Nachbarn. Die Dorfschule hatte nur eine Klasse. Aber alle sahen wohlgenährt aus.

Abel und Pablo wurden bewirtet und durften in der Schule übernachten.

Am nächsten Tag fuhren sie auf die zentralspanische Hochebene hinaus. Ihr Weg führte sie an großen Flächen vorbei, die weiß schimmerten.

„Was ist das?", fragte Abel.

„Salz."

„Salz? So stelle ich mir die Salzseen in Amerika vor, aber in Spanien?"

„Das Ergebnis von jahrelanger, intensiver Bewässerung. Obwohl die Pflanzen nicht mehr wuchsen, wurde immer noch bewässert. Der verantwortliche Ingenieur ließ einfach Salzgräser anpflanzen und Schafe und Ziegen weiden. Irgendwann wuchsen sogar die Seegräser nicht mehr. Die Siedlung musste aufgegeben werden."

„Wer war der Ingenieur?", fragte Abel neugierig.

„Wie er hieß? Meyer, Meyer … dingoda, Meyer-Birkenstock …"

„Meyer-Birkenriehl?"

„Ja, genau, kennen Sie ihn?"

Abel atmete tief durch. „Leider."

„Nehmen Sie sich vor dem in Acht. Der hat kein Gewissen. An dem Staudamm soll er auch mitgewirkt haben."

„Ich kenne ihn mein Leben lang. Und ich habe schon als kleines Kind Angst vor ihm gehabt."

„Dann haben Sie ein gutes Gespür für Menschen."

Die Straße war verweht. Da das Navi keine Straße mehr anzeigte, orientierte sich Pablo nach einem Kompass.

„Keine Sorge, das mache ich nicht zum ersten Mal. Früher war ich beim Militär.“

Plötzlich holperte der Wagen. Pablo hielt an und ging um den Wagen herum. Sie hatten hinten links einen Platten.

Er holte das Werkzeug heraus. Abel schleppte geduldig Steine heran, um einen festen Untergrund für den Wagenheber zu schaffen. Der Schweiß tropfte von seiner Stirn auf den Sand. Pablo legte auf die Steine Matten, darauf stellte er den Wagenheber. Geschickt wechselte er den Reifen. Er sah auf die Uhr.

„Wir schaffen es nicht, durch die Salzwüste hindurchzufahren“, sagte er. „Wir sollten hierbleiben, dann kann ich auch noch den Reifen flicken.“

„Mitten in der Wüste? Mir wäre es lieber, wir hätten sie hinter uns.“

„Dann hätten wir bei dem nächsten Reifenschaden eine noch längere Zwangspause.“

Abel gab nach. Er kochte aus den Konserven das Essen und bereitete mit Decken ihr Nachtlager auf den Pritschen vor.

„Es wird kalt werden. Wenn sie noch einen Pullover oder so etwas haben, sollten Sie ihn aus Ihrem Koffer holen“, empfahl Pablo. Er schaffte es gerade eben, mit dem Flicken des Reifens fertig zu werden, bevor es dunkel wurde.

„Es wird hier so früh dunkel“, bemerkte Abel. „Daheim haben wir ein paar Stunden mehr Tag.“

„Im Sommer!“ Pablo verstaute den reparierten Reifen. Dann langte er mit dem Löffel in den Topf. Abel zögerte.

„Keinen Hunger?“

„Doch, doch.“ Abel machte es ihm nach. Gemeinsam aßen sie aus dem Topf. Abel fand es unhygienisch. Er aß nur wenig. Aber wenigstens sparten sie sich den Abwasch. Als sie alles aufgegessen hatten, wischte Pablo den Topf mit einem Tuch aus, erst dann spülte er ihn mit sehr wenig Wasser. Erst in dem Moment wurde es Abel bewusst, wie kostbar ihr Wasser war. Zu kostbar, um sich damit zu waschen.

Er zog seinen Wollpullover an, seit die Sonne untergegangen war, wurde es zunehmend kälter. Eine Weile unterhielten sie sich noch. Pablo war in jungen Jahren als Soldat viel herumgekommen, nicht nur in Spanien. Auch in Italien, Griechenland und Marokko hatte er Aufstände niedergeschlagen. Dabei hatte er viele alte Stätten kennengelernt. Damals gingen noch alle Kinder zur Schule und er war wissbegierig und hatte viel gelernt. Als er die Ruinen und Ausgrabungsstätten sah, informierte er sich im Internet über die Orte und Kulturen.

„Ich habe als Mechaniker die Militärfahrzeuge gewartet", erklärte er. Von seinem gesparten Sold kaufte er sich nach seinem Ausscheiden aus dem Militärdienst den Jeep und verdingte sich als Taxifahrer. Nebenbei hatte er eine kleine Werkstatt und reparierte die wenigen Autos, die es in Alicante noch gab.

Abel erzählte von den vielen Reisen nach Skandinavien, die er mit seinen Eltern unternommen hatte. Interessiert hörte Pablo zu.

Schließlich waren sie müde und legten sich auf die harten Pritschen. Abel schlief sogleich ein, wachte aber in der Nacht auf, weil er fror. Er sah auf die Uhr: drei Uhr. Um fünf wollten sie losfahren. Er suchte seine Jacke, die er neben die Pritsche gelegt hatte. Nach einigem Herumtasten fand er sie und legte sie über die Decken. Dann rollte er sich zusammen. Tatsächlich schief er noch einmal ein.

„Aufwachen", flüsterte Pablo.

Abel dreht sich um, dabei stieß er an die Außenwand. Jetzt war er vollends wach. Er stand auf, zog sich seine Jacke an und nahm eine Decke mit auf den Beifahrersitz, weil er glaubte, sie weiterhin zu benötigen. Aber sobald der Wagen lief, wärmte die Heizung.

„Tagsüber die Klimaanlage, nachts die Heizung. Meine Großeltern erzählten von früher. Da war es zwar warm im Sommer, aber nicht so heiß wie heute. Sie besaßen ein Weingut. Ihren Wein haben sie bis nach Amerika verkauft. Wir haben noch lange von unseren Weinvorräten gelebt. Fass für Fass wurde für Lebensmittel verkauft. Die Weinstöcke gingen ein, obwohl mein Großvater noch viel länger Wein anbaute als die Nachbarn. Er hatte sich an die alte biblische Anbauweise gehalten und Steine um die Weinstöcke gelegt. Die fingen den Morgentau auf und bewässerten so die Pflanzen. Aber irgendwann gab es keinen Tau mehr. Da bin ich dann zum Militär gegangen. Mein Vater hat versucht, in Bilbao Arbeit zu finden, im Westen fiel ja noch Regen. Aber irgendwelche Randalierer haben ihn erschlagen."

Die Dunkelheit und Wärme schläferten Abel ein. Als er wieder aufwachte, war es hell und die Klimaanlage lief schon wieder.

„Na, gut geschlafen?", fragte Pablo und lachte.

„Besser als auf der Pritsche", gestand Abel und streckte sich.

„Ich fahre noch ein paar Kilometer, dann frühstücken wir. Aber momentan fährt es sich gut."

Sie hatten die Salzwüste hinter sich gelassen und kamen an Hirten vorbei, die Büffel, Schafe und Ziegen vor sich hertrieben.

„Nordafrikaner. Als es kaum noch Menschen in Spanien gab, weil die Legionäre alle getötet hatten, drangen Nordafrikaner hier ein." Er zeigte nach rechts. Abel schaute genauer hin.

„Kamele?", fragte er.

„Ja, die haben ihre Tiere mitgebracht. Die sind viel genügsamer, als es unsere Tiere waren."

„Wird in Spanien überhaupt noch richtig Landwirtschaft betrieben?", fragte Abel.

„Ja, im Baskenland und in Galizien."

„Ich hatte gedacht, auch hier im Süden ist es mehr."

„Der reiche Norden will es nicht so bekannt machen. Sonst könnte die Bevölkerung vielleicht Mitleid haben."

Bei einem alten Baum hielten sie. Sie setzten sich in den Schatten und frühstückten. Zwanzig Minuten später fuhren sie schon wieder weiter. Gegen Mittag erreichten sie eine Spendenstation. Sie besorgten sich aus dem tiefen Brunnen frisches Wasser.

„Wir brauchen auch noch Benzin“, bat Abel den Stationsvorsteher.

„Wir haben selbst nicht genug.“

„Aber ich habe von Meyer-Birkenriehl die Anweisung, nach Toledo zu fahren.“ Abel holte seinen Befehl heraus. Der Stationsleiter las es und bewilligte ihnen dann den Treibstoff. Bevor sie weiterfuhren, warnte er sie, sich westlich zu halten.

„Vor der nächsten Station sind bewaffnete Männer gesichtet worden. Ein Teil unserer Bewacher ist abgezogen, um ihren Kameraden dort zu helfen.“

Sie aßen das ihnen angebotene Brot und Fleisch, dann fuhren sie weiter. Pablo wollte möglichst weit nach Norden kommen.

„Hier wimmelt es von Aufständischen. In den Madrider Kasernen ist es sicherer.“

Sie fuhren an Dörfern vorbei. Ein Dorf brannte.

„Benzin“, Pablo schnupperte. „Die Häuser wurden absichtlich angezündet.“

„Von Aufständischen?“

„Eher von Mitarbeitern der Genmedi Corporation.“

„Warum sollten die das tun?“

„Als Abschreckung!“

„Was?“

„Ja, als Abschreckung, um die Nachbarn zu warnen, mit den Aufständischen gemeinsame Sache zu machen.“

Sie schwiegen.

„Sie können es sich nicht vorstellen, dass Ihr Vater solche ungerechten Dinge macht“, meinte Pablo höhnisch.

Abel erstarrte. Er schaute in die Ferne.

„Ich konnte mir vor ein paar Wochen eine ganze Menge noch nicht vorstellen", erwiderte er heiser.

„Sie passen nicht in die Firma", erklärte Pablo.

„Tja, eigentlich wollte ich Pianist werden, aber mein Vater wollte mich unbedingt in der Firma haben."

„Das war wahrscheinlich ein Fehler."

Abel sagte nichts dazu. Er hatte schon von Anfang an gewusst, dass es falsch war, in die Wirtschaft zu gehen. Nur hatte er nicht den Mut gehabt, sich gegen Markus durchzusetzen.

Sie machten ein paarmal kurz Rast, trauten sich aber nicht, im Freien zu übernachten. Deshalb fuhren sie bis Mitternacht durch. Dann hatten sie die übernächste Station nordöstlich erreicht.

Als sie in den Hof fuhren, wurden sie mit einem Scheinwerfer angeleuchtet.

Abel öffnete die Tür und rief: „Nicht schießen, wir sind Mitarbeiter der Genmedi Corporation. Lasst uns herein."

Der Lichtkegel des Scheinwerfers wanderte in den Hof. Sie folgten ihm.

„Guten Abend, wo kommen Sie denn her?" Der Stationsleiter eilte im Pyjama ins Freie.

„Guten Abend, ich bin Abel Stemmer, das ist mein Fahrer. Ich soll nach Toledo, aber in Alicante gab es kein Flugzeug mehr. Herr Riedel von der Nachbarstation warnte uns in den Westen zu fahren, so sind wir jetzt bei Ihnen gelandet", erzählte Abel.

„Kommen Sie herein. Hier ist es kalt."

Der Stationsleiter führte sie in seinen Privatraum, der neben dem Büro lag, und setzte ihnen Wasser, Fleisch und Brot vor. Hungrig schlangen sie es hinunter.

„Wir sind an einem brennenden Dorf vorbeigefahren", sagte Abel.

„Die Aufständischen."

„Sind die jetzt auch schon hier?"

„Wer sollte es sonst sein?“

Ein Offizier betrat den Raum. „Nein, nein, es herrschte die Cholera, das Militär hat einige Dörfer geräumt und die Häuser und Kleidung verbrannt. Wir haben hier keine anderen Möglichkeiten. Keine Desinfektionsmittel und keine Krankenhäuser“, erklärte er. Abel zuckte zusammen.

„Sie brauchen keine Angst haben. Sie haben doch keinen Kontakt mit den Bewohnern dieser Ortschaften gehabt“, beruhigte der Offizier.

„Nein, wir sind möglichst schnell gefahren.“

Kurz darauf legten sie sich im Nebenraum auf Matten auf dem Fußboden und schliefen erschöpft ein.

Morgens um fünf Uhr weckte Pablo Abel. „Wir müssen los“, sagte er. Er war unerbittlich. Abel wollte endlich einmal wieder duschen, aber Pablo ließ es nicht zu, sie würden dadurch zu viel Zeit verlieren. So verließen sie, ohne sich von dem Stationsleiter zu verabschieden, das Haus. Draußen wechselten sie noch ein paar Worte mit den Wachleuten.

„Nehmen Sie die westliche Strecke“, empfahl der Offizier.

„Aber da sind doch die Rebellen“, erwiderte Abel.

„Ja, aber es gibt einen schmalen Korridor dazwischen.

„Sollten wir lieber hierbleiben?“, überlegte Abel.

„Fahren Sie, solange es noch geht. Hier sind Sie nicht sicher. In Toledo ist es besser.“

Da Pablo schon aufgetankt hatte, bevor er Abel weckte, brachen sie sofort auf. Auch frisches Wasser hatte er in die Kanister gefüllt und etwas Proviant eingepackt.

Georg

Sie fuhren an armseligen Dörfern vorbei, hier war die Besiedlung dichter als um Alicante herum. Am Vormittag erreichten sie eine Kooperative. Die Menschen begrüßten sie freundlich, gaben ihnen frisches Obst, Brot und Wasser.

Man hatte von den Unruhen noch nichts mitbekommen.

„Wir sind hier eine Oase der Friedlichen", sagte der Dorfälteste.

„Wenn die Aufständischen unsere Kooperative zerstören, zerstören sie das einzige fruchtbare Land in einem Umkreis von 200 km", fügte eine alte Frau hinzu.

Sie fuhren weiter durch das gleißende Sonnenlicht. Die Klimaanlage arbeitete auf Hochtouren. Abel wurde durch das eintönige Motorengeräusch und Gerüttel müde und schlief ein.

Ruckartig wurde er plötzlich nach vorne geschleudert, zum Glück hielt ihn der Sicherheitsgurt fest, bevor er durch die Windschutzscheibe schlug. Schlagartig war er wach.

„Partisanen", sagte Pablo.

Ein kalter Schauer rann Abels Rücken hinab, fröstelnd schlugen seine Zähne aufeinander. Er biss sie fest zusammen. Sein Fahrer sollte ihn nicht für einen völligen Feigling halten.

Pablo wendete und gab Gas. So schnell es die Piste zuließ, jagte er davon. Nach einem Kilometer bog er scharf nach rechts. Für Abel sah der Untergrund überall gleich aus. Pablo erkannte aber anscheinend Straßen.

Bald fuhr Pablo wieder nach rechts. Abel schaute angespannt nach draußen. Er sah niemanden. Weder vor noch hinter ihnen.

„Wo sind sie?", fragte er nach einer Weile.

„Abgehängt, bis Toledo ist es nicht mehr weit. Vielleicht schaffen wir es."

Weiter sagte Pablo nichts. Trotz der Kühle der Klimaanlage schwitzte Abel wieder. Ein einziges Mal stoppte Pablo, sprang aus den Wagen und rannte nach hinten, um einen Benzinkanister von der Ladefläche zu ziehen. Abel lief hinterher und half ihm beim Befüllen des Tanks. Sie tranken etwas und Pablo nahm eine Wasserflasche mit in die Fahrerkabine.

Dann jagten sie weiter. Der Wagen sprang über Löcher und Unebenheiten hinweg. Abel taten alle Knochen weh. Aber er sagte nichts, auch nicht, als er es vor Durst kaum noch aushielt, nachdem die Flasche längst ausgetrunken war.

Es dämmerte. Vor ihnen standen auf einmal Soldaten. Pablo musste scharf bremsen.

Die Soldaten richteten ihre Gewehre auf sie.

„Wer sind Sie und wohin wollen Sie?", fragte ein Unteroffizier.

„Ich fahre diesen deutschen Mitarbeiter der Genmedi Corporation zur Niederlassung nach Toledo", erklärte Pablo.

Abel zückte seinen Ausweis und den Befehl, nach Toledo zu fahren. Der Soldat nahm die deutschen Papiere und sah sie sich an.

„Das kann ich nicht lesen." Er rief einen Soldaten und gab ihm einen Befehl. Nach einer Weile kehrte der Mann mit einem großen, kräftigen Legionär, erkennbar an der anderen Uniform, zurück.

Der Offizier reichte dem Legionär den Brief. „Lesen Sie." Der bärtige Mann blickte hoch und sah Abel an.

„Abel, was machst denn du hier?", fragte er.

Abel schüttelte den Kopf. Ihm kam der Mann bekannt vor. Aber ...

„Georg ... vom Fußball", half der ihm.

„Georg, du hier?"

„Nun, ich bin seit unseren Eskapaden im Internet Legionär."

Georg las seinem Offizier den Brief vor.

„Da muss Ihr Chef sehr dumm sein, Sie ausgerechnet jetzt hierherzuschicken. Am besten bleiben Sie bei uns, wir brechen morgen früh nach Toledo auf, dann können Sie uns begleiten.“ Er reichte Abel die Papiere und grüßte.

Pablo fuhr bis ins Soldatenlager und stellte seinen Wagen neben dem Zelt der Offiziere ab.

Abel trank einen ganzen Liter Wasser auf einmal. Obwohl er hundemüde war, verließ er anschließend den Wagen und vertrat sich die Beine.

Georg näherte sich ihm. „Hallo, Abel.“ Er umarmte den Freund. „Meyer-Birkenriehl will dich wohl loswerden“, meinte er.

„Wieso?“

„Warum sonst hat er dich hier ins Pulverfass geschickt“, fragte er kopfschüttelnd.

„Wie kommst du hierher?“, erkundigte sich Abel. Verstohlen musterte er Georg. Er war alt geworden, seine Haut war verbrannt und faltig, die Haare an den Schläfen grau.

„Über Zypern, Sizilien und Korsika“, sagte Georg lapidar. Er ging mit Abel hinaus in die Dunkelheit, ein Stück von den anderen weg, damit sie in Ruhe reden konnten.

„Sind da überall Unruhen?“

„Ja, hast du denn nichts davon gehört? Es gärt doch schon seit einem Jahr.“

„Nein, in den Nachrichten ist nur kurz von Zypern berichtet worden. Dabei ist auch Nicola Meyer-Birkenriehl umgekommen.“

„Ach, deshalb.“

„Was meinst du damit?“

„Na, wenn dein Vater seine Tochter auf dem Gewissen hat, sollst du jetzt dran glauben.“

„Nee, das glaube ich nicht. Der konnte doch überhaupt nicht wissen, dass das Flugzeug kaputt war. Das war wohl eher eine Mutprobe für mich.“

Georg lachte leise. „So kann man es auch nennen.“

„Warum hast du dich nie mehr bei mir gemeldet“, fragte
Abel. Es hatte ihn geschmerzt, seinen einzigen Freund zu verlieren. Auch wenn Nikola ihn damals über den Verlust hinweg-
getröstet hatte.

„Ich konnte nicht. Als Legionär hat man nicht so viele
Möglichkeiten. Außerdem durfte ich es nicht.“

„Wieso durftest du es nicht?“

„Du weißt es immer noch nicht ...“ Georg schwieg. Die
Pause dehnte sich aus. Sie hörten in der Ferne Hunde bellen.

„Dein Vater hat mich doch zu den Legionären geschickt, als
Strafe für die Hackerei und um dich von meinem schlechten
Einfluss zu befreien.“

„Nein, davon wusste ich nichts. Warum hast du dich nicht
dagegen gewehrt?“

„Er drohte mit einer Anzeige. Die suspekte Firma mit den
Legionären und Waffengeschäften ist eine Tochter der Genmedi Corporation.“

„Nicht wahr.“

„Doch!“

„Aber ich kenne doch alle Tochterfirmen.“

„Wohl doch nicht. Um einen Mitwisser zu beseitigen,
schickten sie mich weg.“

„In den Tod“, flüsterte Abel.

„Bisher noch nicht. Ich wäre wohl ins Gefängnis
gekommen, wenn ich nicht gegangen wäre. Und meine Eltern
hätten ihre Arbeit und ihre Wohnung verloren.“

„Das glaube ich nicht, so viel Macht hat mein Vater nicht.“

„Der Arbeitgeber meines Vaters war mit Meyer-Birkenriehl
befreundet. Und die Wohnung gehörte dem Cousin von
Meyer-Birkenriehl. Außerdem habe ich unterschrieben, keinen
Kontakt mehr zu dir aufzunehmen.“

„Also verschweige ich meinem Vater unser Treffen“, versprach Abel.

„Das spielt keine Rolle mehr. Meine Eltern leben beide nicht mehr. Meine Mutter hatte einen Herzinfarkt und mein Vater ist an Krebs gestorben."

„Das tut mir leid. So alt waren sie doch noch gar nicht."

„Nicht alle werden alt. Hier in Spanien ist die durchschnittliche Lebenserwartung nur dreißig Jahre, aber nur, wenn sie ihre Kindheit überlebt haben."

„Nur damit wir Nordeuropäer und die Amerikaner hundertzwanzig Jahre alt werden." Abel schüttelte sich. Sie drehten um und liefen auf das Lager zu.

„Was ist aus Janek geworden?", fragte Abel.

„Seine Eltern sind gezwungen worden, in die Ukraine zu ziehen. Erst wollte seine Mutter mit ihm zurückbleiben, damit er noch sein Abitur machen konnte, aber dann wurde der Druck so groß, dass sie alle umgezogen sind."

„Hast du irgendwann einmal etwas von ihnen gehört?"

„Janek hat Informatik studiert und arbeitet in Sibirien bei eurer Konkurrenz."

„Na, dann hat er es wenigstens geschafft", sagt Abel. Er fühlte sich erleichtert. Immerhin hatte er nicht auch noch Janeks Leben auf dem Gewissen, obwohl er seinen Freunden Unglück gebracht hatte.

„Ihr fahrt morgen mit den Soldaten nach Toledo. Wir bleiben hier. Pass auf dich auf. Und wenn du zurück bist, such dir einen anderen Job. Geh als Buchhalter in eine kleine Firma oder als Klavierspieler in eine Kneipe, aber trenne dich bloß von eurem Konzern."

„Danke, Georg, pass du auch auf dich auf. Kündige und geh als Zimmerer nach Finnland. Das hier ist doch nichts für dich. Viel zu gefährlich. Und Meyer-Birkenriehl kann dir doch gar nicht mehr drohen."

Abel umarmte Georg. „Sei vorsichtig."

Dann kroch er in den Wagen und schlief sofort ein, als er auf der Pritsche lag.

Am Morgen fuhren sie weiter, ohne dass er Georg noch einmal gesehen hatte. Obwohl sie zwischen Militärfahrzeugen fuhren, fühlte Abel sich unwohler als vorher. Aber da hatte er die Gefahr auch noch nicht gekannt. Mit einigen kurzen Pausen fuhren sie den ganzen Tag durch flaches, ödes Land. Ab und zu kamen sie an schäbigen Hütten und Dörfern vorbei, in deren Nähe ein paar dürre Ziegen grasten. Die Bewohner des Ortes sahen sie nicht einmal von Weitem.

„Die Anwesenheit der Soldaten hat sich herumgesprochen. Die Einheimischen halten vorsichtshalber Abstand“, erklärte Pablo.

„Weil sie Rebellen sind?“, fragte Abel.

„Weil sie Angst haben. Sie haben schlechte Erfahrungen mit Soldaten und Legionären gesammelt.“

„Das klingt so, als würden die militärischen Aktionen die Menschen in die Arme der Terroristen treiben.“

Pablo antwortete nicht. Stundenlang fuhren sie schweigend im Konvoi durch die Halbwüste. Am späten Abend erreichten sie Toledo. Die Soldaten begleiteten sie bis zur Spendenstation und verabschiedeten sich. Der Stationsleiter bot Abel ein Bett in seiner Wohnung an. Abel ließ sich angezogen hineinfallen und wachte erst am folgenden Abend wieder auf.

„Na, ausgeschlafen?“, fragte Pablo und grinste.

„Wann bist du denn aufgestanden?“ In den letzten Tagen waren sie sich durch die überstandenen Gefahren nähergekommen und daher zum kameradschaftlichen Du übergegangen.

„So gegen Mittag.“

„Was machst du jetzt? Fährst du wieder zurück?“

„Nein, ich bin doch nicht lebensmüde. Ich werde nach Madrid weiterfahren. Willst du mitkommen?“

„Hm, ein paar Tage werde ich noch hierbleiben müssen. Schließlich habe ich einen Auftrag.“

„Der Aufstand hat doch alles hinfällig gemacht.“

„Ich interessiere mich aber auch noch für ein paar andere Dinge."

Pablo schaute ihn vielsagend an. „Zu viel Wissen ist hier sehr gefährlich."

„Ich weiß, aber das bin ich jemandem schuldig."

Abel setzte sich noch an diesem Abend in das Büro und fragte nach den Karteikarten der Spenderinnen.

„Was Pappkarteikarten? Wir leben doch nicht mehr im 19. Jahrhundert." Herr Newman, der Stationsleiter, grölte vor Spaß. Nach einer Weile hatte er sich wieder beruhigt. „In Alicante macht es Sinn, aber wir haben genug Strom. Wir haben vor unserer Tür ein riesiges Solarfeld. Da sind alle Unterlagen nur im Computer." Er ließ Abel die Akten anschauen. Bis spät in die Nacht las Abel. Der Gesundheitszustand der Spenderinnen war hier genauso problematisch wie im Süden. Die Station wurde von drei Krankenschwestern geführt, ein Arzt fehlte auch hier.

„Gibt es eigentlich keine weiblichen Stationsleiterinnen?", fragte Abel beim Frühstück.

„Nicht dass ich wüsste. Der Job ist sehr hart", meinte Newman.

„Das hat doch nichts zu sagen."

„Meine Vorgängerin war eine Frau. Aber das wohl auch die letzte Frau auf so einem Posten."

„Und was ist aus ihr geworden? Arbeitet sie jetzt in Deutschland?"

„Die ist in Nordfrankreich in ein Kloster gegangen."

„Was?" Abel riss die Augen erstaunt auf.

Newman grinste. „Sie haben richtig verstanden. In ein Kloster."

Wenn ich hierfür verantwortlich wäre, würde ich auch in ein Kloster gehen, dachte Abel.

Im Laufe des Tages sah er sich die medizinische Station an und traf auch Spenderinnen. Später sprach er mit den Helferinnen. Alle waren ganz begeistert von ihrer Arbeit und schimpften über die Spenderinnen, die ihre Rationen nicht selbst aßen, sondern mit anderen teilten.

„Täglich müssen wir kranke und unterernährte Frauen nach Hause schicken, weil sie als Spenderinnen nicht mehr in Frage kommen. Wie können die nur so kurzsichtig sein", klagte eine Krankenschwester.

„Wie läuft Schmidts Suppenküche?", erkundigte sich Newman.

„Ich halte es für eine gute Einrichtung. Eigentlich müsste jeden Tag eine Speisung stattfinden, dann hätten Sie keine Probleme mit Unterernährung mehr. Aber dafür sind die Wege zu weit", erklärte Abel und erzählte von seinen Beobachtungen in Alicante.

Pablo war am Abend immer noch da. „Willst du nicht nach Madrid fahren?", fragte Abel.

„Ich warte noch ein paar Tage. Hier kann ich in Ruhe den Wagen reparieren", erklärte der Spanier.

Das Grab

Am nächsten Tag lieh sich Abel das Auto von Newman und fuhr zum nächsten Dorf. Kurz vor dem Ortseingang stand ein Holzkreuz. Abel hielt an und stieg aus.

„Anton Steiger

2035 – 2076

Ich suchte die Wahrheit"

stand in Deutsch auf dem Kreuz.

Nachdenklich fuhr Abel weiter. Das Dorf bestand wie üblich aus Blechhütten. Die Bewohner trugen saubere, aber zerlumpte Kleidung. Um die Hütten wuchsen ein paar Feldfrüchte. Kinder hüteten in Sichtweite Ziegen und Schafe.

„Es ist zu gefährlich, die Kinder dürfen nicht weiter weg", erklärte ihm eine alte Frau.

„Haben Sie genug zu essen?", fragte Abel.

„Es reicht."

Abel schaute skeptisch. Die Frau blickte sich um und flüsterte dann: „Ohne die Spenderinnen würden wir verhungern. Auch so reicht es gerade eben."

Abel nickte.

„Ich sah vor dem Ort ein Grab? Anton Steiger, wer war das?"

„Ein Zeitungsmann aus Deutschland. Der wollte über uns berichten. Aber dann hatte er einen Autounfall. Er ist nachts zu schnell gefahren und das Auto hat sich überschlagen. Er war sofort tot."

Abel blieb noch eine Weile im Dorf und sprach mit einem alten Mann und zwei Mädchen, die demnächst Spenderinnen werden wollten.

„Meine Mutter ist sehr krank, sie kann nicht mehr als Spenderin arbeiten. Ich freue mich, wenn ich arbeite, haben wir wieder genug zum Essen", erzählte die eine.

„Alle machen es. Meine Großmutter spart das, was übrig ist, falls mal keine Frau mehr in unserer Familie arbeiten kann. Momentan sind meine große Schwester und zwei Cousinen dabei."

„Und deine Mutter?"

„Die ist tot, meine Tante auch, die ist vor sechs Jahren gestorben. Aber da war meine älteste Schwester schon alt genug."

„Und was macht deine älteste Schwester jetzt?"

Das Mädchen senkte den Kopf.

„Die ist verrückt geworden. Die sitzt den ganzen Tag auf ihrer Decke und rührt sich nicht, sondern starrt reglos auf die Wand", sagte das andere Mädchen.

Abel hätte die Kranke gern besucht, aber das wurde ihm nicht gestattet.

Bevor es dämmerte, fuhr er zur Station zurück. Am Grab Anton Steigers stand eine junge Frau und legte eine Blume nieder. Abel hielt. Die Frau wollte weglaufen.

„Halt, ich tu Ihnen nichts. Bleiben Sie", rief er. Die Frau zögerte und kam dann zurück.

„Erzählen Sie mir von Anton Steiger", bat er. Er setzte sich im Schneidersitz vor das Grab.

„Er kam vor vier Jahren hierher und sprach mit uns und machte Fotos. Er sagte, er schreibe Artikel für eine große Zeitung. Er wollte alles von uns wissen. Wie viele Mitglieder eine Familie hat, wovon wir leben, ob wir genug zu essen haben, was die Spendenstation uns bezahlt, warum wir unseren Körper so schinden lassen, wie es uns dabei geht. Ob wir Schmerzen haben, krank werden, Fieber hätten, ob Frauen dabei stürben." Die Frau schwieg. Ihre Augen glänzten.

„Haben Sie es ihm erzählt?"

Sie nickte. „Ja, ich und ein paar andere auch. Aber unser Dorfältester wollte es nicht. Er meinte, wir würden dafür bestraft werden. Er schickte ihn weg. Danach trafen wir uns heimlich. Dort hinten bei den alten Bäumen." Sie wies Richtung Süden. „Oder bei den alten Ruinen." Sie zeigte nach Westen.

„Anton Steiger schrieb alles auf und gab uns Geld. Er verbot uns, das Geld sofort auszugeben, damit es den anderen nicht auffiel."

Abel strich der Frau eine Strähne aus dem Gesicht. Sie lächelte.

„Sie haben ihn geliebt!", stellte er fest.

„Er fehlt mir so. Er wollte mich von hier wegbringen." Abel hörte zu und hing dann seinen Gedanken nach.

Die Unbekannte fuhr nach einer Pause fort: „Ich habe solche Angst. Ich will nicht wie meine Mutter und meine Schwester sterben - oder eine lebende Leiche sein." Sie schniefte.

„Wie geht es Ihnen?", fragte Abel.

„Ganz gut. Ich mache auch immer wieder Pausen zwischendurch, auch wenn mein Bruder mit mir schimpft, aber ich brauche es. Ich will doch leben."

„Haben Sie Kinder?"

„Nein, ich bin nicht verheiratet. Ich liebe ihn immer noch."

„Haben Sie Geschwister?"

„Eine kleine Schwester und zwei große Brüder. Dann ist da noch meine Großmutter."

„Kommen Sie mit mir nach Madrid!", schlug Abel vor.

„Und dann? Dort muss ich als Hure arbeiten." Sie wendete den Kopf ab und starrte in die Steppe hinaus.

„Oder in einer landwirtschaftlichen Kooperative."

„Da nehmen sie keine Neuen auf, sonst wären wir alle da."

Abel fühlte sich trostlos. Ihm fiel nicht ein, wie er ihr helfen könnte.

„Was hat Anton Steiger sonst noch gefragt?"

„Er hat sich nach den Kranken erkundigt. Und gefragt, ob es hier Ärzte gibt. Und wer in der Spendenstation arbeitet. Schließlich durfte er uns nicht mehr befragen, Herr Newman hat es ihm verboten. Da ist er weggefahren. Nach ein paar Tagen war er heimlich wieder da und am nächsten Abend ist er verunglückt."

„Er ist zu schnell gefahren."

„Er fuhr immer ganz vorsichtig. Er meinte, unsere Pisten wären lebensgefährlich. Aber er hatte in den letzten Tagen Angst. Irgendjemand hatte ihn bedroht. Trotzdem wollte er nicht aufgeben, sondern alles wissen und über alles schreiben."

„Wo hatte er seine Aufzeichnungen?"

„In einem kleinen schwarzen Ding, einem Computer."

„War der nach dem Unfall noch im Auto?"

Sie überlegte: „Nein, den hatte er wohl nicht mit."

„Hatte er ihn sonst immer dabei?"

„Ja."

„Wo hatte er in den letzten Nächten geschlafen?"

„Irgendwo draußen." Sie deutete in die Steppe hinaus.

„Wo genau?"

„Ich weiß es nicht." Sie zögerte kurz, überlegte. „Er sprach einmal von einem Kloster. Gott würde ihn dort sicher schützen."

„Haben Sie keine Angst, mir alles zu erzählen?"

„Das ist mir egal, meine Hoffnung schwand mit Anton."

Abel zog sein Portemonnaie heraus und drückte ihr ein paar Geldscheine in die Hand.

„Danke für Ihr Vertrauen. Sie wissen, Sie dürfen das Geld nicht sofort und nicht auf einmal ausgeben."

Sie nickte, bückte sich und hob ein paar Steine vor dem Grab hoch, darunter hatte sie eine kleine Teedose versteckt, in die sie die Scheine steckte.

Der Überfall

Nachdenklich fuhr Abel nach Hause. Diese Gegend wäre so gut für Roloffs Bewässerungspläne. Warum sollten sie ungeeignet sein? Vermutlich hatte Ingrid Recht, die Frauen würden sich nicht in diese große Gefahr begeben, wenn es nicht überlebensnotwendig wäre. Bevor er von Deutschland losflog, hatte er gewusst, dass es den Frauen schlecht ging. Aber er hätte nie gedacht, wie schlimm es tatsächlich stand. Und dass es nicht nur Naturkatastrophen waren, die sie bedrohten, sondern noch viel mehr die Behandlung zur Reifung der Eier, ja, selbst die Eientnahme war lebensgefährlich. Er kam sich wie im Mittelalter vor. Irgendwelche Kurpfuscher wurden auf die armen Frauen losgelassen, denn nicht jede Helferin, die sich Krankenschwester nannte, war auch eine. So viel hatte Abel inzwischen herausgefunden. Wer überlebte, hatte einfach nur Glück gehabt. Russisches Roulette. Markus hatte Recht, sie lebten von den Frauen. Ohne Genmedi ginge es ihnen nicht so gut, kein Haus, kein Chauffeur, kein Tennis. Aber waren er und seine Familie deshalb glücklicher? Der Preis, den die vielen ausgebeuteten unschuldigen Frauen dafür bezahlten, war hoch. Seine Familie war für deren Unglück verantwortlich. Abel dachte an seine Mutter. Hatte er sie jemals fröhlich gesehen – oder herzhaft lachen? Er zweifelte. Ihm fiel keine Situation ein. Glücklich, vielleicht, wenn sie in der Oper oder einem Konzert waren. Unglücklich häufig, wenn Markus wieder einmal nicht nach Hause kam. Einen Termin vorschob, eine Geschäftsreise. Hatte seine Mutter von seinen Affären gewusst? Abel vermutete es. Trotzdem war sie bei Markus geblieben. Sie hatte ihn geliebt. Abel dachte an die Wochen nach ihrem Tod. Sein Vater hatte Dolores wohl auch auf seine Weise geliebt, noch mehr die Frau an seiner Seite gebraucht. Deshalb gleich die neue Partnerin nach ihrem Tod. Abel beschloss auszuziehen, sobald er nach Hause zurückkam, notfalls musste er eben vorübergehend in ein Männerheim ziehen, weil es so schwierig war, als Single eine Wohnung zu erhalten.

„Sie dürfen auf keinen Fall länger hier in Toledo bleiben", beschwor der Offizier Abel.

„Wann ziehen Sie sich zurück?", fragte Abel.

„Morgen früh marschiert die Vorhut ab, die anderen folgen am Mittag."

„Gut, ich habe meine Aufgaben erledigt. Ich fahre dann mit Ihnen", sagte Abel. Darauf blickte er Pablo fragend an. Der nickte.

„Ja, ich fahre dich nach Madrid. Ich will auch dahin."

Abel saß am Abend noch stundenlang an seinem Laptop und zog Kopien von den Unterlagen. Den kleinen Datenträger steckte er in seine Hosentasche. Hoffentlich geriet er nicht in falsche Hände. Aber er wusste auch nicht, wem er trauen konnte.

Am Morgen hörte er die Vorhut abziehen. Da er noch Zeit hatte, drehte er sich auf die andere Seite und schlief weiter; wer weiß, was die nächsten Tage bringen würden.

„Abel, steh auf, wir müssen weg", schrie Pablo.

Abel sprang hoch, zog sich seine Hose und Schuhe an, griff sich seine Tasche und den Laptop und rannte hinaus. Pablo stand schon mit laufendem Motor vor der Tür.

Ohne zu fragen, warf Abel seine Tasche auf die Ladefläche und setzte sich auf den Beifahrersitz.

Pablo preschte los, hinter drei Militärjeeps her. Hinter sich hörten sie Gewehrsalven.

Pablo konzentrierte sich auf die Straße. Abel schnallte sich an und krallte sich am Sitz fest. Er hüpfte auf und ab auf dieser Buckelpiste. Im Rückspiegel sah er andere Militärfahrzeuge ihnen folgen. Auch Newmans Autos entdeckte er.

„Die Station ist nicht mehr zu halten?", fragte er.

„Kaum", knurrte Pablo. Er blieb hinter den militärischen Fahrzeugen. Zwei Motorradfahrer von der Vorhut versuchten, die Fahrzeuge zu stoppen. Ihre Motorräder lagen mit geplatzten Reifen am Straßenrand, aber keiner hielt. Pablo verlangsamte die Fahrt, um den Motorradfahrern die Möglichkeit zu geben, aufzuspringen.

Währenddessen überholten die anderen Fahrzeuge sie.

„Ein Hinterhalt", berichtete der eine.

„Vor uns, fast die gesamte Vorhut ist aufgerieben."

„Von welchen Seiten?", fragte Pablo.

„Da bei den Ruinen des Dorfes. Fahr links vorbei. Rechts ist die Hauptmacht", erklärte der zweite.

Pablo scherte nach links aus. Von den anderen Fahrzeugen folgte ihm keins. Er versuchte, einen möglichst großen Bogen zu fahren. Nach einer Stunde stießen sie unbeschadet auf eine Gruppe Legionäre.

„Ihr solltet doch die Station sichern", sagte Pablo zu dem Anführer.

„Womit? Die Soldaten waren weg und die Angreifer in der Übermacht. Wir haben die Stellung so lange wir konnten gehalten, um euch die Chance zur Flucht zu geben. Jetzt versuchen wir, uns seitlich vorbeizuschleichen."

„Wir kommen mit euch", entschied Pablo.

Nach einer weiteren Stunde hielten sie, um die Reservekanister in die Tanks zu füllen. Dabei entdeckte Abel Georg.

„Wie gut, dass du unversehrt bist", rief Abel erfreut.

„Zum Glück ist Pablo bei dir geblieben", antwortete Georg.

Abel nickte. „Ohne ihn wäre ich garantiert in die Falle gefahren."

Sie beratschlagten, ob es sinnvoll wäre, in der Nacht weiterzufahren. Einer der Männer kannte eine alte Klosterruine in der Nähe. Die würde ihnen etwas Schutz bieten.

Sie fuhren in die alte Klosteranlage. Die Legionäre sprangen von ihren Lastern und durchstreifen zu zweit das Gelände.

Erst als sie sich sicher waren, dass niemand da war, schlugen sie ein Lager auf.

Abel besichtigte die alte Kirche. Der Altar stand noch am Ende der Kirche unter einem Holzkreuz. Das Glas der Fenster war zersplittern und blitzte an einigen Stellen noch unter dem Sand hervor. Abel näherte sich langsam dem Altar. Er blieb stehen und faltete die Hände. Wie viele Jahrhunderte hatten hier Menschen gelebt und gebetet. Bis die Soldaten die Aufständischen jagten und alles bombardierten, selbst Kirchen, Klöster und Schulen. Einer Eingebung folgend untersuchte Abel den Altar. Anschließend kniete er sich nieder und grub mit den Händen im sandigen Boden um sich herum.

„Was suchst du?“

Abel schrak hoch. Georg stand neben der Kanzel.

„Hm“, er zögerte, konnte er Georg vertrauen? Dann erklärte er: „Vor vier Jahren ist in der Nähe der Station in Toledo ein Journalist tödlich verunglückt. Er hatte irgendwo ein Versteck. Seine Unterlagen sind anscheinend verschwunden.“

„Was willst du damit? Deinen Vater schützen?“

„Nein, den Sumpf aufdecken.“

Georg setzte sich neben Abel in den Sand.

„Vor über einem Jahr kam ein Ingenieur zu uns. Er stellte uns Bewässerungspläne vor. Meiner Meinung nach hatte er eine hervorragende Lösung gefunden. Ideal für diese Gegend. Ein paar Tage später verunglückte er bei einer Gasexplosion tödlich. Seitdem suche ich seine Pläne. Ich habe seinem kleinen Sohn versprochen, ihm zu helfen. Er ist bei der Explosion verletzt worden und seitdem schwerbehindert.“ Abel schwieg.

Georg stand auf und ging hinaus. Abel grub weiter. Einen Augenblick später kam Georg zurück. „Hier“, er stach einen Spaten neben Abel in den Sand.

„Danke.“ Abel grub. Mit dem Spaten ging es erheblich einfacher.

„Weshalb meinst du, dass die Unterlagen hier versteckt sind?“

Abel wischte sich den Schweiß von der Stirn. „Keine Ahnung. Vielleicht irre ich mich. Aber als ich eben vor dem Altar stand, hatte ich das Gefühl, es müsste hier sein. Dabei hatte ich gar nicht mehr an diesen Journalisten gedacht.“

Georg löste ihn ab. Abel kauerte sich hin und sah zu.

„Das Kreuz, grab unter dem Kreuz.“

Georg gehorchte. Direkt hinter dem Altar grub er unter dem Kreuz und stieß auf etwas Hartes. Er legte es frei. Es war eine Grabplatte. Abel fingerte an der Platte herum und entdeckte eine Vertiefung. Da konnte er mit der Hand hineinfassen und die Platte anheben. Tatsächlich lag ein Bündel darunter.

„Vorsicht, das ist ein Grab.“

Abel zuckte zurück. Georg lachte und griff nach dem Bündel. Er zog es aus dem Grab und öffnete die Schnur, die es zusammenhielt. Das Paket enthielt einen Pass, Geld, eine Pistole und mehrere Datenträger. Georg schlug den Pass auf: „Anton Steiger“, las er vor.

„Mein Gott“, flüsterte Abel.

„Dein Journalist?“

Abel nickte. Georg reichte ihm das Bündel. Dann schloss er das Grab wieder und schaufelte den Sand darüber. Mit dem Spaten versuchte er ihre Spuren, so gut es ging, zu beseitigen.

„Pass gut auf dich auf. Dem Anton Steiger hat das Bündel kein Glück gebracht“, warnte er Abel.

„Irgendwann muss selbst ich etwas wagen“, wisperte Abel. Er fühlte einen Druck auf der Brust.

„Musst du gleich mit etwas so Großem anfangen?“

„Bei etwas Kleinerem lohnt sich das Risiko nicht.“ Abel grinste Georg schief an.

Dann steckte er die Waffe in den Gürtel und die Datenträger schob er unter seinen Pullover. Vielleicht fiel ihm in den nächsten Tagen noch ein besserer Platz ein. Aber er wollte die

Sachen immer bei sich tragen, damit sie nicht bei einem über-hasteten Aufbruch verloren gingen.

Die anderen schliefen schon, bis auf die zwei Wachen, die an der Klostermauer patrouillierten. Abel legte sich auf die Pritsche. Er hatte sich an die harte und schmale Liege gewöhnt. Trotz der Aufregung schlief er sofort ein. Mitten in der Nacht schreckte er von Schüssen hoch. Er hob seinen Kopf und lugte unter der Plane hervor. Jemand drückte ihn wieder hinunter. Er wehrte sich.

„Pst", wisperte es.

Das Gewehrfeuer wurde stärker. Rufe schallten durch die Nacht. Ihr Wagen wurde unter Beschuss genommen. Abel hörte Motoren starten.

„Pablo, bring Abel in Sicherheit", schrie Georg in der Nähe des Wagens. Dann hörte Abel Schüsse und die Explosion von Granaten.

Der Jeep startete und fuhr los. Die zwei Motorradfahrer, die sie am Tag vorher aufgelesen hatten, lagen auf der Ladefläche, ihre Gewehre im Anschlag. Abel legte sich flach auf den Boden. Er bekam kaum Luft. Seine Brust fühlte sich wie zuge-schnürt an.

Wo war Georg? Er zwang sich, langsam und tief zu atmen. Machte bewusst Pausen dazwischen. Langsam fühlte er sich etwas besser. Er kroch zur Fahrerkabine, schob sich durch die zersplitterte Heckscheibe bis auf den Beifahrersitz.

„Bleib in Deckung", fauchte Pablo.

Abel rutschte vom Sitz herunter.

„Kann ich etwas tun?", fragte er.

„Unten bleiben."

Die Schüsse wurden leiser. Dann hörte Abel nur noch den Motor. Er schob sich vorsichtig wieder nach oben.

„Gerade noch gutgegangen", murmelte Pablo und wischte sich mit dem Ärmel über die Stirn.

„Wo sind die anderen?", fragte Abel.

„Zwei Wagen sind vor uns. Der Rest hat uns wohl Deckung für die Flucht gegeben.“

„Und Georg?“

Pablo schwieg. Irgendwann kletterte Abel auf die Ladefläche und holte eine Feldflasche mit Wasser und ein paar Kekse. Er setzte sich wieder auf den Beifahrersitz, schraubte die Flasche auf und reichte sie Pablo.

„Danke.“ Pablo trank. Anschließend gab Abel ihm die Kekse.

„Wir sind ein eingespieltes Team“, scherzte Pablo.

„Nächstes Jahr machen wir die Fahrt Paris – Dakar“, schlug Abel lachend vor.

„Was?“, fragte Pablo.

„Das war früher ein berühmt-berüchtigtes Wettrennen. Mit dem Motorrad oder Auto von Paris nach Dakar in vierzehn Tagen.

„Da war die Wüste auch noch nicht ganz so groß.“

„Damals fing die Wüste erst in Nordafrika an“, bestätigte Abel.

Es dämmerte. Abel sah jetzt die zwei Wagen vor ihm. Der dritte Jeep fehlte. Georg. Georg war zurückgeblieben. Um ihn zu retten. Abel fühlte sich elend. Wieder hatte er jemanden verloren, der ihm viel bedeutete. Er schwor, den Menschen hier zu helfen. Das Sterben und Morden musste ein Ende haben.

Anton Steigers Unterlagen

Sie machten nur kurze Pausen, um Benzin nachzufüllen, etwas zu trinken und zu essen, dann fuhren sie weiter. In dem tiefen Sand und bei der schlechten Piste kamen sie nur langsam vorwärts. Im Wagen war es unerträglich heiß, da die Klimaanlage nicht mehr arbeitete. Gegen Abend erreichten sie Madrid. An einem militärischen Wachposten hielten sie an und erstatteten kurz Bericht. Abel wurde von dem Offizier zuvorkommend behandelt und nach Aufnahme der Personalien und einem knappen Bericht durfte er mit Pablo weiterfahren. Die Legionäre wurden schärfer befragt.

„Bekommen sie Ärger?", fragte Abel Pablo.

„Nein, sie unterstehen dem Militär gar nicht. Rechenschaft müssen sie gegenüber ihren Vorgesetzten ablegen. Aber die Soldaten sind natürlich sauer, dass ihre Einheiten aufgerieben worden sind."

Pablo fuhr ins Zentrum der Stadt.

„Willst du zu deiner Niederlassung?", fragte er.

„Nein, erst einmal nicht. Da kann ich mich immer noch melden. Jetzt will ich erst einmal duschen und dann schlafen", erklärte Abel.

Pablo grinste, sagte aber nichts.

Vor dem Hotel Palacio setzte er Abel ab.

„Was machst du jetzt? Fährst du mich morgen noch?", fragte Abel.

„Nein, ich werde mich unsichtbar machen."

„Viel Erfolg", wünschte ihm Abel. Er lief zur Bank neben dem Hotel und hob Geld ab. Damit bezahlte er Pablo.

„Pass gut auf dich auf. Du hast einen mächtigen Gegner", warnte ihn Pablo, bevor er Gas gab und im Straßengewirr verschwand. Abel sah ihm noch eine Weile hinterher. So viele Tage hatte er mit Pablo zusammen verbracht und sich auf ihn verlassen. Und jetzt war er auf sich allein angewiesen. Er fühlte sich einsam.

Langsam drehte er sich um und betrat das Hotel. Er besorgte sich ein Zimmer und bestellte Essen. Oben öffnete er seinen Koffer und klingelte nach einem Pagen, seine Wäsche musste dringend gereinigt werden.

Dann duschte er. Als er im Bademantel gehüllt aus dem Bad trat, stand sein Essen schon auf dem Tisch. Bissen für Bissen genoss er die Fischsuppe und sein Steak mit Salat. Dazu trank er Wein. Den ersten seit Wochen.

Erst als der Page alles abgeräumt hatte, verschloss er die Tür, kramte sein Laptop hervor und steckte die USB-Sticks von Anton Steiger ein.

Stunde für Stunde las er sich durch die Unterlagen. Medizinische Berichte von der Eientnahme, der vorangehenden Hormonbehandlungen und ihre Auswirkungen auf die Frauen. Es folgten die Beobachtungen in den Spendenstationen, die nicht mehr unter klinischen Bedingungen arbeiteten. Hier waren die Folgewirkungen noch viel gravierender. Die Mortalitätsrate war erheblich.

Anschließend las er von den Hungersnöten, von den Geldern, die die Genmedi Corporation ihren Mitarbeitern zahlte, und den Spenderinnen, von deren medizinischen Betreuung und der Versorgung mit Lebensmitteln. Er las von den verschiedenen Aufständen, die jedes Mal brutal niedergeschlagen worden waren.

Am frühen Morgen schlief Abel über den Unterlagen ein.

Erst gegen Mittag wachte er auf, zog sich an und begab sich an die Rezeption, um zu erfahren, ob er noch frühstücken konnte. Der Portier gab ihm eine Nachricht vom spanischen Firmenchef. Er wollte Abel sofort sehen.

Abel ging erst einmal frühstücken. Dann machte er einen Spaziergang durch die Madrider Altstadt. Er lief am königlichen Schloss, dem Palacio Real, der Almudena-Kathedrale und am Museo del Prado vorbei. Hier in Madrid gab es noch

immer viele Einwohner und das Leben pulsierte, obwohl
Barcelona und San Sebastian inzwischen mehr Einwohner
zählten als die Hauptstadt. Dort war die Trinkwasserversor-
gung durch Entsalzungsanlagen auch ausreichend, während in
Madrid damit gespart werden musste. Lange Pipelines von der
Küste versorgten die Stadt notdürftig mit Trinkwasser. Für
Grünanlagen reichte es nicht aus. Aber die spanische Regierung hielt an der alten Hauptstadt fest, obwohl sie viel Geld
kostete.

Zum ersten Mal in seinem Leben machte sich Abel
Gedanken, wovon die Spanier so eine aufwändige Hauptstadt
finanzierten. Nennenswertes eigenes Einkommen gab es nur
aus den Solarfeldern. Dafür mussten aber fast alle Lebensmittel aus dem Ausland herangeschafft werden. Und auch der
riesige Militärapparat kostete ein Vermögen.

Während er ziellos durch die Straßen lief, überlegte er, wie
er Anton Steigers Unterlagen sicher deponieren konnte. Noch
trug er die Datenträger am Körper.

Am Abend setzte er sich in das Zimmer und versteckte die
Informationen verschlüsselt im Darknet. Er hoffte, vorsichtig
genug vorgegangen zu sein. Dann begab er sich noch einmal
in die Altstadt und suchte eine Bar auf, um auf andere
Gedanken zu kommen. Auf dem Weg zurück ins Hotel lief er
durch dunkle Gassen, in denen sich nur Einheimische aufhiel-
ten.

Ein junger Bursche kam ihm entgegen, Abel fühlte sich
unbehaglich und wollte sich umwenden, aber auch von hinten
näherten sich zwei Männer. Er richtete sich auf und lief weiter.
Der Junge versperrte ihm den Weg. Abel versuchte, sich
vorbeizudrücken, konnte den Größeren und Schwereren aber
nicht wegschieben.

Jemand legte ihm von hinten eine Hand auf die Schulter.

„Geld her!“

Abel fingerte nervös sein Portemonnaie heraus. Der Junge
vor ihm entriss es ihm und öffnete es.

„Ist das alles?"

Der Mann hinter ihm tastete ihn ab.

„Was ist hier los?", rief eine vertraute Stimme. Ein Fluch folgte. Die Jungen ließen Abel stehen und rannten weg.

„Du sollst doch auf dich aufpassen", sagte Pablo.

„Danke. Ich kann es wohl nicht. Ich hatte immer einen Aufpasser. Wo kommst du überhaupt her?", fragte Abel kleinlaut.

„Ich habe erwartet, dass du Probleme bekommst und dich beobachtet. - Was haben sie geklaut?"

„Nur das Geld. Nicht so schlimm."

Pablo zog Abel in den Hausflur eines verfallenen Hauses. „Was suchst du hier?"

„Dich."

Abel berichtete von Anton Steiger und seinen Unterlagen. Dann drückte er Pablo die Datenträger in die Hand.

„Und was soll ich damit machen?", fragte Pablo und rieb sich über seinen Bart.

„Ich kann die Datenträger nicht außer Landes schmuggeln. Sie müssen hier versteckt werden."

„Ich möchte damit nichts zu tun haben. Ich weiß von nichts."

„Du kennst die Leute hier. Finde jemand Vertrauenswürdigen. Oder ein gutes Versteck. Am besten weiß ich nichts davon. Ich habe eine Kopie, das reicht."

Pablo nahm die Daten an sich. Abel umarmte ihn und verließ das Haus.

Besuch in der Madrider Niederlassung

Am nächsten Morgen suchte er Herrn Martinez in der spanischen Hauptverwaltung auf. Sie befand sich in einer alten klassizistischen Villa mit gepflegtem Park. Abel verhielt seinen Schritt, als er durch die Grünanlagen lief. Wie viel Trinkwasser musste die Bewässerung kosten!

„Herr Stemmer, schön Sie zu sehen. Ich habe mir schon Sorgen um Sie gemacht", begrüßte ihn Herr Martinez.

„Ehrlich gesagt hatte ich kaum noch Hoffnung, hier lebend anzukommen. Zum Glück hatte ich mir in Alicante einen sehr guten Fahrer gesucht und in Toledo sind wir auf Soldaten getroffen. Unter deren Schutz sind wir die ersten Kilometer gefahren. Dann haben wir zwei Soldaten der Vorhut aufgelesen, die uns vor einem Hinterhalt warnten und haben deshalb einen großen Umweg gemacht. Zufällig stießen wir dabei auf die zurückgelassenen Legionäre, die uns den restlichen Weg beschützten."

„Ich habe schon davon gehört. Ich war erleichtert, als sich der General unserer Kaserne meldete und Ihre Ankunft ankündigte."

„Tut mir leid, dass ich erst heute komme. Ich habe gestern den Tag verschlafen und erhielt Ihre Nachricht erst am Abend", entschuldigte sich Abel.

„Hauptsache, Sie sind gesund."

Abel lächelte. „Mir geht es gut. Aber die Ereignisse verfolgen mich. So viel Blutvergießen." Er schüttelte sich.

„Schrecklich. Deswegen gehen wir auch streng vor. Diese Aufstände müssen ein Ende haben."

Zwei weitere Mitarbeiter betraten das Direktorenzimmer. Die Assistentin brachte Kaffee und Gebäck. Abel berichtete von seinen Beobachtungen in den Stationen.

„Die Frauen erhalten also genug Lebensmittel?", fragte Herr Gonzales.

„Ja und nein. Für eine Person ist es ausreichend. Aber Sie können von niemand verlangen, dass er seine Ration isst und seine Familie verhungern lässt. Aber für mehrere Personen reicht es nicht."

„Was schlagen Sie also vor?", fragte Herr Martinez.

„Die Lösung von Herrn Schmidt in Alicante finde ich gut, aber ich denke, in den größeren Stationen ist sie nicht durchführbar. Wir sollten den Frauen also mehr Lebensmittel zur Verfügung stellen, damit ihre gesamte Familie satt werden kann."

„An wie viel Personen denken Sie? Vier, sechs, zehn oder noch mehr? Nachher essen sie immer noch zu wenig, verkaufen aber die Sache an die Nachbarn", protestierte Herr Gonzales.

Abel wiegte seinen Kopf hin und her.

„Sie haben Recht, das Risiko besteht. Aber wir sollten es ausprobieren."

Sie diskutierten eine Weile. Herr Gonzales wies auf die enormen Kosten hin.

„Vielleicht sollten wir es in einer Station ausprobieren. Eine kleine Station. Alicante vielleicht", meinte Herr Martinez.

„Für eine vernünftige Beobachtung reicht meines Erachtens eine Station nicht aus. Drei, ja, drei wären ganz gut. Und unterschiedliche Stationen, verschiedenen Regionen, große und kleine Stationen. Weil die Bedingungen sehr unterschiedlich sind", schlug Abel vor.

Die anderen nickten. „Es wäre einen Versuch wert", meinte der dritte. Herr Gonzales sah skeptisch aus, schwieg aber.

„Könnte nicht auch ein Arzt in jeder dieser Stationen eingesetzt werden", trug Abel sein Herzensanliegen vor.

„Das gibt das Budget nicht her. In den letzten Jahren haben wir an unseren Spenderinnen immer weniger verdient. Und wenn wir jetzt noch die Lebensmittelausgaben erhöhen, ist nichts mehr übrig", lehnte Herr Martinez den Vorschlag ab.

„In den Stationen waren ursprünglich Ärzte vorgesehen. In den ersten gab es richtige Kliniken. Ich glaube, ein Arzt würde nicht nur Kosten verursachen. Die Qualität der Spenden ist in letzter Zeit stark zurückgegangen. Wenn wir sie wieder anheben, würde sich ein Arzt bezahlt machen", argumentierte Abel.

„Das haben wir schon durchgerechnet", wehrte Gonzales ab.

„Wie lange ist es her? Große Kliniken aufzubauen, würde viel Geld kosten. Vielleicht könnte ein Arzt, der herumreist und die Stationen besucht, schon Besserung bringen."

„Wir haben zwei Ärzte, die unterwegs sind", sagte Herr Martinez.

„In den Stationen, die ich besucht habe, war seit mindestens fünf Jahren kein Arzt mehr gewesen."

„Wir sollten die Route unserer Ärzte einmal kontrollieren. Sicher lassen sie sich effektiver einsetzen", meinte der dritte Herr.

Herr Martinez machte sich eine Notiz. „Darum werden wir uns kümmern."

Sie sprachen noch über ihren Umsatz und Verbesserungsmöglichkeiten der Qualitätskontrolle.

„Ein weiteres Problem ist der Strom. In Alicante fällt er ständig aus. Die Computer sind nur bedingt einsatzfähig. Das sind Verhältnisse wie im neunzehnten Jahrhundert", bemängelte Abel.

„Die Stationen haben doch Solarzellen", meinte Herr Martinez.

„Alicante ist nicht ausreichend mit Solarzellen versorgt. Die Stromanlage ist sehr alt", informierte Gonzales.

„Ja, wir hätten Sie nicht nach Alicante schicken dürfen", sagte Herr Martinez. Die Männer lachten.

„Alicante ist etwas anders. Rückständig und sehr klein. Aber eine Modernisierung lohnt sich nicht. Solange Herr Schmidt noch arbeitet, lassen wir die Station weiterlaufen, danach wird sie geschlossen.“

„Warum? Wir könnten sie doch auch ausbauen“, sagte Abel.

„Nein, der Genpool lohnt sich dort nicht. Es leben da nicht genug Menschen. Außerdem sind zu viele Afrikaner in der Gegend. Wir benötigen aber mehr europäische Gene.“

Abel hielt das Argument für vorgeschoben, sagte aber nichts dazu, stattdessen erkundigte er sich: „Gibt es eigentlich keine Bewässerungspläne für Spanien?“

„Nur im kleinen Rahmen bei den Kooperativen. Eine Tochterfirma hat Versuche mit bestimmten Pflanzensorten und auch mit Bewässerungen unternommen, aber das hat sich nicht bewährt. Der Transport von entsalztem Wasser ist zu aufwändig. Und nicht überall gibt es Bäche oder Flüsse, die sich aufstauen lassen.“ Herr Martinez hob bedauernd die Arme.

„Also ist Spanien hauptsächlich für die Energiegewinnung zu gebrauchen“, sagte Abel.

Die anderen Männer nickten zustimmend.

„Leider ist das nicht unser Gebiet. Da waren andere vor uns aktiv. Aber im Pharmabereich gibt es immer noch viel zu tun. Es werden bessere Therapien entwickelt, außerdem entstehen ständig neue Krankheiten, wie vor zehn Jahren der BNIV-Virus.“

„Auf Mallorca gab es vor drei Jahren eine schlimme Cholera-Epidemie. Ein ganz neuer Erreger. Wir konnten nur versuchen, den Kranken Flüssigkeit mit dem Tropf zuzuführen. Unsere Medikamente halfen nichts. Leider sind dabei auch einige unserer Mitarbeiter umgekommen“, erzählte Gonzales.

„Da war doch dieser junge hoffnungsvolle Biologe, wie hieß er noch gleich?“, überlegte der dritte.

„Herr Andrejew oder so ähnlich. Er wollte bei uns seine Doktorarbeit schreiben. Ihr Vater hatte gehofft, dass er in der Firma bleiben würde. Er war das erste Todesopfer der Epidemie“, berichtete Gonzales weiter.

„Inzwischen haben unsere Mediziner den Erreger gefunden und ein Gegenmittel entwickelt. Bei einem erneuten Ausbruch können wir sofort helfen“, fügte Martinez hinzu. Er rief seine Assistentin, weil der Kaffee ausgetrunken war.

„Unser Schwerpunkt ist aber Zivilisations- und Alterskrankheiten“, meinte Abel.

„Natürlich, unsere Firma ist doch auch in Deutschland entstanden. Und da haben wir uns zuerst mit den Krankheiten im eigenen Land beschäftigt“, erklärte Martinez.

„Außerdem leiden viel mehr Menschen unter Herz-Kreislauf-Krankheiten, Krebs und Alzheimer als an Cholera“, fügte Gonzales hinzu.

Und die Menschen im reichen Norden können viel mehr Geld für ihre Gesundheit ausgeben, dachte Abel. Aber er schwieg wohlweislich.

„Sie möchten sich sicher erholen. Wie lange bleiben Sie noch in Spanien?“, fragte Herr Martinez.

„Ich habe von meinem Chef noch nichts gehört. Aber Sie haben Recht, ein paar Tage Ruhe würden mir guttun.“ Abel lächelte die anderen höflich an.

„Meine Assistentin, Señorita Sanchez, wird mit Ihnen heute Mittag essen gehen und Ihnen anschließend Madrid zeigen“, beschloss Direktor Martinez und rief gleich Señorita Sanchez Lopez ins Zimmer.

Rundgang durch Madrid

Abel hatte nicht den Eindruck, dass Inez Sanchez Lopez begeistert von ihrer Aufgabe war. Sie unterhielt sich höflich, aber distanziert mit ihm.

„Stammen Sie aus Madrid?", fragte er. Sie programmierte das Auto, damit es durch die engen Gassen der Altstadt fuhr.

„Nein. Aber ich lebe schon seit zwanzig Jahren hier."

„Wo sind Sie denn geboren? Das war noch vor den großen Unruhen", fragte Abel sie weiter aus.

„Irgendwo im Süden, aber ich erinnere mich gar nicht mehr daran." Sie schaute aus dem Fenster und wies ihn auf Sehenswürdigkeiten hin.

„Leben Ihre Eltern auch in Madrid?", fragte Abel, als sie vor einem großen Restaurant einparkten.

„Sie leben nicht mehr."

„Oh, das tut mir leid."

Im Restaurant empfahl Inez Sanchez Paella. „Das ist unser Nationalgericht. Leider ist es inzwischen schwierig geworden, alles Zutaten zu erhalten. Aber in diesem Restaurant wird es vorzüglich zubereitet."

Abel bestellte also brav eine Suppe, die berühmte Paella und als Nachtisch Obst, dazu eine Karaffe Weißwein.

Er dachte an die Spenderinnen, die glücklich waren, wenn sie trockene Polenta oder Hirse erhielten. Ob Sanchez' Familie auch arm war?

„Es scheint eine Menge Touristen in Madrid zu geben", versuchte er ein Gespräch in Gang zu bringen.

„Nicht mehr so viele. Leider sind einige Fehlmeldungen zu Todesfällen durch die Unruhen entstanden und viele Touristen haben schleunigst die Flucht ergriffen. - Sie werden noch einige Tage hierbleiben müssen. Ich habe für Sie erst am Freitagmorgen einen Rückflug buchen können", erklärte sie. Geschickt brach sie den Krebs auf der Paella auf.

„Gerüchte? Ich habe nichts mitbekommen. Ich war unterwegs im Landesinneren."

„Ja, an einigen Stellen ist es zu Unruhen gekommen. Aber an den Touristenorten ist es völlig sicher. Eine Zeitung berichtete von erschossenen Urlaubern, daraufhin stürmten die Touristen den Flughafen und die Bahnhöfe. Als alles ausgebucht war, belagerten sie die Botschaften."

„Und daraufhin wurden weitere Flugzeuge eingesetzt", ergänzte Abel.

Sanchez lachte. „So ungefähr."

„Na ja, es ist immer das Gleiche."

Er aß seine Paella mit Genuss. Dolores hatte sie zwar besser kochen können, aber diese schmeckte auch. Vielleicht lag es auch nur an der mageren Kost, die er in den letzten Wochen erhalten hatte.

Dann erzählte er von der Salzwüste im Süden des Landes.

„Ja, es gab Versuche, mit entsalztem Meerwasser großflächig zu bewässern. Nach sehr kurzer Zeit war das Land unfruchtbar. Trotzdem wurde weiter bewässert und jetzt ist da eine regelrechte Salzwüste."

„Gab es da keine Erfahrungen aus anderen Ländern? Künstliche Bewässerung ist doch schon uralt. Und die Versalzung der Böden ist auch schon sehr lange bekannt", meinte Abel.

Sanchez trank einen Schluck Wein. „Ich weiß es nicht. Der Boden soll dafür besonders ungeeignet gewesen sein. Auf jeden Fall verloren dadurch Tausende von Bauern ihr Land. Seitdem ist Spanien völlig von Lebensmittelimporten abhängig. Und die können nur mit der Sonnenenergie bezahlt werden."

„Hm, die Erderwärmung nimmt auch immer noch zu", murmelte er.

„Wenn wir nicht aufpassen, ist auch der Norden bald unbewohnbar", erklärte Sanchez.

Abel nickte. Gedankenverloren nahm er einen Schluck Wein. Es wurde dunkel. Er sah aus dem Fenster. Am Himmel hingen violett-schwarze Wolken mit schwefelgelben Rändern.

„Wo kommen die auf einmal her?", fragte er verblüfft.

„Ein Gewitter", entfuhr es Sanchez.

„Ein Wunder." – „Eine Strafe Gottes!" – „Das Jüngste Gericht!", hörte Abel Rufe von den anderen Gästen.

Sie hatten ihre Paella gerade aufgegessen, als es völlig dunkel wurde. Draußen donnerte und blitze es. Endlich prasselte der Regen herunter. In dicken Tropfen peitschte er auf die trockene Erde. Schnell bildeten sich Bäche, die durch die Straßen liefen. Sie schwollen an, überschwemmten Gehwege, drangen in Häuser ein. Die Menschen, die sich irgendwo untergestellt hatten, flüchteten auf höher gelegene Stellen oder versuchten sich in Häuser zu retten.

„Mein Auto", Sanchez sprang auf.

Abel hielt sie fest und drückte sie auf ihren Stuhl zurück.

„Da können Sie jetzt nichts machen. Sie können nur hoffen, dass es das Unwetter übersteht."

Inez Sanchez wehrte sich.

„Nein, lassen Sie, Sie bringen sich in Gefahr", redete Abel beruhigend auf sie ein.

Wasser rann durch die geschlossene Tür in den Speisesaal. Kellner versuchten, die Tür mit Decken und Brettern abzudichten. Draußen stand das Wasser inzwischen bis zur Brüstung der Fenster. Immer mehr Wasser drang durch die Türritzen ein.

Abel zog Sanchez hoch. „Wir müssen in die erste Etage, hier wird es zu gefährlich." Er zerrte sie zum Flur und dann zur Treppe.

„Wo wollen Sie hin?", fragte ein Kellner und versperrte ihnen den Weg.

„Uns in Sicherheit bringen. Holen Sie bitte Ihren Geschäftsführer", befahl Abel.

Ein Mann in einem schwarzen Gesellschaftsanzug erschien.

„Sie sind der Geschäftsführer? Dann sollten Sie schleunigst das Erdgeschoss räumen lassen. Alle Gäste, Kellner, Köche und Hilfspersonal sollte sofort in den ersten Stock laufen." Abel wies auf die Fenster. Das Wasser erreichte schon den mittleren Teil. Ein paar Gäste standen auf den Tischen.

„Kommen Sie alle her, wir müssen in die nächste Etage flüchten. Einer nach dem anderen, nicht drängeln", befahl Abel.

Er ging mit Sanchez voran. Der Geschäftsführer stand sprachlos neben der Treppe.

„Zimmerschlüssel, wir brauchen die Zimmerschlüssel", rief Abel.

Der Geschäftsführer erwachte aus seiner Erstarrung. Er eilte hinauf und öffnete einige leerstehende Zimmer, in die die Restaurantgäste fluteten.

„Liegt der Stadtteil so tief?", fragte Abel Sanchez.

„Ja, am Ende der Straße floss einst der Rio Manzanares."

„Das war hier einmal ein alter Seitenarm des Flusses", informierte eine alte Dame Abel.

„Na, da haben wir uns wohl das richtige Restaurant ausgesucht", meinte Abel.

Das Personal trug PCs, Küchengeräte und andere Teile die Treppe hinauf. Inzwischen stand das Wasser im Haus brusthoch.

Abel hielt die Leute an der Treppe auf. „Gehen Sie nicht wieder hinunter, Sie gefährden ihr Leben."

Der Kellner schaute fragend zum Geschäftsführer.

„Wenn Sie Ihre Leute hinunterschicken, werde ich dafür sorgen, dass Sie angeklagt werden. Das wäre unverantwortlich", drohte Abel.

„Das Wasser steht zu hoch, es hat keinen Sinn mehr", entschied der Geschäftsführer.

Der Koch atmete sichtbar auf.

„Ihre Paella hat sehr gut geschmeckt", lobte Abel und klopfe ihm auf die Schulter.

Inzwischen hatte der Regen aufgehört, aber das Wasser stand immer noch türhoch im Erdgeschoss. Auf der Straße trieben Autos, Stühle und Tische der Cafés und andere Gegenstände vorbei. Die Gäste hatten sich auf das Bett und den Fußboden gesetzt.

Der Geschäftsführer saß im Flur auf dem Fußboden und raufte sich die Haare.

„Das schaffen wir nie mehr, nie mehr wird das ein Restaurant", flüsterte er.

Abel legte ihm eine Hand auf die Schulter. „Seien Sie froh, dass Sie noch leben und auch ihre Mitarbeiter in Sicherheit sind."

Der Mann reagierte nicht.

Dafür zuckte der Koch zusammen. „Ramon fehlt", sagte er und wurde blass.

„Wer ist Ramon?", fragte Abel.

„Unser kleiner Küchenjunge. Zwölf Jahre alt. Der da hat ihn noch einmal in den Keller geschickt." Dabei deutete er auf den Geschäftsführer.

Abel ballte die Fäuste. Am liebsten wäre er auf den Geschäftsführer losgegangen. Mit Mühe beherrschte er sich gerade noch. Die wenigsten hier hätten seine Reaktion verstanden. Ein Menschenleben galt in Südeuropa nichts mehr. Es sei denn, es war ein Angehöriger einer der reichen Firmen. So wie Nicola. Andererseits, wenn Schmidt in Alicante in die Hände der Rebellen fiel, wäre wohl auch niemand traurig. Außer vielleicht Pilar und ihre Helferinnen. Die Spenderinnen und ihre Familien wussten gar nicht, wie viel Schmidt persönlich für sie erreichte. Und die Firma wäre froh, den unbequemen Mitarbeiter los zu sein.

Es knirschte, dann krachte es. Abel spähte nach unten, ein Fenster war aus der Mauer herausgerissen worden und das Wasser strömte schnell ins Haus.

„Wir müssen aufs Dach. Aber immer mit der Ruhe. Einer nach dem anderen, sonst sterben Sie schon, bevor Sie den

Raum verlassen haben", befahl Abel mit lauter Stimme. Er war selbst erstaunt, dass die Leute stehen blieben und warteten.

„Erst die Mutter mit dem Kind, dann die Dame mit dem gelben Kleid und der Herr mit dem grauen Anzug", befahl Abel. Die Leute gehorchten ihm und einer nach dem anderen flüchtete in die zweite Etage. Der Koch hatte die Dachluke geöffnet und hob alle hinaus. Innerhalb einer Viertelstunde saßen alle auf dem Dach. Unten auf der Straße paddelten ein paar Leute in Wannen und anderen merkwürdigen Gegenständen.

„Hilfe, rettet uns", schrien ein paar Männer. Aber niemand reagierte.

Sanchez holte ihr Handy heraus. Tatsächlich bekam sie Verbindung mit der Genmedi Corporation. Sie schilderte ihre Notlage und man versprach Hilfe.

Die Frontseite des Hauses brach zusammen. Da sich alle auf der hinteren Hälfte versammelt hatten, passierte ihnen nichts.

„Wie lange hält der Rest noch?", fragte Sanchez.

„Keine Ahnung." Abel wandte sich an den Geschäftsführer. „Ist das Haus von vornherein so gebaut worden?"

„Das zahlt keine Versicherung, die gehen doch Pleite", murmelte der Geschäftsführer.

„Der Küchenanbau ist erst später gebaut worden", sagte der Koch.

Abel trieb alle auf den Anbau. Jetzt standen sie dichtgedrängt auf kleinem Raum.

„Warum soll ich hier stehen? Das Teil bricht unter dem Gewicht viel eher ein", schimpfte der alte Herr mit dem grauen Anzug und quetschte sich nach vorne. „Komm, Antonia."

Abel und der Koch griffen nach ihm und hielten ihn zurück. „Lassen Sie mich, das ist Freiheitsberaubung. Ich werde Sie anzeigen", schrie der alte Herr erregt.

Mit einem Seufzer sackte der vordere Teil des Restaurants weg. Es gurgelte und zischte, dann herrschte Ruhe. Selbst der Alte stand sprachlos da.

In der Ferne hörten sie Rotorengeräusche.

„Hilfe von der Firma?", flüsterte Abel.

„Hoffentlich", murmelte Sanchez.

Das Geräusch kam immer näher. Endlich stand der Hubschrauber über ihnen. Der Luftzug der Rotoren zerrte an ihrer Kleidung. Das Wasser auf der Straße wurde aufgewühlt. Die Mutter hielt krampfhaft ihre Tochter fest. Ein Retter wurde an einem Seil herabgelassen. Er legte den Rettungsgurt um das Kind und gab dem Mann an der Winde ein Zeichen zum Hochziehen. Es folgte die Mutter und das alte Ehepaar. Dann drehte der Hubschrauber ab.

„Mehr kann er nicht tragen. Wir konnten keinen Größeren auftreiben", sagte der Retter.

Nach einer halben Stunde kehrte der Hubschrauber zurück. So nach und nach leerte sich das Dach. Obwohl Abel immer wieder gedrängt wurde einzusteigen, weigerte er sich und wartete, bis alle gerettet waren.

„Der Hubschrauber ist extra für Sie hierhergekommen", sagte Sanchez.

„Die anderen sind älter, haben Familien. Es ist wichtiger, dass sie gerettet werden. Ich kann noch warten. Ich bin jung und habe genug Kraft", argumentierte Abel und blieb auf dem Dach.

Als Letzter wurde Abel hochgezogen. Der Hubschrauber drehte ab und flog zum Flughafen.

„Ihr Hotel ist nicht betroffen. Sie können mit der Taxe hinfahren. Die Straßen in den äußeren Bezirken sind frei", sagte Sanchez, nachdem sie sich bei einem Polizisten erkundigt hatte.

„Wie ist es mit Ihnen?", fragte Abel.

Sie schüttelte den Kopf. Ihr Gesicht war ernst.

„Wohnen Sie im betroffenen Bezirk?"

„Ja, aber ob das Haus noch steht, weiß zurzeit keiner."

„Kommen Sie doch mit. Ich habe ein Appartement, da können Sie im zweiten Zimmer schlafen", bot Abel an.

Sie lächelte schwach. „Danke, ich weiß wirklich nicht, wo ich hinkann. Meine Freunde wohnen alle in meiner Nähe."

Eine Taxe fuhr sie auf Umwegen zu dem Hotel.

„Warum haben Sie bis zum Schluss auf dem Dach gewartet? Sie waren vielleicht der jüngste, aber sicher nicht der kräftigste Mann", fragte Señorita Sanchez.

„Wäre der Hubschrauber immer wiedergekommen, wenn ich weg gewesen wäre?", gab Abel zurück.

„Die Firma hat den Rettungseinsatz bezahlt. Vielleicht ..." Sanchez schwieg.

Folgen des Unwetters

Im Hotel war alles heil und trocken, aber es gab keinen Strom.

„Wir können Ihnen nur etwas Kaltes zu essen anbieten", sagte der Portier, als Abel sich nach der Küche erkundigte.

„Gut, wir kommen in einer halben Stunde. Erst einmal müssen wir etwas Trockenes anziehen. Können Sie Kleidung für die Señora auftreiben?", fragte Abel. Er bedauerte, dass er nicht warm duschen konnte, um sich aufzuwärmen.

In seinem Zimmer gab er Sanchez ein Handtuch und einen Bademantel. Dann schloss er die Tür, zog sich aus und rubbelte sich gründlich trocken. So lange, bis seine Haut ganz rot und ihm warm war. Danach suchte er einen dicken Pullover und eine Hose heraus. Warum hatte er keine Wintersachen aus Deutschland mitgebracht?

Sie waren die einzigen Gäste im Restaurant.

„Ein heißer Tee würde jetzt guttun", bedauerte Sanchez. Sie trug einen Pulli und einen Rock von einem Zimmermädchen.

„Morgen müssen wir sehen, wo wir etwas zum Anziehen für Sie auftreiben", sagte Abel.

Sanchez zog den Pulli in Form. Es half nicht. Das Zimmermädchen war viel kräftiger als sie und der Pulli schlabberte an ihr herum. Den Rock hielt sie mit dem Gürtel fest. An den Füßen trug sie Wollsocken von Abel, weil sie keine passenden Schuhe gefunden hatte.

Sie gingen früh ins Bett, weil sie völlig erschöpft waren. Aber Abel konnte nicht einschlafen, die Ereignisse des Tages ließen ihn nicht zur Ruhe kommen. Immer wieder sah er die dunklen Wolken, den prasselnden Regen, das Wasser vor der Fensterscheibe, die hastige Flucht in die erste Etage und dann aufs Dach. Der Schock, als es krachte und das Haus zusammenbrach. Die Menschen, die im Rettungsgurt in den Helikopter gezogen wurden.

Nicht einmal lesen konnte er, um sich abzulenken. Wie viel Tage würde der Strom wohl ausfallen?

Am nächsten Morgen besorgte ihnen ein Hotelboy ein Taxi und sie fuhren zur Firma.

Wohlbehalten stand die alte Villa da, nur der Garten hatte gelitten, Blumen und Bäume waren abgeknickt.

Herr Martinez umarmte sie.

„Ich bin froh, Sie wohlbehalten wiederzusehen", sagte er. Es klang ehrlich.

„Vielen Dank für Ihre Hilfe, ohne den Hubschrauber wären wir kaum mit unserem Leben davongekommen", bedankte sich Abel.

„Der Rest des Restaurants ist in der Nacht zusammengebrochen."

Sanchez holte tief Luft. „Da hat uns wohl einer ganz besonders geschützt", sagte sie.

„Wie gut, dass Ihr Handy funktionierte", stellte Herr Martinez fest.

Er bot ihnen Kaffee an.

„Haben Sie Strom?", wunderte sich Abel.

„Natürlich, wir haben doch Solarzellen auf unserem Dach." Herr Martinez lächelte.

„Ach ja, daran habe ich gar nicht mehr gedacht. Im Hotel gibt es nämlich nichts Warmes. Nicht einmal Duschen."

Abel genoss den heißen Kaffee.

Herr Gonzales bediente die Computer am Tisch. Zeitungsartikel erschienen auf den in die Tischplatte eingelassenen Displays. „Nur ein paar Sonder- und Notausgaben, die normalen Berichte sind heute nicht erschienen."

Sie lasen von über tausend Toten in Madrid. Ob es in anderen Regionen auch Überschwemmungen gegeben hatte, war noch unbekannt. In den Pyrenäen war ein Staudamm gebrochen. Das Wasser hatte einige Dörfer weggeschwemmt.

„Eine unserer Kooperativen ist davon betroffen", stellte Herr Martinez bedauernd fest.

Inez Sanchez und Abel machten sich schon am frühen Nachmittag auf den Nachhauseweg.

„Können Sie Richtung Fluss fahren?“, bat Abel den Taxifahrer.

„Da ist alles gesperrt“, sagte der Mann.

„Wenigstens so weit Sie kommen. Wir waren gestern mitten im Wasser. Und ich möchte gern sehen, wie es heute dort aussieht.“

Der Fahrer fuhr auf der Hauptstraße, aber bald war die Straße gesperrt. Abel ließ ihn warten und stieg aus. Hundert Meter weiter war die Straße trocken, aber schlammverkrustet. Treibholz und Müll lagen herum. Männer und Frauen versuchten, mit Hacken, Spaten und Besen die feste Kruste zu beseitigen. Abel ging noch ein Stück weiter. Die Wasserlinie an den Häusern reichte immer höher, je näher er dem Fluss kam. Einige Häuser hatten tiefe Risse. Zwischen zwei Häusern war eins eingestürzt.

„Das alte Ding war schon längst baufällig und hätte abgerissen werden müssen. Aber dafür hatte keiner Geld“, sagte ein Junge neben ihm. Er warf verdreckte Gegenstände aus dem Haus nebenan.

Abel drehte um, fürs Erste hatte er genug gesehen und von der Altstadt war er noch weit entfernt.

„Ich möchte gern etwas laufen“, sagte Sanchez.

Sie bezahlten den Fahrer und stiegen noch vor dem Hotel aus. Sanchez führte Abel in einen Park. Alte Pinien und Palmen spendeten Schatten. An einer tiefer gelegenen Stelle trat Wasser hervor.

„Eine alte Quelle. Früher war es ganz grün hier. Jetzt haben nur noch die Bäume überlebt, denn inzwischen wird zu viel Wasser abgepumpt.“

Abel folgte Sanchez‘ Zeigefinger. Hinter ein paar Bäumen war ein Betongebäude.

„Die Pumpe. Es reicht nur für ein paar Menschen.“

„Und woher stammt das Wasser im Hotel und der Firma?“, fragte Abel.

„Die Firma hat eine Wasserversorgung aus den Pyrenäen. Das Hotel ist, wie so viele Stadtteile an der Trinkwasserpipeline vom Meer angeschlossen. Aber der Stausee in dem Bergen ist gestern zerstört worden und auch eine Pipeline ist zerbrochen. Wahrscheinlich werden Tankwagen von der nächsten Entsalzungsanlage am Meer hergeschickt.“

Abel schüttelte den Kopf. Mit den Plänen von Roloff würde hier alles grün sein und das Trinkwasser keine Probleme mehr bereiten.

Sie liefen weiter. Am Ende des Parks standen sie vor Industrieruinen.

„Die Firmen hatten kein Wasser mehr. Einige sind in die Niederlande oder nach Großbritannien gegangen, andere haben ganz aufgegeben.“

Es wurde dunkel. Sie liefen zum Hotel.

„Der gebrochene Staudamm ist schon seit Jahren kritisiert worden. Die Mauer war nicht in Ordnung. Bei dem Bau ist gepfuscht worden, außerdem ist der See schon seit Jahren nicht mehr gereinigt worden und Schlamm und Treibgut hatten sich an der Staumauer angesammelt“, berichtete Señorita Sanchez.

„Wer war für den Staudamm zuständig?“, fragte Abel.

Inez Sanchez tat so, als hätte sie die Frage nicht verstanden, daher dachte sich Abel seinen Teil.

In seinem Zimmer legte Abel sich auf das Bett und holte sein Laptop heraus. Er suchte die Informationen über die Überschwemmung. Nordspanien war von den Regenfällen und den Überschwemmungen stark betroffen. Es wurde mit über hunderttausend Toten gerechnet. Die meisten Toten gab es in Madrid, Zaragoza, Barcelona und durch den gebrochenen Staudamm. Abel suchte weiter. Er fand diverse alte Berichte über den maroden Staudamm. Er war nicht fachgerecht errichtet worden. Ein Reporter prangerte die Korruption der Ver-

waltung an. Politiker und Behörden waren bestochen worden
und hatten Baumängel übersehen. Abel las weiter; in ganz
alten Unterlagen fand er den Namen seiner Firma. Meyer-Birkenriehl war der verantwortliche Manager beim Bau gewesen.
Jahrelang hatte sich die Firma mit dem Damm gebrüstet. Erst
als die ersten Mängel auftauchten, verschwand ihr Name
schlagartig aus den Nachrichten.

Bei seiner Suche entdeckte er auch Informationen über den
spanischen Präsidenten. Er hatte als Werksstudent in der Genmedi Corporation gearbeitet. Später hatte die Firma ihn bei
seinem Wahlkampf unterstützt. Meyer-Birkenriehl war in
seiner Villa in den Pyrenäen zu Besuch gewesen. Gemeinsam
hatten sie eine Russlandreise unternommen. Abel schloss die
Augen. Immer Meyer-Birkenriehl. Lief denn alles auf ihn
hinaus?

Am nächsten Tag ließ Gonzales ihn ein paar Minuten allein
im Raum, weil seine Assistentin mit ihm einige Projekte durch-
gehen musste.

Abel riskierte es, setzte sich an Gonzales' PC und stöberte
durch dessen Dateien. Irgendwo fand er persönliche Berichte.
Kommentare über die Lage der Spenderinnen, über die
Wasserversorgung und Hungersnöte, Kontakte zu Regierungs-
und Pressestellen. Soweit Abel es erkennen konnte, wurden die
entscheidenden Leute geschmiert, damit nichts bekannt wurde.
Da gab es Einladungen zu Feiern und Bordellbesuche, teure
Reisen nach Amerika und China. Internate für die Kinder. Er
war zu nervös, um die Belege zu kopieren. Ein Geräusch im
Nebenraum ließ Abel auffahren. Schnell schloss er die Seiten,
auf dem Bildschirm war wieder der Soll-Ist-Vergleich zu sehen.
Kaum hatte er sich wieder auf seinen Platz gesetzt, als Gonzales eintrat.

„Haben Sie Lust, schwimmen zu gehen?", fragte Gonzales
ihn.

„Im Fluss? Wasser führt er ja genug." Abel verzog angewi-
dert sein Gesicht.

„Nein“, Gonzales lachte herzhaft. „Im Swimmingpool. Wir haben im Keller einen Swimmingpool. Ursprünglich sollte er im Freien gebaut werden. Aber die Pflege wäre dann zu teuer geworden. Also wurde er im Keller eingerichtet.“

„Gern, im Hotel traue ich mich kaum zu duschen.“

„Aber warum? Wir bezahlen doch viel dafür, dass Ihnen alle Wünsche erfüllt werden.“

„Wenn ich sehe, wie die Tankwagen das Hotel beliefern, bekomme ich wirklich Hemmungen. Schließlich kochen sie auch noch damit und auf gewischte Fußböden lege ich auch wert.“

„Dann ist es klar, Sie schwimmen heute Abend eine Runde bei uns.“

Der Unfall

Entspannt zog Abel seine Bahnen im Pool. Er war ganz allein. Gonzales hatte eine Mitarbeiterin losgeschickt, um eine Badehose für Abel zu kaufen. Zuerst war er eine Runde mit Abel geschwommen, dann kam seine Sekretärin und rief ihn zu einem wichtigen Gespräch ans Telefon.

„Schwimmen Sie ruhig weiter. Ich versuche, schnell zurückzukommen. Der Nachteil, wenn man in der Firma solchen Luxus hat. Sie können auch gern die Sauna benutzen." Damit war er verschwunden.

Als Abel genug geschwommen war, trocknete er sich ab und ging in die Sauna. Eigentlich war es ja heiß genug auf den Straßen, aber ein bisschen Entspannung würde ihm guttun.

Er las die Bedienungsanleitung und ging hinein.

Schade, dass niemand dabei war, mit dem er sich unterhalten konnte. Inez Sanchez hatte er gefragt, aber sie hatte keine Zeit gehabt.

„Ich muss noch ins Krankenhaus und mit einem Arzt sprechen. Er soll in unser Team aufgenommen werden und die Spendenstationen besuchen."

Nach ein paar Minuten spürte Abel, wie die Anspannung und Ängste der letzten Tage von ihm abfielen. Er seufzte tief. Wenn er zurück in Deutschland war, würde er sein weiteres Vorgehen gründlich überdenken. Jetzt war er froh, erst einmal heil der spanischen Hölle entkommen zu sein.

Schließlich reichte es ihm. Er stand auf und wollte hinausgehen. Aber die Tür ließ sich nicht mehr öffnen. Er rüttelte daran. Nichts. War sie in der Wärme aufgequollen? Warum hatte Gonzales ihn nicht gewarnt? Der Schweiß rann in Strömen an ihm herunter. Er zerrte und drücke, ohne Ergebnis. Er geriet in Panik. „Hilfe, Hilfe", schrie er. Keiner hörte ihn. Es war ja auch niemand da. Er sah sich nach möglichen Werkzeugen um. Aber die Bänke waren fest montiert. Er versuchte, sie abzubrechen, aber das misslang ihm. Er ließ sich auf die Bank sinken, stützte den Kopf in seine Hände. War das sein Ende? Er konnte keinen klaren Gedanken mehr fassen. Vielleicht klemmte die Tür einfach nur. Er stand auf, Schwindel erfasste ihn, mühsam torkelte er zur Tür und klinkte. Nichts, die Tür war noch immer verschlossen. Ihm wurde schwarz vor Augen. Langsam sank er in sich zusammen.

„Señor Stemmer, Abel, Abel!", hörte er aus weiter Ferne.

„Er kommt zu sich. Wir brauchen einen Arzt", rief eine Frau.

Abel öffnete die Augen. Alles drehte sich vor seinen Augen, doch langsam nahmen die Gestalten Kontur an.

„Er hätte nach dem Stress der letzten Zeit nicht allein in die Sauna gehen dürfen", sagte Herr Martinez.

„Mir ist die Telefonkonferenz dazwischengekommen. Hätte ich ihn bloß gebeten, noch so lange auf mich zu warten", machte sich Gonzales Vorwürfe.

„Hallo, wie geht es Ihnen? Wir haben uns Sorgen um Sie gemacht." Inez Sanchez lächelte ihn an.

„Wo bin ich?", fragte Abel mit leiser Stimme. Er fühlte sich noch immer schwach.

„Im Fitnesskeller. Sie sind in der Sauna ohnmächtig geworden."

„Nach den Aufregungen in den letzten Tagen haben Sie sich zu viel zugemutet. Sie haben Glück gehabt, dass Señora Sanchez Sie gefunden hat", sagte Martinez besorgt.

„Der Arzt kommt gleich", sagte eine junge Angestellte.

Abel hob den Kopf. Alles drehte sich, schnell ließ er sich wieder sinken.

„Ein Handtuch", bat er. Sanchez reichte ihm eins und er bedeckte sich.

„Gleich fühlen Sie sich wieder besser", meinte Gonzales und grinste ihn an.

Abel lächelte zurück.

„Na also, er kann schon wieder lachen“, meinte Martinez. Als Abel erneut versuchte, sich aufzurichten, griffen er und Gonzales zu und stützten ihn.

„Geht's? Noch ein Stückchen, dann können wir Sie auf einen Stuhl setzen.“ Abel konnte seinen Oberkörper aufrichten. Mit Hilfe von Gonzales und Martinez kam er auf die Beine. Sie gaben unter ihm nach, aber die beiden Männer hielten ihn fest und schleppten ihn zu einem Stuhl, den Sanchez herbeigeholt hatte.

Fürsorglich wickelte sie ihn in ein großes Badelaken ein.

„So ist es besser“, sagte sie und lächelte ihn beruhigend an.

Stimmen näherten sich von der Treppe her. Das junge Mädchen brachte den Arzt.

„Was machen Sie für Dummheiten? In der Sauna zusammenbrechen? Man muss immer ganz vorsichtig anfangen“, sagte er.

„Ich gehe häufig in die Sauna.“ Abel sah Martinez angespanntes Gesicht. „Aber ... irgendwie klemmte die Tür. Und dann ist alles schwarz vor meinen Augen geworden.“

Martinez ging zur Saunatür und ließ sie hin- und herschwingen. Sie öffnete sich ohne Probleme, klemmte und knarrte nicht.

„Der Stress der letzten Tage“, vermutete Gonzales.

Der Arzt nickte, maß den Puls und den Blutdruck. Dann hörte er Abel ab.

„Alles in Ordnung. Der Blutdruck ist noch etwas niedrig. Wir machen noch schnell ein EKG.“

„Im Krankenhaus?“, fragte Abel.

„Nein, hier, ich habe ein kleines transportables Gerät Ihrer Firma“, der Arzt grinste.

Er legte ihn im Umkleideraum auf eine Bank und setzte die Elektroden an.

Ernst schaute er sich den Ausdruck an.

„Sie haben Glück gehabt. Sie können reisen, aber daheim müssen Sie sofort zu einem Arzt gehen. Ihr Herz ist nicht ganz in Ordnung. Kein Wunder, wenn Sie zu lange in der Sauna waren.“

„Ist das der Grund für den Zusammenbruch?“, fragte Martinez.

„Es kann sein, dass Sie einen angeborenen Herzfehler haben, aber es kann auch durch die Überlastung der letzten Tage entstanden sein. Ich habe gehört, dass Sie das Hochwasser knapp überlebt haben und vorher vor den Aufständischen geflohen sind.“

Abel schwieg dazu, was hätte er auch sagen können?

„Am besten fahre ich sofort mit Ihnen ins Hotel und Sie legen sich ins Bett“, schlug Inez Sanchez vor.

Der Arzt stimmte zu, das Krankenhaus war mit Überschwemmungsopfern überfüllt und würde ihn nicht fachgerecht betreuen können. Er gab Sanchez ein Medikament und außerdem noch ein Rezept.

„Morgen früh besuche ich Sie im Hotel“, sagte er.

Abel zog sich mit Hilfe von Gonzales an. Dann wartete auch schon das Taxi auf ihn.

Über die Pyrenäen

„Ist Ihnen wirklich schlecht geworden?", fragte Sanchez, als Abel im Hotelbett lag.

„Die Tür war blockiert, so wie ich es gesagt habe", erklärte Abel.

„Wie gut, dass ich gerade fragen wollte, ob wir gemeinsam nach Hause fahren", sagte Sanchez. „Als ich kam, ließ sich die Tür wieder öffnen."

Dann brach sie auf, um das Rezept einzulösen. Vorsichtshalber schloss sie Abel im Appartement ein. Außerdem wies sie einen Hotelboy an, vor der Tür zu stehen und aufzupassen. Sie versprach ihm dafür ein ansehnliches Trinkgeld.

Als sie zurückkam, schlief Abel bereits. Am nächsten Morgen kam der Arzt schon vor acht Uhr.

Nach einer gründlichen Untersuchung mit EKG erklärte er Abel für transportfähig.

„Sie können nach Hause fliegen, aber daheim müssen Sie sofort einen Arzt aufsuchen", sagte er. „Wann haben Sie Ihren Flug?"

„Übermorgen", antwortete Abel.

Der Arzt verzog sein Gesicht. „Sie sollten vorsichtshalber einen anderen Flug nehmen. Verraten Sie ihn aber niemandem, auch mir nicht."

Abel sah ihn überrascht an.

„Auch ich bin erpressbar. Jemand meint es nicht gut mit Ihnen. Sehen Sie zu, dass Sie lebend aus Spanien herauskommen."

Inez Sanchez versprach es dem Arzt. Als er zur Tür heraus war, drehte sie sich zu Abel um.

„Ich war in der Nacht aktiv. Ich habe versucht, für heute einen Flug zu bekommen, hatte aber keinen Erfolg. Alle Flüge sind ausgebucht. Selbst mit Bestechung ist diesmal nichts zu machen. Es sind eben alles Nord- und Mitteleuropäer, die ihre Plätze ebenfalls durch Bestechung erhalten haben. Dann habe ich es bei den Legionären versucht. Aber die fliegen in den nächsten zwei Tagen nicht. Außerdem traue ich ihnen nicht. Also müssen Sie mit dem Auto fahren."

Abel verzog sein Gesicht.

„Ich weiß, aber es gibt keine andere Möglichkeit. Jeder Tag in Spanien ist einer zu viel. Ich habe einen Lieferwagen aufgetrieben. Allradgetriebe, der fährt Sie nach Bordeaux, von dort fliegen Sie nach London. Am Flughafen erwartet Sie ein Krankentransporter, der Sie ins Krankenhaus fährt. Ich habe in Bordeaux drei Flüge gebucht, falls Sie einen verpassen."

Sanchez holte aus dem Nachbarzimmer einen gepackten Koffer.

„Kommen Sie."

Abel zog sich seinen Morgenmantel über und folgte Sanchez ans Fenster.

„Sehen Sie den Transporter? In einer Viertelstunde fährt er mit Ihnen ab. Ziehen Sie sich an und gehen Sie zum Hinterausgang. Ich gehe jetzt zur Firma und bin heute Abend völlig überrascht, Sie nicht mehr im Hotel vorzufinden. Ich kenne weder den Namen des Fahrers noch sein Autokennzeichen, damit ich Sie nicht verraten kann. Der Fahrer ist absolut zuverlässig. Ebenso der kleine Hotelboy vor Ihrer Tür, der Sie bewacht. Leben Sie wohl."

„Und Sie?"

„Das ist hier meine Heimat. Mir wird schon nichts passieren."

Abel umarmte sie.

„Hier, nehmen Sie, das Geld gehörte einem Journalisten, der einiges aufklären wollte."

„Danke, wir können es gut gebrauchen." Inez Sanchez grinste Abel an, küsste ihn auf den Mund und verließ das Zimmer.

Abel beeilte sich, seine Kleidung anzuziehen. Dann öffnete er die Tür einen Spalt breit.

„Die Luft ist rein“, sagte der Hotelboy. Er stand in der offenen Tür gegenüber. „Wenn ich lange dumm im Flur herumstehe, wundern sich alle und ich werde zur Arbeit woandershin geschickt“, erklärte er. Er nahm Abel den Koffer ab und führte ihn durch die Personalräume zum Hinterausgang.

„Ihr Taxi“, sagte der Junge und grinste. Abel drückte ihm einen Geldschein in die Hand.

„Vielen Dank, pass auf dich auf“, sagte er.

„Sie haben's nötiger.“ Der Junge tippte an seine Mütze und verschwand lautlos.

Die Ladetür des Lasters wurde von innen geöffnet. Ein Mann griff nach Abels Koffer, dann wurde ihm hineingeholfen.

„Legen Sie sich hin. Die Fahrt ist anstrengend, aber wir versuchen, es Ihnen so angenehm wie möglich zu machen“, sagte der große Mann mit dem schwarzen Vollbart.

Im hinteren Teil der Ladefläche war ein Bett aufgebaut. Abel schob sich an Kisten und Tanks vorbei.

„Alles gut verstaut. Machen Sie's sich gemütlich.“

Der Mann räumte Kisten in die Lücke, durch die Abel gelaufen war, und verschnürte sie. Dann verschwand er in die Fahrerkabine. Abel hörte ihn mit einem anderen sprechen. Also hatte Inez Sanchez sogar zwei Leute engagiert. Oder wusste sogar sie selbst nichts davon?

Abel setzte sich auf das Bett. Eine andere Sitzgelegenheit gab es nicht. Legen wollte er sich nicht, so krank fühlte er sich nicht, obwohl ihm immer noch etwas schwach zumute war. Das schob er aber eher auf den Schock, einem Anschlag entgangen zu sein, als auf eine Herzschädigung.

Wollte ihn Meyer-Birkenriehl wirklich loswerden? Er hatte doch auf dieser Spanienreise bestanden. Und dann die Fahrt nach Madrid. Eigentlich hatte sich Abel doch nur in Alicante und in Barcelona informieren sollen. Dann aber die Umorientierung. Genau in das Krisengebiet hatte er ihn fahren lassen. Ob Markus davon wusste? Konnte er sich nicht durchsetzen oder war ihm das egal? Wollte Meyer-Birkenriehl seinen Vater fertigmachen, seinen Job übernehmen? Oder Rache nehmen wegen Nikolas Tod? Vom Grübeln bekam Abel Kopfschmerzen. Es hatte keinen Sinn. Er würde es jetzt nicht herausfinden. Deshalb griff er sich das Buch, das neben seinem Bett lag. Es handelte über Madrigale. Woher wusste Sanchez, dass er sich für Musik interessierte? Unter dem Buch lagen noch ein englischer Krimi und ein Historienschinken. Abel nahm sich den Krimi und las. Gegen Mittag bekam er Hunger. Also schaute er in die Kiste neben dem Bett. Sie enthielt Getränke und Lebensmittel.

Er nahm sich ein paar Tacos und etwas Obst. So ließ es sich hier aushalten. Allerdings störte es ihn, dass er nicht hinaussehen konnte.

Die Tür zur Fahrerkabine öffnete sich und ein fremder Mann schob sich nach hinten.

„Sie haben Ihr Essen schon gefunden, gut. Wir haben auch eine Toilette." Der Mann führte Abel zu einer großen Kiste, die ein Chemieklo enthielt. „Wir haben keine Zeit, Pausen zu machen. Paco und ich werden uns beim Fahren abwechseln. Es tut mir leid, dass wir nicht mit einem Wohnmobil oder einer großen Limousine fahren können, aber damit würden wir unnötig auffallen. Und wir wollen doch jedes Risiko vermeiden."

„Wer sind Sie?", fragte Abel.

„Ich heiße Pedro."

„Wer sind Sie?"

„Freunde."

Abel öffnete den Mund, aber Pedro war schneller. „Es ist besser, wenn Sie nicht alles wissen."

„Darf ich einmal hinausschauen?"

Pedro überlegte. „Na gut, aber bleiben Sie in der Tür stehen. Wenn wir während der Fahrt angehalten werden, müssen Sie in Ihrem Versteck bleiben und dürfen sich nicht rühren!"

Der Spanier schlüpfte wieder in die Fahrerkabine. Abel konnte durch die Schlafkoje auf die Straße sehen. Sie war erheblich besser als südlich von Madrid. Die Gegend war auch etwas grüner. Ab und zu fuhren sie an Häusern vorbei.

„Wohin fahren Sie?"

„Wir müssen über die Berge kommen."

„Sind da Rebellen?"

Eine Pause entstand. Dann lachten Paco und Pedro schallend.

„N...nein, aber es gibt Probleme mit der Straße. Durch das Unwetter sind einige Abschnitte weggeschwemmt worden. Hoffentlich kommen wir durch."

Abel schloss die Tür und legte sich auf sein Bett. Das monotone Fahrgeräusch schläferte ihn ein. Er wachte kurz auf, als Paco zu dem Chemieklo ging, schlief aber gleich wieder ein. Erst als der Wagen stand und die Ladeklappe geöffnet wurde, wachte er richtig auf.

„Wollen Sie sich die Beine vertreten?", fragte Pedro.

„Wo sind wir?" Abel streckte seine schmerzenden Glieder.

„In den Bergen. Außerhalb der nächsten Ortschaften. Wir müssen Benzin nachfüllen."

Abel erhob sich, und schob sich durch die Schlafkoje in die Fahrerkabine.

„Die Kisten lassen wir lieber so stehen, wie sie sind, dass kostet sonst zu viel Zeit", erklärte Pedro.

Es war eine sternenklare Nacht. Einen so tiefen Blick in den Himmel hatte Abel noch nie erlebt. Noch nie so viele Sterne gesehen. Eine Sternschnuppe glitt über den Himmel. Einen Wunsch hatte er frei. Abel wünschte sich, den Menschen hier helfen zu können.

Froh, frische Luft zu schnappen, ging Abel die Straße ein paar Schritte hinab. Hinter einer Kurve öffnete sich die Sicht und er konnte in die Ebene vor ihm schauen. An den Lichtern konnte er ein paar Dörfer ausmachen. Hier in Nordspanien schien es den Menschen tatsächlich besser als im Süden zu gehen.

„Wir müssen weiter", rief Paco. Abel ging zurück.

Die beiden Männer riskierten ihr Leben für ihn. Warum? Erhofften sie sich Hilfe von ihm? Was hatte ihnen Sanchez erzählt?

Abel kroch über die Sitze in die Schlafkoje. Kaum hatte er die Sitze frei gemacht, startet Paco den Motor. Pedro kam hinter ihm her und legte sich in die Koje. Er ließ einen Spalt für Abel offen. Eine Weile lag Abel auf seiner Liege und blickte in die Sterne, die er durch den Spalt sehen konnte. In Deutschland gab es solche Sternenhimmel nicht mehr. Die Beleuchtung aller öffentlichen Straßen ließen die Himmelskörper verblassen.

Er dachte an seinen Abflug zurück. An Ingrid. Würde er sie wiedersehen? Er sehnte sich nach ihr. Dann zogen die letzten Wochen wie ein Film an ihm vorbei. Herr Schmidt und Pilar in ihrem Bemühen, den Menschen in ihrer Umgebung zu helfen. Pablo, der ihn schlitzohrig sicher durch die gefährlichen Gebiete gebracht hatte. Georg, der wahrscheinlich sein Leben opferte. Inez Sanchez, die so kühl und unnahbar wirkte und sich dann doch tatkräftig eingesetzt hatte, um ihn herauszubringen. Und jetzt diese beiden Männer ...

Gab es so etwas wie eine Untergrundbewegung? Er brachte alle, die sich um ihn kümmerten, in Gefahr. So viele seiner Freunde waren schon gestorben. Mit einem Ruck setzte er sich jäh auf. Er durfte Ingrid nicht wiedersehen. Sein Herz krampfte sich zusammen. Er ballte die Fäuste. Es musste sein. Welcher Fluch lag auf ihm?

Bis er nach Deutschland zurückkam, hatte er genug Zeit, sich einen guten Grund für eine Trennung zu überlegen. Er würde Ingrid wehtun müssen. Aber lieber das, als sie ins Fadenkreuz seiner Widersacher bringen.

Unruhig drehte sich Abel hin und her. Die Liege war viel zu klein, um sich bequem drehen zu können.

Draußen dämmerte es.

„Guten Morgen! Haben Sie Ihre Medikamente schon genommen? Wir sollen Sie daran erinnern", sagte Paco. Er schob sich an Abel vorbei zum Klo.

Müde kramte Abel in der Box herum und holte sich Wasser und Brot heraus. Lustlos kaute er auf dem Brot herum. Dann nahm er die Tabletten. Er durfte noch nicht sterben. Er musste erst den Spenderinnen und dem kleinen Jonathan helfen.

Der Wagen wurde langsamer und hielt. Er hörte Paco reden. Er lauschte, es klang Französisch. Waren sie an der Grenze?

Die Ladeklappe wurde geöffnete. Jemand klopfte an die Kisten und rüttelte an ihnen. Sie standen fest. Abel wagte kaum zu atmen.

Pedro protestierte auf Spanisch.

„Akten der Genmedi Corporation. Keine Ahnung, warum die es nicht per Computer machen", sagte Paco.

Abel hörte, wie eine Kiste aufgestemmt wurde. Papiere wurden durchgeblättert. Ein Aktenordner landete auf dem Boden, andere folgten. Dann wurde eine andere Kiste geöffnet.

„Vorsicht, das sind Laborproben", warnte Paco.

Pedro fluchte auf Spanisch. „Wie die Hunde behandeln die einen", murrte er. „Und jetzt müssen wir das auch noch ein-packen. Und hinterher bekommen wir Ärger, weil wir uns ver-späten."

Schließlich entfernten sich die Stimmen. Kurz darauf wurde eine Kiste zugenagelt. Dann die zweite. Die Tür klappte zu, anschließend die Fahrertüren. Sie starteten. Der Wagen fuhr gleichmäßig auf glatter Straße.

Das Tempo wurde höher. Pedro fuhr scharf in die Kurve, Abel rollte von der Liege hinab und wurde an die Wand geschleudert. Seine Schulter schmerzte. Ängstlich schaute er zu den Kisten. Aber sie waren gut verschnürt und bewegten sich nicht. Nur sein Bett und sein Koffer rutschten herum. Abruptes Bremsen presste ihn an die Fahrerkabine. Danach ging es weiter. Abel versuchte, im Dunkeln etwas zu entdecken, an dem er sich festhalten konnte. Endlich bekam er einen Gurt zu fassen. Krampfhaft klammerte er sich daran. Er war froh, vorhin die Kiste wieder richtig verschlossen zu haben, sonst würden jetzt auch noch Flaschen, Kekse und Brote durch die Gegend fliegen. Mit hohem Tempo holperte der Laster durch Schlaglöcher. Er hörte einen Schuss. Gab es hier Widerstandskämpfer? Seine Muskeln schmerzten vor Anstrengung. Der Weg wurde immer unebener. Hatte Pedro die Straße verlassen? Endlich wurde es ruhiger. Sie fuhren langsamer.

Auf allen vieren kroch Abel über die Ladefläche und suchte sich die Teile seines Bettes zusammen. Er stapelte die Matratzen und legte die Decken obenauf. Dann öffnete er seinen Koffer, holte die Taschenlampe heraus und suchte das Herzmittel, um noch eine Tablette zu nehmen. Er legte sich auf das Bett. Irgendwann schlief er ein. Wirre Träume weckten ihn ab und zu.

„Wollen Sie sich die Füße vertreten?", fragte Paco.

Abel schreckte hoch. Sein Herz klopfte. Er griff sich an die Brust.

„Alles in Ordnung?" Paco klang besorgt.

„Ja, ja, ich war nur erschrocken. Was war vorhin los?"

„Zwei Jeeps haben uns verfolgt, aber wir sind in die Berge gefahren und haben sie abgehängt." Es klang lässig, also ob die beiden Männer so etwas täglich machten.

„Wissen Sie, wer es war?" Abel blickte ihm ins Gesicht.

„Das müssen Sie doch wissen." Paco zuckte die Achseln.

„Wie sahen die aus?"

„Die hatten keine Namensschilder."

Abel erhob sich, sein Herz schlug wieder regelmäßig.

„Haben die auf uns geschossen?“

„Das werden wir gleich sehen.“

Paco schob sich zurück und verschwand. Abel kroch hinterher. Der Wagen stand versteckt in einem Gebüsch. Hier schien es öfter Regen zu geben. Die Büsche hatten saftig grünes Laub und der Boden war mit Gras und Wildkräutern bedeckt. Die beiden Männer standen an der Ladeklappe und begutachteten mehrere Einschusslöcher.

„Ich habe nur einen Schuss gehört“, sagte Abel.

„Diese Mörder“, knurrte Paco.

Pedro holte Spachtelmasse und verklebte die Löcher.

„Warum machst du das?“, fragte Paco.

„Damit man nicht gleich sieht, dass wir die Gesuchten sind.“

Später klebte er Reklameschilder über die Ladeklappe und an die Seiten. Abel lief durch das Gebüsch und zerkratzte sich seine Arme. Aber er musste sich nach der langen Zeit im Laderaum unbedingt bewegen.

Als er zum Wagen zurückkam, bot Pedro ihm eine Tasse Kaffee an. Dankbar nahm er ihn an. Es war das erste Warme, was er seit seinem Saunaunfall zu sich nahm. Schluck für Schluck genoss er ihn.

Er betrachtete den Wagen. Paco hatte den Schaden geschickt ausgebessert. Der Wagen hatte jetzt französische Nummernschilder.

„Wir müssen weiter“, drängte Paco. „Der Wagen ist schon aufgetankt.“

„Wo sind wir?“, fragte Abel.

„Im französischen Baskenland, heute Abend sind wir in Bordeaux.“

Abel trank seinen Kaffee aus und kroch dann zurück in sein Versteck.

Paco ließ die Tür einen Spalt offen. „An den Bergen bleiben die Regenwolken, die über den Atlantik getrieben kommen, hängen und regnen ab. Deshalb ist es hier viel grüner als in Spanien", erklärte er.

„Ein Weinanbaugebiet", murmelte Abel.

„An einigen Stellen wird immer noch Wein angebaut. Aber es überwiegt Getreide und Gemüse", erklärte Paco.

„Sie kennen sich hier gut aus", meinte Abel.

„Ich stamme aus dem Grenzgebiet. Mein Großvater war Gascogner."

Pedro fuhr etwas langsamer. Der Weg war uneben, aber der Laster war zum Glück robust gebaut und für schlechte Strecken tauglich. Paco legte sich in die Koje und schlief sofort ein. Sein Schnarchen begleitete Pedros gesummte Melodie. Abel sah durch den Spalt in den Himmel. Langsam ging die Sonne auf. Er erinnerte sich nicht mehr, jemals in Deutschland einen Sonnenaufgang gesehen zu haben. Es gab zu viele Häuser, Mauern und Bäume. Die Sonne erschien immer erst, wenn sie schon hoch oben am Himmel stand.

Er summte Pedros Lied mit. Wie lange hatte er schon nicht mehr Klavier gespielt? Warum hatte er damals damit aufgehört? Nur beim Klavierspielen war er jemals richtig glücklich gewesen. Aber er hatte das nicht erkannt, sondern immer nur versucht, die Gunst seines Vaters zu erwerben. Um welchen Preis! Er spürte eine Bitterkeit aufsteigen. Das war sein Talent gewesen. Vielleicht nicht groß genug, um berühmt zu werden, aber genug, um zufrieden seinen Lebensunterhalt zu verdienen. Stattdessen hatte er sich mit diesen Verbrechern verbündet, ihnen zugearbeitet. Alles war falsch gewesen. Von Anfang an. Tränen stiegen in seine Augen. Er spürte, wie sie die Wangen hinabliefen. Sein Herz schmerzte. Er schluckte, dann atmete er tief durch. Ein und aus. Langsam entspannten sich seine Muskeln, der Schmerz ließ nach. Vielleicht war sein Leben doch nicht so sinnlos gewesen. Vielleicht war es seine Aufgabe, seine Bestimmung, die Machenschaften der Genmedi Corporation aufzudecken. Wenn er diese Aufgabe erfüllt hatte, wäre sein Lebenszweck erreicht. Dann hätte er eine Spur hinterlassen. Er hätte mehr erreicht, als wenn er Pianist geworden wäre.

Stundenlang starrte er durch den schmalen Spalt hinaus. Pedro fuhr sicher über die holprige Piste. Ab und zu verließ er die Straße, rumpelte über Wiesen und Steppe zu einem kleineren Weg. An einer einsamen, verlassenen Hütte hielt er. Paco schreckte auf.

„Tanken“, erklärte Pedro.

Paco verließ den Wagen. Pedro ließ den Motor laufen, während Paco sich draußen umsah.

„Alles in Ordnung“, sagte er, als er zurückkam. Pedro fuhr den Wagen dicht an die Rückseite der Hütte heran. Dann stieg er ebenfalls aus. Die beiden schoben Sand und Steine vom Boden weg. Darunter kamen Bretter zum Vorschein, die sie hochhoben. Dann rollten sie ein Fass, das in dem Versteck lag, hoch und füllten den Inhalt in ihren Tank.

Abel stieg aus. Es tat ihm leid, dass er in einem so schlechten körperlichen Zustand war und nicht helfen konnte.

„Zwanzig Minuten, dann geht es weiter“, rief ihm Pedro zu. Abel nickte. Er lief ein Stück von der Hütte weg zu einer Baumgruppe. Im Schutz der Bäume lagen ein paar Gräber. Er las die Namen. Großeltern, Mutter und Kinder. Eine ganze Familie war zur Zeit seiner Kindheit ausgelöscht worden. Wie behütet und unbedarft war er doch aufgewachsen.

Paco trat neben ihn, legte ein paar Wildblumen auf die Gräber und faltete seine Hände.

„Ihre Familie?“, fragte Abel.

Paco nickte. „Meine Großeltern, Mutter und Geschwister. Nur ich und mein Vater haben überlebt. Wir waren damals in Spanien, als der Hof überfallen wurde.“

„Es tut mir leid“, flüsterte Abel. „Wer hat ihn überfallen?“

„Bevor die Grenzen geschlossen wurden, zogen verarmte Afrikaner und Spanier marodierend durchs Land. Auch die Nachbarhöfe wurden überfallen und die Bewohner getötet.“

Abel fiel nichts Tröstendes ein.

Schließlich meinte Paco: „Kommen Sie, wir müssen weiter."

Abel folgte ihm zum Wagen. Jetzt fuhr Paco und Pedro schlief.

„Heute Abend sind wir in Bordeaux", sagte Paco.

„Wie kommen Sie zurück?", fragte Abel. Inzwischen machte er sich große Sorgen um seine Helfer.

Paco lachte. „Das ist unser Problem. Wir müssen noch ein paar Besorgungen machen."

„Lebensmittel?"

„Ja." Paco war einsilbig. Abel fragte lieber nicht nach. Er hatte kein Recht dazu. Er konnte sich auch so schon denken, dass sie nicht nur Lebensmittel transportierten und schmuggelten.

Sie schwiegen lange Zeit. Irgendwann bog Paco auf eine besser ausgebaute Straße. Jetzt gab es auch stärkeren Verkehr. Ganz normale selbstfahrende Autos, wie in Berlin oder München. Bordeaux war zwar nicht mehr so groß wie vor fünfzig Jahren, aber noch immer das Zentrum des französischen Südwestens.

„Wo setzen Sie mich ab?", fragte Abel schließlich.

„Am besten an einem Taxistand im Außenbezirk, dann können Sie direkt zum Flughafen fahren und nach Hause fliegen."

Abel überlegte, würde er daheim freudig empfangen werden? Sicher nicht, dieselben, die ihn in Spanien erledigen wollten, würden ihn auch in Deutschland verfolgen. Nein, erst einmal musste er gesund werden. Er brauchte ein gutes Krankenhaus.

„Können Sie mich am Hafen absetzen, damit ich nach Großbritannien oder Irland übersetzen kann? Ich möchte nicht gern hilflos in einem Krankenhaus liegen und von einer netten Schwester eine Giftspritze bekommen."

Pedro lachte rau. „Wie Sie wollen. Ich kenne den Kapitän eines Seelenverkäufers, auf dem können Sie bestimmt mitfahren."

„Danke.“

„Danke.“

Nach Großbritannien

Die beiden Fahrer ließen den LKW auf einem großen Parkplatz am Hafen stehen und erkundigten sich nach ihrem Bekannten. Abel hielt es kaum noch in dem engen Verschlag aus. Jeden Augenblick erwartete er, dass Bewaffnete den Wagen angreifen würden. Wie naiv war er doch gewesen. Er hatte gedacht, wenn er erst einmal aus Spanien heraus ist, wäre es einfacher. Aber natürlich war er der Firma immer noch im Wege. Inzwischen wusste er einfach viel zu viel. Sie würden ihn nie mehr in Ruhe lassen. Deshalb mochte er auch Sanchez' Plan nicht vertrauen. Sicher hatten sie inzwischen den Flug und das Krankenhaus in Großbritannien ausfindig gemacht und würden ihn dort erwarten.

Er musste so schnell wie möglich mit seinen Informationen an die Öffentlichkeit gehen, damit sie nicht verloren gingen, falls ihm etwas zustieße.

Draußen wurde es immer dunkler. Hatten die beiden ihn vergessen? War ihr Auftrag erledigt und sie waren einfach verschwunden? Oder waren sie gar erwischt worden? Abel wischte sich den Schweiß von der Stirn. Er war geeignet, ein einfacher Buchhalter zu sein. Verantwortung mochte er nicht tragen und schon gar nicht, irgendwelche Risiken eingehen. Er war halt einfach kein Held. Auch nicht der Macher, den sein Vater so gern in ihm gesehen hätte.

Paco kam erst zurück, als es stockdunkel war.

„Na, schon Angst gehabt, wir hätten Sie vergessen?", spottete er.

„Ja, was hätte ich hier allein in Bordeaux machen können?", gab Abel offen zu.

„Es hat geklappt. Das Schiff liegt im Hafen und läuft noch in dieser Nacht aus und der Kapitän nimmt Sie mit. Kostet allerdings zehntausend Euro."

„Woher soll ich so viel Geld nehmen? Ich bin blank. Wenn ich meine Kreditkarte benutze, wissen die sofort, wo ich mich befinde." Paco fuhr durch dunkle Seitenstraßen im Hafenviertel. Die Häuser hatten teilweise mit Brettern vernagelte Türen und Fenster. An einigen fehlten die Dächer.

„Dann müssen wir eben eine Bank überfallen", meinte Paco lakonisch.

„Mitten in der Nacht?"

„Wie schnell können Sie das Geld auftreiben?"

„Selbst wenn ich in Berlin bin, brauche ich ein paar Tage."

„Wir bezahlen es erst einmal für Sie." Er reichte Abel ein Bündel Geldscheine. Seit in Südeuropa die Wirtschaft zusammengebrochen war, wurde dort wieder mit Bargeld bezahlt.

„Und wenn ich es nicht zurückgebe?" Abel wedelte mit dem Papiergeld herum.

„Dann haben Sie nicht nur Ihre Firma gegen sich."

„Ich vermute, Sie wären zu langsam." Abel verstaute das Bündel im Beutel mit seinen Unterlagen.

„Das ist unser Risiko."

Paco fuhr durch eine Hauseinfahrt. Auf dem verfallenen Hinterhof blieb er stehen. Er langte in eine Tasche und reichte Abel eine abgetragene Arbeiterhose und ein Hemd. „Ihre Schuhe sind abgewetzt genug."

Abel zog sich um, dann packte er seine Unterlagen und ein paar Kleidungsstücke in einen Seesack, den Paco ihm gab.

„Komm", flüsterte Paco. Abel stieg aus. Paco winkte, ein Pfiff ertönte und ein Motorrad fuhr durch die Einfahrt. Abel wollte wegrennen, aber Paco hielt ihn fest.

„Mein Freund bringt Sie ans Ziel. Viel Glück!"

„Vielen Dank, ich werde versuchen, Ihnen zu helfen!"

Der Motorradfahrer hielt neben Abel. Paco schob ihn auf den Sozius und stellte den Seesack vor ihn. Abel hatte genug zu tun, sich an dem Fahrer festzuhalten. Er konnte sich nicht mehr nach Paco umsehen.

Durch Hinterhöfe und Industriebrachen fuhr der Mann bis zu einem kleinen Hafenbecken. Dort lag ein rostiger Frachter. Der Fahrer bedeutete ihm, abzusteigen und fuhr mit erhöhter Geschwindigkeit davon. Auf Deck erschien ein Mann mit einer Lotsenmütze. Er hob sich gegen den sternenklaren Himmel ab. Er winkte Abel. Tastend lief Abel zur Gangway. Dann stieg er vorsichtig hoch. Der Mann nickte ihm zu und ging vornweg, durch eine Luke hindurch und zwei steile Treppen hinunter. Abel musste aufpassen, nicht zu stürzen. Keuchend lief er hinterher. Er konnte den Seesack kaum noch anheben. Weiter ging es durch enge, niedrige Gänge.

In einer Ecke unter Rohren und Kabeln lag eine Matratze mit einer Decke. In einer Ecke stand ein Eimer, daneben ein Kanister mit Wasser.

„Übermorgen Vormittag sind wir in Newcastle. Bete, dass wir nicht kontrolliert werden." Mit diesen Worten verließ der Mann Abel, nachdem er das Geld für die Überfahrt kassiert hatte.

Abel stellte seinen Seesack neben die Matratze und setzte sich selbst. Er atmete immer noch keuchend. Sein Herz schmerzte. Als er wieder besser Luft bekam, kramte er in seinem Sack nach den Medikamenten. Dann nahm er sich aus dem Wasserkanister Wasser und spülte die Tabletten hinunter. Er brauchte lange, um so viel Kraft zu haben, dass er aufstehen und sich umschauen konnte. Neben dem Kanister fand er ein paar Kerzen. Vorerst nahm er lieber seine Taschenlampe und stand auf, seine Umgebung zu erkunden. Anscheinend befand er sich ganz unten im Schiff, kurz vor der Bilge. Hoffentlich stieg das Wasser im Schiffsrumpf nicht weiter. Die Luft war stickig und es war entsetzlich warm. Sicher waren die Maschinen in der Nähe. Bald wusste er es. Er hörte Schritte und Stimmen. Dann starteten die Maschinen. Dumpf dröhnten sie. Wahrscheinlich direkt hinter der Wand, an der er lag.

So viel Zeit zum Nachdenken hatte er sich nie in seinem Leben genommen, wie er in den letzten Tagen gehabt hatte.

Und noch nie war er dem Tod so nahe gewesen. Warum kämpfte er überhaupt noch? Weil er Angst vor dem Sterben hatte? Wenn er sich fangen ließ oder noch besser über Bord sprang, wäre alles zu Ende. Er bräuchte keine Angst mehr zu haben, sich nicht mehr verstecken und jagen lassen. Und er würde niemandem Medizin und Ressourcen wegnehmen. Er dachte an Spanien, an die Steppe, an die elenden Menschen und an sein Luxusleben daheim in Deutschland. Kein Wunder, dass sich die reichen Länder so abgrenzen mussten. Aber wem würde sein Verzicht nutzen? Nein, er hatte ein Ziel, er musste seine Informationen veröffentlichen. Er grübelte stundenlang, wie er es am besten einrichten könnte. Wem konnte er vertrauen? Der Polizei? Oder der Presse? Inzwischen war seine Angst so groß, dass er niemand mehr vertraute.

Er bekam Hunger. Auch etwas Neues, noch nie in seinem Leben hatte er Hunger gehabt. Er schluckte ein paar von den Tabletten, in der Hoffnung, dass die beruhigende Wirkung auch den Hunger dämpfen würde. Von der dumpfen, stickigen Luft, der Wärme und dem Lärm bekam er stechende Kopfschmerzen. Er döste, fand aber keinen tiefen Schlaf. Einmal schreckte er hoch, als er Stimmen in seiner Nähe hörte. Er floh im Dunkeln vor den Stimmen den Gang entlang, tastete sich mit seinen Händen vorwärts, bis er das Ende erreichte. In der Ferne sah er einen Lichtkegel hin und her springen. Mit klopfendem Herzen wartete er zitternd auf seine Entdeckung. Aber das Licht und die Stimmen entfernten sich wieder.

Er brauchte lange, um sich so weit zu erholen, dass er zurückkriechen konnte. Als er wieder auf seiner durchgelegenen Matratze lag, lachte er laut und schalt sich einen Angsthasen. Er wollte doch gar nicht mehr leben. Warum hatte er dann überhaupt Angst gehabt?

Als er nach vielen Stunden mit noch immer schmerzendem Kopf erwachte, war es still. Verwundert lauschte er. Das Schiff schaukelte nicht mehr. Sie mussten im Hafen liegen.

Als er schwere Schritte auf dem eisernen Deck hörte, sprang er auf.

„Ich bin's nur", rief der Schiffsführer.

„Sind wir da?", fragte er.

„Ja! Sie müssen das Schiff verlassen. Auf dem obersten Deck sucht der Zoll schon."

Abel griff sich seinen Seesack, die Angst gab ihm neue Kraft, und er eilte gebückt hinter dem Kapitän her. Allein hätte er aus diesem Labyrinth nie herausgefunden.

Vor einer Luke blieb der Kapitän stehen und pfiff leise. Ein Mann über ihnen antwortet mit einem Schlager.

„Kommen Sie, aber leise."

Der Kapitän griff nach Abels Arm und zog ihn mit sich. Ein zweiter Mann nahm Abels Seesack ab und zog ihn von der anderen Seite. An der Backbordseite hing eine Strickleiter herab. Der Matrose schulterte Abels Gepäck und kletterte hinunter.

Der Kapitän zeigte auf Abel und auf die Leiter. Abel reichte ihm die Hand, anschließend kletterte er über die Reling, sich ängstlich festhaltend. Der Seemann hielt seinen Arm fest. Vorsichtig tastete sich Abel Sprosse für Sprosse hinab. Nach der dritten Sprosse fühlte er einen Arm um seine Taille. Jetzt fühlte er sich sicherer und kam schneller herunter. Er atmete auf, als er festen Boden unter seinen Füssen spürte. Der Matrose lauschte. Von oben ertönte das Zwitschern eines Vogels.

„Jetzt", raunte er Abel zu und rannte, den Seesack über der Schulter, los. Abel hetzte, so schnell er konnte, hinterher. Der Matrose verschwand in einem Schuppen. Abel folgte ihm blind.

„Das war knapp", sagte der Mann. „Irgendjemand hat uns verraten." Er führte Abel durch den Schuppen zu einem Ausgang auf der anderen Seite.

„Wir können Sie nicht weiterbringen. Sie müssen dem Stern eine halbe Stunde folgen, dann kommen sie an eine große

Straße. Sie führt in die Stadt." Er wies auf den Morgenstern, der am Himmel zu sehen war.

„Wo ist die Stadt?"

„Da, wo der Himmel hell leuchtet. Nach fünfhundert Metern kommen Sie an einen Bahnhof. Nehmen Sie sich ein Taxi. Sagen Sie, Sie haben auf der Cargo V. abgemustert und wollten etwas erleben und lassen sich ins Vergnügungsviertel fahren. Dort gehen Sie in die Bar ‚Black Friar'. An der Theke fragen Sie nach Fay. Sie wird Sie verstecken. In ein paar Tagen können Sie dann ins Krankenhaus gehen und sich endlich behandeln lassen."

„Danke!" Aber Abel sprach ins Leere. Der Matrose war schnell und leise verschwunden.

Abel schulterte sein Gepäck und lief in Richtung des Sterns. Immer wieder musste er den Sack absetzen und verschnaufen. Zweimal umrundete er eine große Lagerhalle, bis er endlich die Straße erreichte. Der Matrose hatte recht. Rechts war der Himmel viel heller. Wie eine helle Kuppel erhob sich der Lichtschein über der Stadt.

Abel setzte sich ins Gras. Er war erschöpft wie noch nie in seinem Leben. Schließlich raffte er sich auf, zerrte den Sack hinter sich her und legte die letzten Meter zurück.

Vor dem Bahnhof standen zwei Taxis. Er stieg in das vorderste und erzählte seine Geschichte. Der Fahrer sah ihn verächtlich an.

„So, so, abgemustert. Na, da ist der Kapitän wohl froh", mummelte der Mann mit einem schwer verständlichen schottischen Akzent.

Abel fühlte, wie er rot wurde. Seit Tagen hatte er sich nicht mehr gewaschen und rasiert. Er musste wie ein Penner aussehen und riechen.

Das ‚Black Friar' hatte schon geöffnet. Er bestellte ein Bier und etwas zu essen. Er bekam einen großen Hamburger. Hungrig biss er hinein. Aber nach ein paar Bissen wurde ihm übel und er ließ den Rest liegen.

„Na, du siehst ganz schön mitgenommen aus." Eine ältere, stämmige Frau mit rot gefärbten Haaren grinste ihn an.

„Ich suche Fay."

„Die bin ich. Du bist mir schon von Paco avisiert worden."

Abel riss die Augen weit auf.

„Ein alter Freund von mir. Komm, du brauchst eine Dusche und ein gutes Bett." Fay winkte einen Jungen heran. Der hob Abels Seesack hoch und verschwand in einer Tür, auf der „Privat" stand.

Abel folgte dem Jungen durch den Hintereingang auf einen Hof zu einem Nachbarhaus und dort durch ein schmales Treppenhaus bis zum Dachboden. Der Junge öffnete einen Holzverschlag und verschloss ihn hinter Abel sorgfältig. Dann lauschte er. Als es still blieb, schob er einen alten Schrank zur Seite. Dahinter kam eine Tür zum Vorschein. Er ging durch die Tür hindurch. Abel folgte ihm. Hinter der Tür befand sich eine zweite, sehr dicke Tür. Auch durch diese gingen sie hindurch und vor ihm lag ein mit einem Bett, Tisch, Stühlen und einem kleinen Schrank eingerichteter Raum.

„Da ist ein Badezimmer. Sie können es bedenkenlos benutzen. Zum Nachbarhaus ist eine doppelte Wand und unter ihnen sind nur Lagerräume. Nur den Fernseher sollten Sie nicht zu laut stellen. Im Kühlschrank befinden sich Lebensmittel."

Der Junge nickte ihm zu und verschwand. Abel hörte einen Schlüssel herumdrehen. Mit einem Satz war er an der Tür und versuchte, sie zu öffnen. Vergeblich. Sie war verschlossen.

War er in eine Falle getappt?

Er rüttelte an der Tür, eilte zum Fenster und schaute hinunter. Er war vier Stockwerke hoch. Natürlich gab es keine Feuerleiter oder eine Regenrinne. Er saß in der Falle. Er atmete tief durch, langsam entspannte er sich. Die Panik ließ nach. Und er konnte wieder klar denken. Er inspizierte das Zimmer. Der Schrank war leer, das Bett einfach, aber mit einer guten Matratze und einer dicken Bettdecke. Alles ganz frisch bezogen. In der kleinen Küchenzeile befanden sich ein Kühlschrank und eine Mikrowelle. Im Kühlschrank gab es Käse, Fett und Marmelade. Im Tiefkühlfach lagen etliche Fertiggerichte. In den Schränken fand er etwas Geschirr, Kaffee, Brot und sogar Obst. So schnell würde er also nicht verhungern.

Er kochte in der Mikrowelle Wasser und bereitete sich einen Kaffee. Währenddessen öffnete er die zweite Zimmertür. Dahinter befand sich ein kleines Badezimmer mit einer Dusche. Auf der Konsole über dem Waschbecken stand Shampoo, Seife, Zahnputzzeug und Rasierzeug. Das alles deutete darauf hin, dass man für ihn sorgte – nein, eine Falle war das sicher nicht. Er war erleichtert. Als Erstes wollte er duschen, der Kaffee konnte warten.

Als er frisch gewaschen war und saubere Sachen anhatte, fühlte er sich schon viel wohler. Jetzt sah seine Zukunft nicht mehr ganz so düster aus. Er trank einen Schluck und aß ein belegtes Brot. Gesättigt ließ er sich auf das Bett sinken und war im nächsten Augenblick eingeschlafen.

Als er aufwachte, brannte seine Deckenbeleuchtung immer noch. Draußen schien die Sonne. Er stellte sich an das Fenster und genoss sie. Im Schiff hatte er Zweifel gehabt, ob er sie je wiedersehen würde.

Jetzt hatte er auch Verständnis dafür, dass er eingeschlossen worden war. So war er vor Überraschungsbesuchern sicher. Er öffnete seinen Laptop und las seine Unterlagen und die Informationen von Anton Steiger noch einmal durch. Er musste diese Sachen irgendwo hinterlegen. Aber wo? Das Versteck im Darknet kam ihm auf einmal gar nicht so sicher vor.

Hatte Georg sein Wissen um die Machenschaften festgehalten? Er überlegte. Natürlich hatte Georg auch irgendwo Daten verborgen. Der hatte sich doch nicht so einfach seinem Schicksal ergeben, ohne etwas in der Hand zu haben. Georg doch nicht! Der hatte nur seinen Eltern zuliebe stillgehalten.

Aber wo mochte er seine geheimen Dateien abgespeichert haben?

Um seinen Aufenthaltsort nicht zu verraten, ging Abel nicht ins Internet. Er musste warten, bis er mit seiner Retterin sprechen konnte.

Gegen Mittag verspürte er Hunger und wärmte ein Fertiggericht in der Mikrowelle auf. Mit Genuss aß er es. Früher hätte er darüber die Nase gerümpft. Aber jetzt wusste er, was eine Mahlzeit bedeutete.

Er legte sich aufs Bett und las. Es dämmerte bereits, als er einen Schlüssel im Schloss hörte und von seinem Buch aufsah. Fay und eine fremde Frau traten ein.

„Ireen ist Ärztin. Sie will dich untersuchen. Du musst noch ein paar Tage hierbleiben, dann bringen wir dich ins Krankenhaus."

Ireen hörte ihn ab, machte ein EKG und zog ein langes Gesicht. „Er sollte sofort ins Krankenhaus."

„Es ist zu gefährlich", warnte Fay.

„Ein paar Tage geht es noch. Aber der Mann ist sehr krank. Er muss unbedingt operiert werden."

Sie schaute sich seine Tabletten an, gab ihm noch ein paar neue und nahm dafür sein altes Herzmittel weg.

„Schonen Sie sich!", empfahl sie.

„Ich brauche einen Internetzugang", sagte Abel an Fay gewandt.

„Zu riskant", lehnte Fay ab.

„Es ist wichtig. Sonst ist vielleicht alles umsonst gewesen!", drängte Abel.

Fay sah ihn eindringlich an, überlegte einen Augenblick.

„Jetzt nicht, aber bevor du ins Krankenhaus gehst, kannst noch ein paar Stunden ins Internet, da suchen wir nach einer Möglichkeit."

Damit musste sich Abel zufriedengeben. Die nächsten Tage las er Zeitung und Bücher und entspannte sich. Fay brachte ihm eine Gitarre. Nicht so gut wie ein Klavier, aber besser als gar nichts. Stundenlang zupfte er auf ihr.

Wie es Ingrid wohl ging? Seine Gedanken schweiften hin und wieder ab zu dem Abschied von ihr.

Immer wieder grübelte er über Georg nach und darüber, was sie früher gemeinsam ausgeheckt hatten. Als Jugendliche hatten sie in einer Fantasygruppe mitgemacht. Georg hatte damals die Homepage der Gruppe erstellt. Ebenso die von einem Brieftaubenzüchter- und von einem Kegelverein. Auf diesen Seiten musste er nach Hinweisen zu Georgs verborgenen Dateien suchen. Wenn er da nichts fand, nicht einmal einen Hinweis, dann gab es nichts, da war er sich sicher.

Als Fay nach zehn Tagen sagte, sie würden ihn morgen früh abholen und ihm die Gelegenheit geben, ein paar Stunden am Computer zu arbeiten, bevor sie ihn ins Krankenhaus bringen würden, war er bereit. Er packte seine Sachen in einen Koffer, den Fay ihm besorgt hatte, und schief ruhig ein.

Noch bevor die Nachbarn sich rührten, weckte Fay ihn und schleuste ihn durch einen Keller zu einem anderen Hauseingang. Dort wartete ein uralter Wagen, der noch von einem Chauffeur gelenkt werden musste.

„Guten Morgen", grüßte Abel. Doch der Fahrer antwortete nicht. Er trug eine Schirmmütze und eine Sonnenbrille und Abel konnte im Rückspiegel fast nichts von seinem Gesicht erkennen. Vor einem Café hielt er und zeigte auf die Zehn auf seiner Armbanduhr. Abel nickte und stieg mit dem Koffer aus. Der Caféhausbesitzer öffnete extra für Abel den Laden und führte ihn zu einem PC-Anschluss in einem Hinterraum. Abel bedankte sich und beeilte sich, sein Laptop anzuschließen.

Auf der Website des Kegelvereins fand er einen merkwürdigen Hinweis. Es sah aus wie ein Tippfehler, ein Zahlendreher bei dem Gründungsjahr. Auf der Seite des Fantasyclubs entdeckte er eine für Fremde unsichtbare Seite. Nach einigem Überlegen und Versuchen konnte er sie mit dem falschen

Gründungsjahr und dem Titel von Georgs Lieblingslied öffnen. Hier gab es so viele Dateien, dass er sie in der knappen Zeit nicht alle lesen konnte. Er kopierte sie auf seine Seite im Darknet, ehe er die Homepage wieder schloss.

Leider musste er aufhören, bevor er eine Zeitung oder einen Blogger gefunden hatte, die diese Dinge veröffentlichen würden. Vielleicht hatte er im Krankenhaus genug Zeit dafür.

Im Krankenhaus

Pünktlich um zehn Uhr stand Abel vor dem Café auf der Straße und wartete.

Ein ganz neuer selbstfahrender Wagen hielt und die Tür ging automatisch auf. Abel zögerte.

„Komm, beeile dich“, raunte ein Mann.

Noch immer besorgt stieg Abel ein.

„Guten Morgen. Ich bin Roger und bringe dich ins Krankenhaus nach Birmingham. Leg dich am besten auf die Liege.“

Er reichte Abel einen Stapel Papiere. Darunter einen neuen Ausweis.

„Lerne deine neue Identität auswendig, damit du dich nicht versprichst. Du bist Patrick Schwarzlose, geboren in Toronto. Deutschstämmige Eltern, die deinen deutschen Akzent erklärten, Computerfachmann in einer kleinen Firma. Fays Bekannte haben eine Scheinidentität für dich in Kanada aufgebaut. Falls jemand dort nach dir fragt, würden dich genug Leute kennen. Dein Chef war von dir ganz begeistert und wünscht, dass die Operation bald vergessen ist und du wieder wie früher Überstunden abreißen kannst.“

Roger verlangte Abels echten Papiere. „Die verwahren wir für dich.“

Also lernte er seine Biografie, während sie nach Birmingham fuhren und Roger fragte ihn immer wieder ab.

Abel staunte über das gut funktionierende Netzwerk der Untergrundorganisation und über ihren Einfallsreichtum. Aber Roger beantwortete ihm seine neugierigen Fragen nicht. Arbeiteten die spanischen Widerstandskämpfer wirklich international? Warum hatte man noch nichts von ihnen gehört und wieso hatten sie die Konzerne nicht schon längst zum Teufel gejagt? Woher kam ihr Geld?

„Warum helft ihr mir und riskiert dabei euer eigenes Leben?", wollte Abel schließlich wissen.

„Wir versuchen allen zu helfen. Von dir erhoffen wir, dass du die Firmenpolitik deines Vaters beeinflusst. Oder wenigstens von deinem Wissen Gebrauch machst."

Kurz vor Birmingham erklärte Roger: „Wenn du wieder gesund bist, nimmst du deine Sachen und fährst mit einem Taxi nach Harwich und weiter nach Amsterdam. Dort meldest du dich bei Femke. Die ist Aufseherin im Rijksmuseum. Du erkennst sie an der grünen Strähne im Haar. Sie wird dir weiterhelfen." Er duldete nicht, dass Abel seinen Laptop behielt. „Der ist viel zu verräterisch. Ich werde ihn vernichten."

Abel wollte ihn nicht hergeben, doch Roger sagte: „Dann bringe ich dich nicht ins Krankenhaus. Du bringst uns damit alle in Gefahr."

Notgedrungen fügte Abel sich seiner Anweisung. Selbst den Stick, auf dem er alles gespeichert hatte, gab er ab. Doch Roger versprach, ihn sorgfältig aufzubewahren und die Daten zu veröffentlichen, wenn Abel etwas zustoßen sollte.

Kurz darauf erreichten sie einen Taxenstand. Abel stieg aus und nahm sich eine Taxe. Als er sich nach Roger umdrehte, war der längst verschwunden.

Im Krankenhaus erwarteten sie ihn schon.

„Wir sind, wie Sie wissen, eine kleine Fachklinik für Stammzellentherapie. Ihre Untersuchungsunterlagen sind uns schon aus Portugal geschickt worden. Wie unglücklich, gerade zur Zeit der Überschwemmung einen Herzanfall zu bekommen", sagte die Empfangsdame.

Zum Glück erwartete sie keine Antwort, sonst hätte sich Abel vor Überraschung sicher verraten. Aber natürlich, der Aufenthalt in Portugal hatte in der gefakten Biografie gestanden.

Sie nahm Abels Personalien auf und schickte ihn dann mit einer Schwester zur Untersuchung.

Er wurde von Kopf bis Fuß gründlich untersucht. Endlich erschien ein Arzt.

Der studierte Abels altes EKG und die neuen Untersuchungsergebnisse.

„Sie hätten eher kommen sollen. Ihr Herz hat in den letzten zwei Wochen sehr gelitten.“

„Ist es schon zwei Wochen her?“, murmelte Abel. In Wirklichkeit schien ihm der Saunabesuch Jahre her zu sein.

„Es gab keine Flüge, alle wollten sofort nach Hause. Es war eine Katastrophe.“

„Die lange Fahrt im Auto war Gift für Ihr Herz. Sie bräuchten eigentlich ein Spenderherz!“

„Wo soll das so schnell herkommen?“

„Das frage ich mich auch“, knurrte der Arzt. „Aber wir haben schon passende Stammzellen für Sie besorgt. Die werden wir Ihnen morgen einpflanzen. Dann hoffen wir, dass sie die Arbeit übernehmen und das Herz regenerieren. Wenn Sie Glück haben, bleibt Ihnen eine Organtransplantation erspart.“

Abel nickte. Nein, er wollte kein fremdes Herz haben. Selbst die Stammzellen verursachten ihm Gewissensbisse. Er sah das Elend der Spenderinnen vor seinem inneren Auge.

Eine Schwester nahm ihm noch Blut für verschiedene Untersuchungen ab. Dann brachte sie ihn in ein Einzelzimmer.

„Morgen früh findet die Stammzellenübertragung statt. Anschließend müssen Sie sich zwei Wochen ruhig verhalten. Wenn alles glattgeht, sind Sie dann geheilt.“

„Ansonsten bekomme ich ein Spenderherz.“

Die Schwester nickte. „So weit wollen wir doch noch gar nicht denken. Sicher geht alles gut.“

Abel seufzte leise. Die Schwestern und Ärzte redeten immer noch mit ihren Patienten, als wäre es kleine Kinder. Anscheinend hatte sich in den letzten hundert Jahren nur die Technik verbessert.

Dank der Beruhigungspillen schlief Abel in der Nacht hervorragend. Um sechs Uhr wurde er schon geweckt. Er musste sich duschen, dann wurde er in den Behandlungsraum geführt. Dort erhielt er Beruhigungstropfen. Eine Weile beobachtete er das Personal, das hin- und hereilte. Als der Arzt kam, um die Stammzellen einzubringen, war er eingeschlafen.

„Na, sind Sie endlich wach?", fragte der Arzt und grinste Abel an.

Abel riss die Augen auf. Er lag in einem Aufwachraum. Neben ihm schliefen andere Leute.

„Wir haben die Zellen transplantiert. Es lief alles gut. Jetzt hoffen wir, dass sie erwartungsgemäß arbeiten und Sie sich schnell erholen."

Schon am Abend durfte Abel aufstehen und im Flur herumlaufen.

Eine alte Dame saß im Aufenthaltsraum und strickte.

„Junger Mann, was macht so ein blühender Mensch hier in der Klinik?", fragte sie.

„Oh, ich hatte einen lebensbedrohlichen Badeunfall, dabei wurde mein Herz schwer geschädigt."

„Schrecklich, in Ihrem Alter!" Die Frau schüttelte den Kopf. Dann kicherte sie. „Ich war vor zwanzig Jahren fast blind, doch dank der Stammzellentherapie wurde meine Netzhaut geheilt. Diesmal haben sie meinen Diabetes behandelt. Ist das nicht wunderbar? Vor hundert Jahren hätte ich täglich Insulin spritzen müssen."

Ein dynamisch aussehender älterer Herr betrat den Aufenthaltsraum.

„Hallo, Liebes", begrüßte er die Dame.

„Wir unterhalten uns gerade über die Zelltherapien."

„Wunderbar! Mein Großvater starb schon mit 95 Jahren. Aber mir sieht man meine 115 doch gar nicht an! Ich führe immer noch meine Firma. Mein Sohn wird noch lange darauf warten, bis er den Chefsessel übernehmen kann."

„Und was macht er inzwischen?“, fragte Abel neugierig. Der arme Sohn. Bestimmt wartete er schon seit sechzig Jahren, um in die Fußstapfen seines Vaters zu treten.

„Oh, momentan reist er durch die Welt. Seinen kleinen Verlag hat er vor zehn Jahren verkauft. Er wollte einmal etwas Neues machen.“

Abel grinste. Er würde auch nicht neunzig Jahre lang immer dasselbe tun mögen. Vielleicht gab es doch noch eine Chance für ihn, Pianist zu werden.

„Du siehst besser aus, als damals, als ich dich kennenlernte“, scherzte die alte Dame.

„Ja, hier wurde mein Parkinson geheilt, sonst würde ich gar nicht mehr leben. Inzwischen lasse ich mich hier regelmäßig untersuchen und behandeln.“

„Das klingt, als wären Sie ein Auto“, sagte Abel und grinste den Herrn an.

„Da haben Sie recht. Herrlich, nicht wahr? Wir fühlen uns immer noch so jung, wie mit dreißig.“

Vor Langeweile strich Abel durch die Klinik und unterhielt sich mit allen möglichen Patienten. Vor dem Kiosk spielten zwei ältere Frauen mit einem Baby, das eine Schwester in einem Kinderwagen herumfuhr.

„Unser kleiner Sonnenschein hier hat seine Leukämie gut überstanden“, erklärte eine der Frauen Abel. „Ohne Stammzellentherapie hätte er nicht überlebt.“

Abel schüttelte seinen Kopf. „Erstaunlich, was wir alles machen können.“

„Nicht wahr?“ Die Krankenschwester strahlte ihn an. „Dieser kleine Engel hat sein Leben doch noch vor sich. Die Stammzellentherapie ist ein Segen für die Menschheit.“ Sie hob das Baby hoch, drückte es an sich und herzte es.

Abel dachte an die Hungerbäuche der Kinder in Spanien und nickte geistesabwesend. Dann drehte er sich weg, der Unterschied zwischen Arm und Reich schmerzte zu sehr.

Da Abel sich viel bewegen sollte, schlenderte er durch das Gebäude und den Park dahinter, unterhielt sich hier und da. Er schätzte das Durchschnittsalter der Patienten auf neunzig bis einhundert Jahre.

Ein Arzt erklärte ihm, dass die Männer vor der Stammzellentherapie viel früher als die Frauen gestorben waren. Inzwischen hätte sich die Lebenserwartung aber angeglichen und läge bei beiden Geschlechtern bei 123 Jahren.

„Sie haben also noch eine Reihe von Jahren vor sich!"

„Na, dann muss ich mir wohl gut überlegen, was ich noch alles erreichen und erleben will."

Der Arzt lachte. „Das ist das Schöne an unserem Leben. Wir können einen Beruf erlernen und jahrelang ausüben. Wenn er uns nicht mehr befriedigt, können wir noch einmal neu anfangen und etwas ganz anderes machen."

Abel nickte. „Ja, diese Chance hatten unsere Vorfahren nicht in dem Maße wie wir heute. Wenn sie überhaupt das Alter erreichten, um arbeiten zu können."

In der Zeitung las Abel über Unruhen in Rumänien. Sicherheitskräfte bekämpfen die Aufständischen. Also gab es noch immer Menschen, die sich gegen die Ausbeutung auflehnten. Das beruhigte ihn.

Am letzten Tag wurde er einer gründlichen Untersuchung unterzogen. Dazu gehörten einige Belastungstests.

„Ihr schlechtes Ergebnis kann aber nicht nur an ihrer Erkrankung liegen", meinte die Ärztin. Sie musterte Abel abschätzig.

„Sport ist Mord", erwiderte Abel lächelnd. „Schon in der Schule haben mich alle ausgelacht, weil ich so ungeschickt war. Also habe ich lieber gelesen und am Computer gebastelt."

„Sie sollten sofort anfangen, eine Ausdauersportart zu betreiben. Walking oder Schwimmen wäre gut für Sie." Eine Physiotherapeutin reichte Abel einen Augenblick später einen detaillierten Trainingsplan.

Abel verzog sein Gesicht.

„Sie wollen doch nicht schon in zehn Jahren wieder bei uns sein.“

„Nein, nein, ich werde mich an die Anweisungen halten“, versprach er.

Von dem herbeigerufenen Taxi ließ er sich nicht zum Flughafen, sondern zu einem Café bringen und genoss erst einmal ein Stück Torte und einen Espresso. Dann schlenderte er durch ein paar Geschäfte, bevor er sich mit dem Bus zum Bahnhof bringen ließ. So viele Verkehrsmittel wie möglich benutzen, hatte ihn Roger angewiesen, damit etwaige Verfolger die Spur verloren.

Nach Hause

Die Fahrt nach Amsterdam verlief problemlos. Abel machte eine Grachtenrundfahrt und bewunderte die einstige Pracht. Wie in vielen europäischen Städten war Amsterdams Altstadt vom Verfall bedroht. Die Sanierungen wurden immer aufwändiger und die meisten Menschen sahen diese Ausgaben nicht mehr ein.

Am Abend besuchte er ein Konzert im Concertgebouw, um anschließend in einer einfachen Pension, die Roger ihm genannt hatte, die Nacht zu verbringen. Die Wirtin fragte ihn nicht nach den Papieren, als er Grüße aus Newcastle ausrichtete. Gleich nach dem Frühstück brach Abel zum Reichsmuseum auf. Langsam schlenderte er an den Gemälden vorbei. Seine Seele atmete auf. So viel Schönheit sprach ihn an. Wie lange war es her, dass er sich mit schöngeistigen Dingen beschäftigt hatte? Vor der ‚Briefleserin‘ von Jan Vermeer stand ein junges Mädchen mit einer grünen Haarsträhne.

„Femke?“, fragte Abel leise.

„Ist das Bild nicht herrlich? Die Restaurierung ist vor einem Jahr beendet worden, jetzt leuchtet es wieder viel schöner.“

Abel nickte. „Obwohl ich Rembrandt bevorzuge. Wo ist denn die ‚Nachtwache‘.“

„Immer den Hauptgang längs. Am Ende ist ein großer Saal“, erklärte Femke laut, dann fügte sie leise hinzu. „Hol den Beutel von der Garderobe ab, da findest du den Schlüssel zu einem Schließfach am Hauptbahnhof.“ Unauffällig ließ sie eine Garderobenmarke in seine Hand gleiten.

„Bitte halten Sie von den Bildern Abstand“, sagte sie laut zu einem südländischen Touristen.

Abel schlenderte weiter, bewunderte die Gemälde bis er endlich vor Rembrandts berühmter ‚Nachtwache‘ stand. Eine Weile betrachtete er es, bewunderte das Talent des Künstlers.

Er ließ sich viel Zeit. Schließlich fühlte er sich beobachtet. Als er sich umdrehte, stand in einiger Entfernung ein Mann im dunklen Anzug. Hatte er ihn nicht schon bei dem Vermeer gesehen? Litt er etwa an Verfolgungswahn?

Während er durch weitere Räume ging, drehte er sich immer wieder um. Auch wenn er den Mann nicht mehr sah, fühlte er sich weiter beobachtet.

Erst kurz vor Feierabend holte er den Beutel von der Garderobe ab. Im Gedränge versuchte er, den Mann im dunklen Anzug zu entdecken. Aber er sah ihn nicht mehr. Vorsichtshalber zog er noch durch einige Kaufhäuser und kleine Läden, bis er sich an die Schließfächer im Hauptbahnhof traute. Sicherheitshalber kaufte er eine Fahrkarte nach Rotterdam.

Auf dem Schlüssel stand 3254. Er brauchte einige Zeit, bis er das richtige Fach gefunden hatte. Dort stand eine kleine Reisetasche. Er nahm sie und ging auf den Bahnsteig. Fays Koffer hatte er in einem anderen Schließfach zurückgelassen. Er enthielt nur ein paar abgetragene Kleidungsstücke. Die wenigen wertvollen Dinge, die er noch von seiner Reise zurückgebracht hatte, waren gut in seiner Jackentasche verstaut.

Auf dem Bahnsteig zog er eine Fahrkarte aus dem Automaten und dann nahm die erste Bahn, die kurz darauf einfuhr. Er setzte sich an einen Fensterplatz und schaute hinaus. Draußen wurde es dunkel, die vorbeihuschenden Häuser waren erleuchtet.

Nach einer Weile suchte Abel die Toilette auf und öffnete die Tasche. Sie enthielt etwas Wäsche. Unten drunter lagen seine eigenen Papiere, Bargeld, ein Feuerzeug und ein kleiner maschinengeschriebener Zettel: Verbrenne unsere Papiere.

Er holte die gefälschten Ausweise aus seiner Jackentasche und verbrannte sie nacheinander im Waschbecken. Die Folie schmolz und stank entsetzlich. Den Rest spülte er durch die Toilette.

In Leiden stieg er aus und fuhr Richtung Groningen. Dort nahm er in einem Stundenhotel ein Zimmer. Wie er gehofft hatte, wurde er nicht nach einem Ausweis gefragt.

Er hatte Glück, es gab in dem Zimmer einen uralten PC, mit dem er sogar ins Internet kam. Gezielt suchte er auf den Firmenseiten seines Vaters nach gelöschten Dateien. Diesmal hatte er Glück und fand Roloffs Projekt. Er verschob es auf sein Versteck im Darknet.

Außerdem fand er weitere aufschlussreiche Notizen. Während Nicolas Chinaaufenthalt wurde dort ein neues Medikament getestet. Leider starben alle freiwilligen Versuchspersonen. Es kostete Genmedi viel Geld, um den Skandal zu vertuschen. Ihm wurde übel. Darum hatte Nicola damals auf seine Frage nicht geantwortet!

Ein anderer Aktenordner betraf ihn persönlich. Sein Vater hatte seinerzeit die Security Firma bestochen, damit sie keine Strafanzeige gegen die beiden Hacker stellte. Der Chef der Firma war nur auf den Deal eingegangen, nachdem Markus ihm Georg als Legionär versprochen hatte. Selbst die erpresserischen Briefe an Georgs Familie fand Abel in der alten Ablage.

Nur über Janek entdeckte er nichts, was ihn wunderte. Warum bloß hatte sein Vater diese belastenden Dinge auf dem Firmencomputer gehabt? Deshalb suchte Abel bei Meyer-Birkenriehl weiter und fand auch bei ihm die gleichen Unterlagen.

Aus Wut und Trauer weinte Abel. Wie viel Unglück hatte er unwissentlich über seine Freunde gebracht.

Früh am Morgen fuhr er zum Flughafen und flog über Frankfurt nach Hause.

Gleich vom Flughafen aus rief er Markus an.

„Abel wo bist du? Ich hatte schon befürchtet, dass dir etwas zugestoßen ist." Sein Vater klang ehrlich erleichtert.

„Das wäre auch fast passiert. Aber jetzt bin ich wieder gesund und in einer halben Stunde bin ich zu Hause."

„Ich nehme mir frei und erwarte dich."

Abel staunte, sagte aber nichts dazu. Sein Vater hatte sich doch nie um ihn gekümmert. Weder zur Einschulung noch zur Abitur- oder Bachelorfeier war er erschienen. Stets hatte sich Dolores um alles gekümmert. Markus war unabkömmlich gewesen.

Sein Vater hatte sich wirklich beeilt. Als die Taxe vor der Tür der Villa hielt, kam er herausgeeilt und umarmte Abel.

„Schmal bist du geworden", sagte er.

„Ich hatte auch reichlich Stress, seit ich wegfuhr."

„Komm erst einmal herein. Ich habe Essen bestellt, es müsste gleich geliefert werden."

Das Haus sah aus wie immer. Kein Bild oder andere Gegenstände, die Dolores einst ausgesucht hatte, hatten ihren Platz verlassen. Dabei hatte Markus früher immer über den vielen Nippes geschimpft und es kitschig empfunden. Er hätte lieber eine praktische, strenge Einrichtung gehabt.

Der Flügel stand aufgeschlagen da. Auf dem Ständer standen Noten. Spanische Volksweisen. Markus sah Abels Blick und setzte sich an das Instrument und spielte.

„Du kannst Klavier spielen?", staunte Abel. Noch nie hatte sein Vater in seiner Gegenwart musiziert.

„Ja, dabei habe ich deine Mutter kennengelernt. Aber für mich war es immer nur ein Hobby gewesen. Ich war nicht gut genug, um Musiker zu werden."

„Mutter hat nie davon erzählt."

„Es ist auch schon so lange her. Die Firma verlangte so einen großen Einsatz, dass ich keine Zeit mehr dazu hatte. Spiel doch!", forderte er dann seinen Sohn auf.

„Ich ... ich kann nicht."

„Sepp Steyr erzählte, dass du bei ihnen alle unterhalten hättest."

„Das ist schon Jahre her." Abel ging an das Fenster und schaute hinaus. Die Magnolie blühte zum zweiten Mal. Er öffnete die Terrassentür und trat in den Garten. Die Büsche standen ordentlich geschnitten wie immer da. Aber die kleinen Blumen zwischen den Rosen und unter dem Apfelbaum sahen nicht mehr so üppig wie früher aus.

Bald wurde das Essen geliefert. Vier Gänge. Sein Vater hatte eigenhändig den Tisch gedeckt, da seine Haushälterin ihren freien Tag hatte.

Während des Essens fragte er ihn aus. Abel überlegte gründlich, bevor er erzählte.

„Die Leute sind unzufrieden. Sie sind am Verhungern und haben nichts mehr zu verlieren.“

„Verhungernde kämpfen nicht. Das war schon immer so in der Geschichte“, sagte Markus.

„Hm, dann sind es vielleicht Leute, denen die Verhungernden zu Herzen gehen? Auf jeden Fall bin ich im letzten Augenblick nach Madrid entkommen. Ohne Hilfe der Legionäre hätten wir es nicht geschafft.“

„Warum bist du dann nicht sofort nach Hause geflogen?“

„Nach der Überflutung gab es keine freien Flüge und dazu hatte ich einen Herzanfall.“

„Ja, Gonzales berichtete uns davon. Aber er meinte, es wäre nicht so schlimm.“

„Ich musste im Krankenhaus behandelt werden. Da die Kliniken in Spanien alle überfüllt waren und kein Flug zu bekommen war, hat unsere dortige Niederlassung einen Transport mit einem Bus organisiert. Es war ganz gut. Ich konnte die ganze Zeit liegen und mich schonen.“

„Warum hast du nicht die Bahn genommen?“

Abel zuckte die Schultern. „Das war gar nicht im Gespräch. Wahrscheinlich waren die Gleise fortgespült worden.“

Markus beobachtete ihn eine Weile schweigend. „Du bist erwachsener geworden.“

Abel lachte. „Kein Wunder bei dem, was ich erlebt habe. Mir reicht es eigentlich. Noch mehr brauche ich nicht davon.“

„Warum hast du dich nicht von Frankreich aus gemeldet?“

Abel hatte lange darüber nachgedacht, was er erzählen sollte. „Ich lag in einer kleinen privaten Klinik und war körperlich erst einmal gar nicht in der Lage gewesen, mich zu melden. Wir hatten auch keinen Zugang zum Internet oder Telefon."

„Bist du so einer Sekte in die Hände gefallen?"

„Ich fürchte ja, aber ihr medizinischer Ruf ist hervorragend. Sie haben mein Herz mit Stammzellen therapiert. Ein großer Teil war abgestorben und wurde regeneriert."

„Und du hast dich immer über unser Verfahren aufgeregt." Markus lachte laut und schlug sich auf die Schenkel. „Na, bist du jetzt bekehrt?"

Abel grinste. „Tja, manchmal ist es auch ganz nützlich. Aber die Spenderinnen müssen besser behandelt werden."

„Ihnen geht es viel besser als den anderen in den südlichen Ländern."

„Das reicht nicht. Wir müssen ihre Familien unterstützen. Die Stationen müssen die Frauen ständig kontrollieren, weil sie von ihren Essensportionen immer abgeben. Manchmal mehr als guttut."

„Wo sollen wir da die Grenzen ziehen? Die Kinder und Ehemänner? Die Eltern? Schwiegereltern? Geschwister? Schwager und Schwägerinnen? Cousinen, Onkel, Tanten? Das ist wie eine Krake mit nachwachsenden Gliedern."

„Das haben Familien so an sich."

Markus lachte. „Du kannst dich nicht beschweren."

„Oh, ich hätte als Kind gern mehr Familie gehabt."

„Lieber zu wenig als zu viel."

„Was macht die Firma?", fragte Abel Interesse heuchelnd.

„Morgen hast du noch frei. Übermorgen bist du dann wieder da. Ingrid freut sich schon."

„Ich würde gern einmal in Amerika oder China arbeiten", sagte Abel.

„Vielleicht ergibt sich eine Möglichkeit", machte Markus ihm Hoffnung.

Sie unterhielten sich bis weit nach Mitternacht. Als Abel in seinem Zimmer verschwand, dachte er nur: zu spät! Wie sehr hätte er sich als Kind oder Jugendlicher über einen Abend, an dem sein Vater nur für ihn Zeit hatte, gefreut.

Am nächsten Vormittag rief Abel Ingrid an und lud sie in die Oper ein. Eigentlich hatte er sie, zu ihrer eigenen Sicherheit, nicht wiedersehen wollen, aber das brache er nicht über sich. Irgendwie musste er sich von ihr trennen, aber nicht ohne einen plausiblen Grund. Das konnte er ihr nicht antun.

Dann fuhr er ins Waisenhaus und besuchte Jonathan. Der Kleine machte Fortschritte. Er war ein ernster Junge, der immer schwierige Fragen stellte. Dank Abels finanziellen Zuwendungen konnte er Geigenunterricht nehmen.

„Ich habe gedacht, du kommst nicht mehr", begrüßte er Abel.

„Weil ich so lange weg war?"

„Ja", der Junge nickte.

„Ich musste im Ausland arbeiten. Das hat leider etwas länger gedauert, als ursprünglich geplant. Hast du gedacht, ich hätte dich vergessen?"

„Ja", hauchte der Junge.

Abel fuhr ihm durch die Haare. „Stimmt, ich hatte dir auch ein Mitbringsel versprochen. Aber dann war alles anders als normal. Es gab ein Hochwasser und ich konnte nicht nach Hause fliegen, sondern musste mit dem Auto fahren und das hat sehr lange gedauert, weil die Straßen dort viel schlechter sind als bei uns."

Abel setzte sich an den PC und zeigte Jonathan Bilder von Spanien.

„Da wächst gar nichts."

„Ja, es gibt dort kein Wasser. Und der Wind weht ständig Sand auf die Straßen, dann sieht man kaum noch, wohin man fahren soll."

„Dann musst du einen Jeep nehmen!"

Abel lachte. „Ja, genau das haben wir gemacht. Einen Jeep, der von einem Chauffeur gefahren wird, weil unsere selbstfahrenden Autos dort versagen. Trotzdem braucht man da viel länger, um irgendwohin zu kommen."

Er durfte Jonathan mit ins Schwimmbad nehmen und sie tollten zwei Stunden lang im Wasser und auf der Wiese herum.

„Fußball spielen kannst du aber nicht gut!", maulte Jonathan, als der Ball in den Büschen unauffindbar blieb. Er selbst spielte trotz seiner Beinprothese ziemlich geschickt.

„Stimmt. Mich wollte immer keiner in der Mannschaft haben", gestand Abel.

„Warum hast du dann nicht geübt?"

„Weil ich lieber Klavier gespielt habe als Fußball." Damit gab sich Jonathan zufrieden.

Nachdem er den Jungen abgeliefert hatte, suchte er den Leiter des Heims auf.

„Hatten Sie Probleme mit Jonathan?", fragte der Leiter, als Abel seinen Raum betrat.

„Nein, Jonathan ist ein ganz lieber Junge. Ich wollte Ihnen nur mitteilen, dass ich auf seinen Namen eine Lebensversicherung abgeschlossen habe. Nicht viel, aber vielleicht reicht es für eine Ausbildung", fügte er hinzu, als er das Gesicht des Leiters sah.

„Das ist ungewöhnlich. Sie sind noch so jung."

„Auf meiner Reise habe ich erlebt, wie schnell es gehen kann. Ich bin ein paarmal nur knapp mit dem Leben davongekommen. Wir wurden von Rebellen überfallen und nachher geschah das Unwetter mit den Überschwemmungen."

„Ich habe davon gehört."

„Also habe ich gedacht, ich sorge lieber vor. Mir tut der Kleine so leid."

„Nett von ihnen! Unsere Kinder können alle Hilfe gebrauchen."

„Leider kann ich nicht allen helfen."

„Nein, nein, so war es nicht gedacht."

Abel grinste. „Vielleicht sollte ich eine Patenaktion in der Firma anregen."

„Wir sind für jede Hilfe dankbar."

Er hatte sich mit Ingrid vor dem Eingang der Oper verabredet. In der Öffentlichkeit würden sie hoffentlich geschützt sein. Er sah Ingrid auf sich zulaufen. Sie hatte sich zurechtgemacht. Zum ersten Mal sah er sie auf Schuhen mit hohen Absätzen und in einem langen Rock. Ihr Gang wirkte unsicher. Er freute sich, dass sie bereit war, sich für ihn hübsch zu machen, auch wenn es für sie ungewohnt war. Er lief ihr entgegen und nahm sie in seine Arme. Sie schlang ihre Arme um seinen Nacken.

„Ich habe dich so vermisst", sagte sie. Er beugte sich über sie und küsste sie lange und intensiv.

„Komm, lass uns hineingehen, sonst findet die Aufführung ohne uns statt." Hand in Hand gingen sie durch den Eingang zu ihren Plätzen im Parkett. Abel wäre lieber in einer Loge gewesen, aber ihm war das Parkett sicherer erschienen.

Während der Aufführung schaute er manchmal zu Ingrid und amüsierte sich über ihr Mienenspiel. Sie ging völlig mit der Handlung mit.

In der Pause schlenderten sie ins Foyer und Abel besorgte Sekt. „Du hast lange nichts von dir hören lassen", beklagte sich Ingrid.

„Es ging nicht. Die Verhältnisse waren ziemlich übel."

Ingrid schaute ihm prüfend in die Augen. „Du meinst nicht nur die äußeren Umstände."

„Frag lieber nicht zu viel."

„Bist du im Meer geschwommen? Ich wollte schon immer einmal im Mittelmeer baden!"

„Ja, einmal bei einem Ausflug ans Meer. Ansonsten war ich immer im Landesinneren. Trocken und gnadenlos. In feuchteren Gegenden Steppe. Unvorstellbar, dass das einmal fruchtbares Bauernland war."

„Und die Versteppung schreitet immer weiter fort."

„Langsam sollten wir anfangen, auf Mond und Mars zu siedeln, damit wir notfalls dorthin flüchten können", spottete Abel. Sie stellten ihre Gläser ab und flanierten zu ihren Plätzen zurück.

So sehr er die Musik liebte und in Ingrids lebhaftem Mienenspiel versinken konnte, so wenig konnte er die Aufführung genießen. Immer wieder holten ihn die Gedanken an die Erlebnisse in Spanien ein. Er konnte einfach nicht abschalten und sich der Musik hingeben. Wahrscheinlich wäre er wirklich kein hervorragender Pianist geworden, wenn er sich so wenig konzentrieren konnte.

Nach der Aufführung spazierten sie zum Franzosen gegenüber der Oper. Abel hatte für sie einen Tisch reservieren lassen.

„Hier ist es so teuer", flüsterte Ingrid beklommen. Aber Abel antwortete nicht, er hakte sich bei ihr ein und führte sie durch das Restaurant. Über dicke Veloursteppiche schritten sie hinter dem Ober her, der sie an einen Tisch in einer Nische führte. Abel schob Ingrid den Stuhl zurecht und bestellte gleich einen Sherry als Aperitif. Noch bevor er die Getränke besorgte, reichte der Kellner ihnen die Menükarte.

„Ich bin so froh, dass du gesund zurückgekommen bist. Ich dachte schon, du bist gestorben. Keiner wusste, wo du warst."

„Es war auch ganz schön abenteuerlich. Selbst die Naturgewalten hatten sich gegen mich verschworen." Abel prostete ihr zu.

„Heißt das, nicht nur ...?", wisperte Ingrid. Ihr Gesicht wurde ganz fleckig.

Abel schaute sich ruhig um. Niemand saß in Hörweite. „Hattest du mich nicht vorher gewarnt? Ich wusste nur nicht, wie ich die Reise nach Spanien vermeiden konnte. Also bin ich hingefahren."

„Und jetzt?"

„Jetzt mache ich einen Frontalangriff. Wenn ich das, was ich weiß, veröffentliche, werde ich sicherer sein als jetzt."

„Mein Gott", hauchte Ingrid.

Abel griff über den Tisch nach ihrer Hand und drückte sie. „Deshalb dürfen wir uns nicht mehr sehen. Ich möchte dich nicht auch noch da hineinziehen."

„Aber ..."

„Nein!"

Sie schwiegen, da der Ober zu ihnen trat und die Bestellung entgegennahm. Abel bestellte einen Krabbencocktail als Vorspeise, Schweinefilet mit Pilzen und Käse zum Abschluss. Ingrid nahm eine Suppe, ansonsten die gleichen Speisen wie Abel.

„So vornehm habe ich noch nie gegessen. So viel Geld habe ich gar nicht", sagte sie und schaute sich neugierig um. Die Tische an der Wand standen in Nischen. Am Fenster trennten Blumenkübel die Gruppen. In der Mitte des Restaurants standen etwas größere Tische.

Gegenüber den Fenstern flackerten künstliche Flammen in einem Kamin.

Die Möbel waren aus schwarzem Eichenholz mit roten Polstern. Die Gardinen an den Fenstern waren in altrosa gehalten.

Von den Tischen in der Nähe der Tür tönten gedämpfte Stimmen zu ihnen herüber.

„Schön, nicht? Hier bin ich ein paar Mal mit meinen Eltern gewesen. Einmal zum fünfzigsten Geburtstag meiner Mutter. Mein Vater hatte ihr Opernkarten geschenkt. Anschließend haben wir hier gegessen. Es war das einzige Mal, an dem ich mit meinem Vater zusammen in der Oper war. Er hatte nie Zeit. Daher bin ich viel mit meiner Mutter ins Theater, Konzert oder die Oper gegangen."

„Immer im Parkett." Ingrid grinste ihn an.

„Meistens, manchmal auch im ersten Rang."

„Ich nehme normalerweise die hintersten, preiswertesten Plätze. Manchmal sogar Stehplätze. Sonst könnte ich es mir nur ganz selten leisten.“

Abel legte seine Gabel zur Seite, ergriff Ingrids Hand und drückte sie. „Es ist so ungerecht.“

„Dafür waren meine Eltern immer für mich da. Selbst jetzt noch. Meine Mutter hat sich gleich erkundigt, was los sei. Sie hat es mir angesehen, dass ich mich nicht wohl fühle. Ich war dann ein verlängertes Wochenende bei ihnen und sie haben mich verwöhnt.“

„Hast du schon einmal überlegt, wieder nach Aalborg zu ziehen?“

„Nein, warum? Ich habe doch hier eine gute Arbeit.“

„Du wärst sicherer.“

Schweigend aßen sie weiter. Zum Schweinefilet tranken sie einen leichten Weißwein.

„Wir haben doch ein kleines Labor in Dänemark“, überlegte Abel.

„In Arhus.“

„Wie wäre es damit? Vielleicht kann ich da etwas drehen.“

„Und du?“

„Ich würde mir nicht mehr so viel Sorgen machen, wenn du in Sicherheit wärst.“

Ingrid schüttelte den Kopf.

„Bitte. Am besten streiten wir in den nächsten Tagen in der Firma. Ich ärgere mich, weil du ein Projekt falsch betreut hast.“ Er beobachtete Ingrids ablehnende Miene. „Oder ich bin böse auf deine Eifersucht.“

„Muss ich der Buhmann sein? Ich will mich nicht streiten. Und ich will auch nicht wegziehen.“

„Wenn Gras über die Sache gewachsen ist, können wir uns doch wieder treffen. Hauptsache, die erste Zeit passiert nichts.“

Abel grinste sie an. „Gut, du bist nicht der Bösewicht. Mir fällt schon noch etwas anderes Glaubwürdiges ein.“

Er aß von den geringen Portionen noch nicht einmal alles auf. Zu lange hatte er nur kleine Mengen gegessen. Und er wurde schnell satt. Ingrid langte nach seinem Käsestück und aß es mit Genuss.

„Ich weiß, ganz vielen anderen geht es schlecht und sie hungern. Trotzdem schmeckt es mir", sagte sie mit vollem Mund. „So gut esse ich nur selten."

„Dabei ist unser Kantinenessen doch noch recht gut."

„Und meine Mutter kocht auch sehr gut. Aber viele Sachen kann ich mir einfach nicht leisten."

„Habt ihr mal wieder einen Chorauftritt?", fragte er.

„Ja, in zwei Wochen. Streite dich lieber erst hinterher mit mir."

„Ich werde es mir überlegen. Euer Chor ist hervorragend, er gefällt mir sehr gut."

„Und jetzt meinst du, ich sollte Sängerin werden."

„So ungefähr. Wenn es in Aalborg keine Tochterfirma von uns gibt, solltest du vielleicht Chorleiterin werden und in einer Musikschule arbeiten."

„Ich habe eine Chorleiterausbildung."

„Hast du schon einmal als Chorleiter gearbeitet?"

„Vor ein paar Jahren habe ich einmal einen Kinderchor geleitet. Aber dann bin ich nach Berlin gezogen und musste es aufgeben. Ich habe mich erst einmal nach einem Chor zum Mitsingen umgeschaut."

Abel atmete auf.

„Erleichtert dich das?", fragte Ingrid.

„Ja, du hast mehrere Standbeine. Du bist nicht auf unsere Firma angewiesen."

„Ich mag meine Arbeit."

„Und dein Chef?"

Ingrid schaute sich um.

„Ich komme mit ihm zurecht. Und er schätzt meine Arbeit."

„Und deinen Umgang?"

„Dazu hat er sich nie geäußert. Das steht ihm auch nicht zu.“

Sie tranken noch einen Kaffee.

„Kommst du zu mir?“, fragte Ingrid.

Abel nickte. Eigentlich sagte sein Verstand, er solle die Einladung ablehnen, aber er brachte es nicht über sich. Sein Verlangen nach Ingrid war zu groß.

Am nächsten Morgen hatte er immer noch keine Idee, wie er einen vernünftigen Streit vom Zaun brechen sollte. Er schaute Ingrid vom Bett aus zu, wie sie sich zurechtmachte. Sein Herz schmerzte, wenn er daran dachte, sie nie wiederzusehen. Aber er musste für ihre Sicherheit sorgen.

In der Firma

In der Firma wurde er von allen lebhaft begrüßt. Selbst Kollegen aus ganz anderen Abteilungen schauten im Laufe des Tages bei ihm vorbei und äußerten ihre Freude, ihn heil wiederzusehen.

In der Mittagspause holte Markus ihn ab. Gemeinsam gingen sie essen.

„Na, wie schmeckt dir der erste Tag?", fragte Markus.

„Ich hätte Sekt und Häppchen mitbringen sollen. Ich wusste gar nicht, dass ich so bekannt bin."

„Jetzt nach dem Spanienabenteuer schon. Darf ich mich dazusetzen?", fragte Meyer-Birkenriehl

„Gern." Abel rückte einen Stuhl für ihn.

„Ich möchte so viel von dir hören. Du musst mir alles genau erzählen."

„Oh, ich habe es schon so häufig erzählt. Mir wäre etwas weniger Aufregung lieber gewesen. Ich bin kein Freund von Abenteuern. Das einfache Leben in unseren Stationen hätte mir eigentlich völlig gereicht."

Meyer-Birkenriehl und Markus lachten laut.

„Er ist erwachsen geworden", stellte Markus stolz fest.

Meyer-Birkenriehl musterte ihn von oben bis unten. Abel tat ihm den Gefallen und wurde rot.

„Was sagt der Experte, der vor Ort war, zu unseren Problemen?"

„Die Spenderinnen müssen besser bezahlt werden", antworte Abel und stocherte lustlos in seinem Salat herum. In dieser Gesellschaft verging ihm der Appetit.

„Das ist ein Fass ohne Boden. Sie reichen ihr Geld weiter und sind trotzdem unterernährt." Meyer-Birkenriehl schnitt sich ein großes Stück Steak ab.

Abel nickte langsam. „Ja, Herr Schmidt hatte deshalb nicht alles ausgezahlt, sondern Speisungen gemacht. Die Idee fand ich sehr gut. Natürlich wollen die Frauen ihre Kinder und Eltern miternähren. So viel sollte für ihre Leistung auch übrig sein."

„Lebensmittel sind dort unten sehr teuer." Schon schob sich Meyer-Birkenriehl Pommes frites in den Mund.

„Und wenn wir die Spendenstationen alle als landwirtschaftliche Kooperativen laufen lassen?" Gedankenverloren rührte Abel seinen Salat um.

„Dann finden wir nicht genug Spenderinnen."

„In vielen Gebieten erwirtschaften auch die Kooperativen nicht genug, da wäre ein Zubrot für die Familie sinnvoll."

„Du scheinst die Probleme erkannt zu haben", lobte Meyer-Birkenriehl mit vollem Mund.

„Solange es ihnen so schlecht geht, werden immer wieder Unruhen aufflackern." Abel drehte sein Wasserglas in der Hand.

„Revolutionen fanden immer dann statt, wenn es den Menschen besser als vorher ging. Wenn sie mehr Rechte hatten."

Abel stutzte, dann überlegte er. An dieser These war etwas dran. Trotzdem mussten sie ihre Leute besser behandeln. Das forderte die Menschlichkeit.

„Ein weiteres Problem ist die Ausdehnung der Wüste. Immer mehr Gebiete werden unfruchtbar. Wenn wir nichts dagegen unternehmen, leben wir eines Tages selbst in einer Wüste."

„Wir unterstützen Norditalien und Frankreich bei einigen Projekten. Es sind erste Versuche. In der Provence haben wir gute Erfolge mit neuartigen Nutzpflanzen gemacht", erklärte Meyer-Birkenriehl.

„Ja, eben liegen uns die neusten Ernteerträge vor. Sie machen Hoffnung. Im nächsten Jahr sollen viel mehr Hektar damit angepflanzt werden, um eine weitere Austrocknung der Böden zu verhindern", ergänzte Markus.

Sie unterhielten sich noch eine Weile über die Vorteile der neuen Pflanzen. Schließlich stand Abel auf, er sollte vom Betriebsarzt untersucht werden.

„Der Junge hätte lieber Biologie studieren sollen", hörte er seinen Vater sagen, als er fortging.

Er biss sich auf die Lippe. Nein, sein Vater hatte vielleicht etwas dazugelernt, aber sicher noch nicht genug. Er und Biologie! Mit Informatik hätte es vielleicht klappen können. Aber ausgerechnet Biologie …!

Der Arzt untersuchte ihn sehr lange und gründlich. Sein Gesicht wurde immer ernster.

„Da haben Sie aber Glück gehabt, dass Sie überlebt haben. Ich habe die Unterlagen des spanischen Arztes erhalten. Sie hätten mit dem geschwächten Herzen überhaupt nicht transportiert werden dürfen."

„Ich konnte in Madrid nicht ins Krankenhaus. Die waren doch alle mit den Hochwasseropfern überfüllt. Leider klappte es dann mit dem Rückflug nicht, also musste ich mit einem Bus nach Frankreich transportiert werden."

„Und dort sind Sie dann behandelt worden?"

„Ja, dort ist in einer ganz kleinen Klinik eine Stammzellentherapie gemacht worden."

„Und den Namen wollen Sie mir nicht nennen?"

Abel grinste. „Lieber nicht. Aber ich fühle mich jetzt wieder ganz gesund."

„Auch wenn die keine Zulassung hatten, haben sie gute Arbeit gemacht. Ihr Herz hat sich fast vollständig erholt." Der Arzt schrieb eine Bemerkung in die Akte und entließ ihn mit einem Gruß an seinen Vater.

Am Abend besuchte Abel die Messe in der Katholischen Kirche. Er zündete eine Kerze an und betete vor einer Marienfigur. Dann ging er zum Fluss und lief am Ufer entlang.

Wer hatte damals Peter Roloff umgebracht? Er musste es unbedingt herausbekommen. Ihm fiel sein alter Schulkamerad

Mirko ein. Er hatte zu der Netzwerkgruppe gehört, die die Computer und das Netzwerk der Schule gewartet hatten. Auf der Ehemaligenseite der Schule hatte er gelesen, dass Mirko inzwischen Polizist geworden war. Georg hatte erwähnt, dass er Cyberpolizist wäre. Schnell suchte er sich im Internet seine aktuelle Adresse heraus.

Um zu ihm zu kommen, fuhr Abel ein paar Stationen mit der Straßenbahn, dann weiter mit der U-Bahn, ganz zum Schluss stieg er in einen Bus, den er zwei Haltestellen vor Mirkos Wohnung verließ, um zu Fuß weiterzulaufen.

Es war schon gegen elf Uhr. Aber er wollte unbedingt Klarheit haben, also klingelte er.

„Wer ist da?", fragte eine Frauenstimme in der Gegensprechanlage.

„Hier ist Abel Stemmer. Ich möchte Mirko sprechen, es ist sehr wichtig."

Eine Weile war es still, dann meldete sich eine Männerstimme.

„Abel, bist du es wirklich?"

„Ja, kennst du mich noch? Es ist schon Jahre her, als du unserem Direktor die Noten von seinen Schülern gelöscht hast."

Mirko lachte. Einen Augenblick später sprang die Tür auf.

Abel musste bis in den zehnten Stock fahren. Oben stand Mirko in der Tür und erwartete ihn. Er umarmte ihn.

„Ich hätte nicht gedacht, dass du dich noch an mich erinnerst."

Abel verzog sein Gesicht. „Leider nur, weil ich etwas von dir will." Nachdem Mirko ihm Platz angeboten hatte, erzählte Abel ihm die Geschichte von Peter Roloff und seinen Bewässerungsplänen.

„Kannst du mir Informationen über die Gasexplosion in der Lutherallee besorgen?", fragte er. „Ich möchte wissen, ob die Genmedi dahintersteckt. Wer dafür verantwortlich war. An einen Unfall glaube ich nämlich nicht."

„Hm, ich erinnere mich. Eine Bekannte von mir hat damals an dem Fall gearbeitet. Ich werde sehen, was ich tun kann.“

Sie unterhielten sich noch bis in den frühen Morgen über ihre Schulzeit.

Abel kam über Umwege gerade rechtzeitig nach Hause, um sich zu duschen, zu rasieren und gleich zur Arbeit weiterzufahren.

Übernächtigt wie er war, fuhr er Ingrid an, als sie mittags fragte, ob er mit in die Kantine käme.

„Ich muss diesen Vorgang noch lesen und dann eine Entscheidung treffen. Ich habe keine Zeit.“

„Du musst doch mal eine Pause machen. Keiner kann ununterbrochen arbeiten“, argumentierte Ingrid.

Er wollte sich gerade entschuldigen, als er den Sinn erkannte.

„Gluck doch nicht ständig um mich herum. Ich bekomme ja gar keine Luft mehr zum Atmen. Man, war es in Spanien schön. Da gab es keinen Aufpasser, der immer besorgt war“, fuhr er fort, heftiger als er beabsichtigt hatte.

Zwei Kollegen hörten aus einiger Entfernung aufmerksam zu. Abel sah, wie sie hämisch grinsten.

Ingrids Gesicht erstarrte. „Entschuldige. Ich wusste nicht, dass du es als Belästigung empfindest.“ Tränen schwammen in ihren Augen. Abel hätte sie am liebsten in den Arm genommen und geküsst. Aber er beherrschte sich. Es musste sein. Von nun an würde er der einsamste Mensch auf dieser Erde sein.

Es schmerzte ihn, so mit ihr umzugehen. Ihr solches Leid zuzufügen.

Erst am späten Nachmittag ging er in die Kantine. Ein junger Mann, ein Protegé von Meyer-Birkenriehl, saß an einem Tisch und winkte ihn zu sich heran.

Er setzte sich zu ihm und sie unterhielten sich über eine neue Baumwollart.

„Sie ist sehr vielversprechend. Sie braucht nur wenig Wasser“, erklärte der junge Mann.

„Kleidung können wir auch aus Erdöl herstellen. Wir sollten lieber Nahrungspflanzen züchten“, meinte Abel.

„Irgendwann ist auch das letzte Öl verbraucht.“

„Stimmt. Dann sollten wir alte Kleidung recyceln. Wir sind doch sehr verwöhnt, wenn ich denke, wie schnell ich meine Kleidung wechsle. Der Aufenthalt in Spanien hat mich sehr nachdenklich gemacht. Meine uralten Klamotten, die ich nicht weggebe, weil ich sie liebe und im Haus auftrage, die sind für die Menschen dort noch Luxus.“

„So möchte ich aber nicht leben.“

Abel schwieg einen Augenblick.

„Ich auch nicht. Aber es macht einen ganz bescheiden und dankbar. Es ist nicht selbstverständlich, dass es einem gut geht.“

„So habe ich es noch nicht gesehen.“

Abel lachte rau. „Ich vorher auch nicht. Ich habe mich immer nur geärgert, dass ich dies oder jenes nicht konnte oder durfte.“

„Und jetzt sind Sie ein Heiliger!“, spottete der Mann.

„Eher weniger. Ich habe mich vorhin gerade nicht sehr sanftmütig benommen. Aber nachdenklich bin ich geworden. Na ja, wer weiß, wie lange es vorhält“, meinte Abel leichthin.

Dann unterhielten sie sich über die Fußballergebnisse der letzten Woche.

„Der neue Münchner Trainer ist viel besser als sein Vorgänger“, behauptete der junge Mann.

„Ich bin nicht auf dem neusten Stand, mir fehlen ein paar Monate“, erklärte Abel schulterzuckend und stand auf, um in sein Büro zu gehen.

Als er am Abend das Gebäude verließ, stand Ingrid gegenüber dem Eingang und wartete auf ihn. Er schnitt sie bewusst und eilte zu seinem Auto.

Später zog er durch ein paar Bars. Er hielt sich an die Ratschläge, die ihm Roger im Schnellkurs beigebracht hatte. Erst einmal die Umgebung beobachten, öfter den Ort wechseln und sehen, ob er verfolgt wurde. Inzwischen traute er kaum jemand mehr. Und selbst denjenigen, denen er traute, durfte er zu ihrer eigenen Sicherheit nichts erzählen.

Nach anderthalb Stunden landete er in einem Internetcafé. Er surfte einige Zeit. Welche Zeitungen und welche Reporter äußerten sich der Genmedi Corporation gegenüber kritisch? Hatte sich schon jemand jemals zu der Stammzellentherapie kritisch geäußert?

Er musste lange suchen. Alle lobten die neusten Möglichkeiten der Medizin in den höchsten Tönen. Endlich fand er einen Reporter einer kleineren Zeitung.

Samuel Hort. Er schrieb hauptsächlich für christliche Zeitungen. Er verzog sein Gesicht. Gab es denn keine größeren Zeitungen, die unabhängig waren? Doch schließlich fand er noch einen Artikel über Fehlversuche bei der Bewässerung in einer regierungskritischen Zeitung. Er schrieb sich den Namen dieses Reporters, Martin Kruse, auf.

Er machte noch einen Umweg über eine Diskothek und erreichte erst kurz vor zwei Uhr sein Zuhause. Er musste sich unbedingt mehr schonen, er brauchte etwas mehr Schlaf.

Der Journalist

Gleich am nächsten Tag ging er in der Mittagspause nicht in die hauseigene Kantine, sondern in einem Restaurant essen und telefonierte von dort mit der Zeitung und verlangte Martin Kruse.

„Sind Sie an einem heißen Artikel über die Verstrickungen der Genmedi Corporation mit Regierungen der ärmeren Länder und der Ausbeutung der Spenderinnen der Stammzellen interessiert?"

Kruse fragte ihn aus und Abel antwortete, so gut er konnte, ohne seinen richtigen Namen zu nennen.

„Ich habe Unterlagen, die meine Aussagen belegen. Wenn Sie ernsthaft interessiert sind, lasse ich sie Ihnen zukommen."

„Wo können wir uns treffen?", fragte Kruse.

„In Amsterdam?"

„Ja, und wann?"

„Am Samstag, um 12 Uhr im Van Gogh Museum in Amsterdam?"

„Gut, woran erkenne ich Sie?"

„Ich habe einen Flyer vom Rijksmuseum in der Hand."

Mit sich zufrieden ging Abel ins Büro zurück. Er musste nur noch die Unterlagen kopieren.

Kaum hatte er sein Büro betreten, tauchte Herr Petermann auf, Meyer-Birkenriehls neuer Assistent.

„Ich habe schon zweimal bei Ihnen reingeschaut."

„Ich habe außerhalb gegessen", verteidigte sich Abel.

„Ich muss dringend unsere neuen Verkaufszahlen mit Ihnen besprechen. Die Werbung hat einen negativen Effekt gehabt", sagte er und sah blasiert auf Abel herab.

„Setzen Sie sich doch." Abel versuchte, seine Verärgerung zu ignorieren. Er musste sich unbedingt ein dickeres Fell zulegen. „Im letzten Viertel Jahr war ich gar nicht da."

„Die Werbung hatten Sie aber noch geplant und durchgeführt."

Herr Petermann knallte Abel einen Papierstapel auf den Schreibtisch.

Abel sah nur Zahlen, Seiten voller Zahlen, die ihm überhaupt nichts sagten. War er so sehr aus der Materie heraus, dass er sie nicht mehr interpretieren konnte? Wirklich interessiert hatte ihn das sowieso niemals. Er versuchte, den Eindruck zu erwecken, dass seine Aufmerksamkeit geweckt wäre, und blätterte in den Seiten herum.

„Im letzten Monate hatten wir einen Hackerangriff, der auf die Geschäftsunterlagen abzielte", erwähnte Petermann.

„Was für Schäden hat er angerichtet?" Abel schwitzte, er hoffte, dass Petermann es nicht bemerkte.

„Bisher keine. Aber wer weiß, was er mit den Informationen anfangen wird."

„Ich dachte immer, Hacker fliegen auf, weil sie an der Seite herumbasteln." Abel grinste sein Gegenüber frech an.

„Sie haben Erfahrungen, nicht wahr?"

„Das ist schon lange her. Und das Aufbessern der Personalbögen war damals wohl doch zu auffällig."

Petermann zog die Augenbrauen hoch.

„Na ja, nach unseren Bewertungen hätten wahrscheinlich alle Mitarbeiter gleichzeitig befördert werden müssen." Abel lachte leise.

Petermann verzog sein Gesicht, sein Lächeln wirkte gequält.

„Hm, wissen Sie", lenkte Abel ein, „ich bin momentan Welten von unserer damaligen Werbung entfernt. Ich war auch nur einer von vielen, die darüber entschieden haben."

„Sie haben aber den Auftrag für die Filmfirma unterschrieben."

Petermann hielt ihm den Vertrag unter die Nase. Abel stutzte, er konnte sich an diese Unterschrift nicht erinnern.

Oder doch? Aber klar, er hatte neben Meyer-Birkenriehl unterschrieben. Wo war dessen Unterschrift geblieben?

„Haben Sie eine Erklärung dafür, dass das teure Projekt floppte?"

Petermann gab einen Link in Abels Computer ein. Der Werbespot lief ab. Abel wand sich innerlich, als er ihn sah. So war das damals überhaupt nicht abgesprochen gewesen. Schrill und albern. Gut, Werbung sollte auffallen. Aber nicht nur negativ. In ihrer Pharmasparte musste alles seriös sein. Mit dieser schrillen Werbung hätten sie Musik, Filme oder Kleidung für Jugendliche verkaufen können, aber keine Pillen.

Abel las den Vertrag gründlich durch. Nein, das hatte er damals nicht unterschrieben. Er runzelte die Stirn. Das war eine Fälschung. Sie wollten ihn hereinlegen. Aber wie kam er da heraus?

„Der Film war anders geplant gewesen. Nicht so albern. Die Produktion habe ich nicht mehr kontrolliert, da war ich schon im Ausland. Ich finde das alles nur peinlich. Kein Wunder, wenn der Verkauf stagniert. Sie haben die Ausstrahlung doch sofort stoppen lassen?"

„Das geht nicht, wir haben einen Vertrag mit dem Sender."

„Sicher können wir stattdessen einen anderen Werbespot senden."

„So schnell können wir keinen produzieren."

„Dann lassen wir eben einen alten wiederholen."

Nach längerem Hin und Her gelang es Abel, Petermann aus seinem Büro hinauszukomplimentieren.

Anschließend suchte er den Vertrag in seiner Ablage. Aber er fand nur die Fälschung. Mist, Meyer-Birkenriehl arbeitete wirklich gründlich. Mit doppeltem Boden. Falls er lebend aus Spanien zurückkäme, würde er eben in der Firma unmöglich gemacht, sodass er geschasst werden konnte. Was sollte überhaupt Petermanns Bemerkung über den Hacker? Hatten sie seine Schnüffelei bemerkt? Es wurde Zeit, dass er an die Öffentlichkeit trat.

Den restlichen Nachmittag formulierte er sein Testament. Vorsichtshalber mit Papier und Tinte. Fast die ganze Nacht hindurch kopierte er seine geheimen Unterlagen aus dem Darknet. Am nächsten Vormittag entschuldigte er sich mit einem Zahnarzttermin und suchte einen Notar auf, den er sich im Telefonbuch herausgesucht hatte.

Bei ihm hinterlegte er sein Testament. Er hinterließ sein gesamtes Vermögen, das aus den Ersparnissen seiner Mutter bestand, dem Sohn von Peter Roloff. Noch immer fühlte er sich am Tod Jonathans Vaters schuldig. Ingrid vermachte er seine Bücher, Noten und das Klavier, das einst seinem spanischen Urgroßvater gehört hatte.

Am Freitagabend fuhr er mit dem Auto nach Hannover, von dort nahm er einen Bus nach Enschede, das letzte Stück bewältigte er mit der Bahn. Er benötigte zwar einen Großteil der Nacht für die Reise, hoffte aber, dadurch vor Verfolgung sicher zu sein.

Sobald das Rijksmuseum öffnete, betrat er es und suchte Femke. Sie stand wieder bei der ‚Briefleserin'. Diesmal tat sie aber, als ob sie ihn nicht sah.

Abel schaute sich betont lange die Bilder in dem Saal an. Als er mit Femke allein war, ließ er seine Garderobenmarke auf einen Sitz fallen. Im Hinausgehen beobachtete er, wie Femke die Marke an sich nahm. Sie würde also das Geld für die Schiffspassage, das Krankenhaus und den USB-Stick mit allen Informationen, die er herausgefunden hatte, in einer Tasche in der Garderobe finden. Er hatte extra das Geld, das er von seiner Mutter geerbt hatte, aus dem Schließfach geholt. Nach Dolores' Tod war er erstaunt gewesen, wie viel Geld seine Mutter besaß und wohl vor Markus versteckt hatte. Auf einem Zettel, der bei den Scheinen und dem Goldschmuck lag, hatte sie vermerkt, dass das Geld aus Einkünften verschiedener Streaming-Dienste stammte und sie es für Abel zurückgelegt hatte. „Wenn du noch immer gern Pianist werden willst, dann warte nicht zu lange. In Liebe, Deine Mutter."

Seitdem grübelte Abel darüber, ob er mit dem Geld ins Ausland gehen und tatsächlich noch Musik studieren sollte.

Im Van Gogh Museum hielt er demonstrativ den Flyer vom Rijksmuseum in der Hand.

Ein Mann im mittleren Alter mit etwas längeren, blonden Haaren trat auf ihn zu. „Herr Johann?"

Abel nickte, so hatte er sich am Telefon genannt. Sie schlenderten an den Gemälden vorbei, sahen sich die Bilder an und unterhielten sich. Später setzten sie sich noch längere Zeit in ein Café.

Kruse war an seinen Unterlagen interessiert. „Sie können alles beweisen?", fragte er.

„Ja, sicher, sonst hätte ich mich nicht an Sie gewandt. Aber die meisten Journalisten fürchten sich vor einem Krieg gegen einen großen Konzern."

Kruse nickte. „Ja, ich habe damals auch viel Ärger gehabt, als ich den Artikel über die Bewässerungsfehlschläge geschrieben habe."

„Wie sind Sie an die Informationen gekommen?" Abel musterte ihn neugierig.

„Auch durch einen Informanten. Zum Glück hat mein Verleger zu mir gehalten, sonst hätte ich den Artikel nie schreiben können."

„Würde er auch diesmal zu Ihnen halten?"

Kruse nickte. Abel irritierte sein leises Lächeln. Wenn er eine andere Möglichkeit gesehen hätte, mit seinen Unterlagen an die Öffentlichkeit zu treten, wäre er sofort gegangen. So aber blieb er und hoffte, dass sein Bauchgefühl nur auf die Anspannung zurückzuführen sei.

Später unterhielten sie sich über die neuste Jazz-Musik, die aus Amerika herüberkam. Kruse war musikbegeistert und gut informiert. „Ab und zu schreibe ich Zeitungsartikel zu Konzerten", erklärte er.

Schließlich ging Kruse an den Tresen und kam mit Tabak zurück. Er drehte sich eine Zigarette. Abel schaute ihm neugierig zu. Er hatte es noch nie gesehen, wie so etwas gemacht wurde. Rauchen war in der Öffentlichkeit seit vielen Jahrzehnten verboten. Kruse zündete sich seine Zigarette an und inhalierte tief. Nach einer Weile ließ er den Rauch langsam entweichen.

Er bot Abel seine Zigarette an. Abel schüttelte verblüfft den Kopf.

„Sie sollten es auch einmal ausprobieren. Es entspannt. Das kann Ihnen nur guttun", sagte er. Er wurde Abel immer unsympathischer und er bereute fast, ihm in sein Geheimnis eingeweiht zu haben.

„Ich muss weg. Ich habe noch einen langen Heimweg", log er und verabschiedete sich. Er bummelte noch eine Weile durch die Amsterdamer Altstadt und ließ sich von einem Mädchen in einem knallengen Lederkleid in eine Absteige mitnehmen.

Wo konnte er besser verschwinden? Und das Angenehme mit dem Nützlichen verbinden. Seinen ganzen Frust und Wut tobte er an dem jungen Mädchen aus. Hinterher weinte er unter der Dusche. Musste er ausgerechnet Ingrid so schlecht behandeln? Aber er durfte nicht egoistisch sein, sondern musste an ihr Wohlergehen denken.

Mitten in der Nacht fuhr er mit einem Taxi zurück. Nicht den direkten Weg, sondern über Ostfriesland. In Meppen bezahlte er die Taxe und fuhr mit dem Bus nach Harlesiel. Lange ging er am Strand spazieren. Es hatte aufgefrischt und der Wind pfiff ihm um die Ohren. Auf dem Rückweg musste er sich dagegenstemmen. Aber der kalte Wind tat ihm gut. Er sah wieder klarer und bemitleidete sich nicht mehr. Wenn sie ihn morgen umbringen würden, hätte er wenigstens noch etwas Gutes getan. Sein Leben hätte einen Sinn gehabt und den armen Spenderinnen wäre damit geholfen. Selbst wenn dieser Kruse ein Verräter war, so würden doch hoffentlich Femke und die Untergrundbewegung die Informationen zu nutzen wissen. Nur ob die Gasexplosion dann noch aufgeklärt würde, bezweifelte er.

Am Montag traf er Ingrid in der Buchhaltung. Als er den Raum betrat, raffte sie ihre Unterlagen zusammen und flüchtete mit einem Nicken. Als sie an ihm vorbeilief, trat Petermann ein. Ingrid machte einen Schritt zur Seite und stieß gegen Abel.

„Entschuldigung", murmelte sie und huschte weiter.

„Na, die haben Sie ganz schön fertiggemacht. Direktor Meyer-Birkenriehl meint, wenn sie ihren Liebeskummer nicht bald in den Griff bekommt, schickt er sie nach Spitzbergen."

„Da haben wir keine Niederlassung", erwiderte Abel.

Petermann sah ihn mit hochgezogenen Augenbrauen an. „Na, Herr Meyer-Birkenriehl hat wirklich recht." Er reichte der Buchhalterin seine Spesenabrechnung. „Wie war es denn in Amsterdam?", fragte er nebenbei.

„Amsterdam?", erwiderte Abel tonlos.

„Ja, Sie waren doch am Wochenende in Amsterdam."

„Wer hat Ihnen denn das erzählt?"

„Das pfeifen die Spatzen vom Dach."

Abel zuckte die Schultern. „Ich habe da eine niedliche Niederländerin kennengelernt."

Petermann pfiff durch die Zähne. „Daher der Streit mit Ingrid."

Mit weichen Knien ging Abel in sein Büro zurück. Woher wusste Petermann von seinem Ausflug? Er griff in seine Jacketttasche und suchte nach einem Taschentuch. Dabei fand er einen kleinen Zettel. „Martin Kruse steht auf Meyer-Birkenriehls Gehaltsliste", stand maschinengeschrieben darauf.

Er ließ sich auf seinen Sessel fallen. Wer hatte ihm den Zettel zugespielt? Ingrid! Hoffentlich baute sie so viel Mist, dass Meyer-Birkenriehl sie wirklich nach Spitzbergen verbannte.

Er fuhr seinen Computer hoch und suchte nach Niederlassungen in Skandinavien. Am finnischen Nordmeer wurde er fündig. Da gab es eine Versuchsstation mit Meeralgen. Die Niederlassung schien sehr unbeliebt zu sein, denn zwei Stellen waren schon seit Wochen offen. Diese Stellenausschreibung schickte er im Namen des dortigen Büroleiters an das Personalbüro in Deutschland mit der Bitte, ihm doch jemanden zu schicken. Hoffentlich las Meyer-Birkenriehls Assistent diese Mail und reichte sie seinem Chef weiter.

Gleichzeitig spürte er Mitleid. Arme Ingrid. Aber lieber am Ende der Welt leben als ermordet werden, deshalb hoffte er, dass Meyer-Birkenriehls Gehässigkeit dafür sorgte, sie dorthin zu versetzen.

Ein paar Tage später rief Mirko zurück, er nannte keinen Namen, er hatte die Kamera ausgestellt und seine Rufnummer unterdrückt. Trotzdem erkannte Abel ihn an der Stimme. „Können wir uns zu unserer Zeit an unserem alten Platz treffen?"

Abel war alarmiert. Wäre die Nachforschung ergebnislos gewesen, hätte Mirko das sicher gleich am Telefon gesagt.

Seine Gedanken kreisten um Roloff. Abel konnte sich nicht mehr auf seine Arbeit konzentrieren und machte früher Schluss.

Dann ging er in den Park. Ständig schaute er sich um. Mirko entdeckte er nirgends. Er zwang sich, langsam zum Teich zu gehen und den Kindern beim Entenfüttern zuzusehen. Hier hatten sie früher nach der Schule abgehangen.

Ein ferngesteuertes Schiff fuhr auf ihn zu. Abel fühlte sich beobachtet.

„Dreh dich nicht um, schau dem Boot zu", befahl Mirkos Stimme hinter ihm. „Die Geschichte ist sehr heiß. Halte dich da raus."

„Warum?"

„Die Gasleitung war manipuliert. Meine Bekannte ist sich sicher. Aber die Sache wurde unterdrückt. Der Bericht ist verschwunden. So etwas passiert nicht mal eben aus Schlamperei. Darum kümmern sich höchste Stellen.“

„Unser Konzern?“

„Wahrscheinlich. Von der Polizei und Staatsanwaltsanwaltschaft stecken auf jeden Fall ein paar Verräter mit drin.“

Das Schiff erreichte das gegenüberliegende Ufer.

„Aber wer sonst?“

Mirko antwortete nicht. Abel drehte sich um. Mirko war verschwunden. Als Abel sich zurückdrehte, kam das ferngesteuerte Boot direkt auf ihn zu. Er spürte einen Blick und sah hoch. Zwischen den Büschen auf der gegenüberliegenden Seite erkannte er Büchner, den Chauffeur seines Vaters. Der nette Onkel aus seiner Kinderzeit. Er brauchte einen Augenblick, um zu begreifen, was da vor sich ging. Wie in Zeitlupe registrierte er jede Einzelheit seiner Umgebung, roch den Flieder, hörte die Amsel zwitschern. Er erkannte die Gefahr, drehte sich um, wollte fliehen. Doch es war zu spät. Eine Explosion zerriss die Idylle, bevor er sich in Sicherheit bringen konnte.

Zwei Wochen nach Abels Tod veröffentlichte der berüchtigte investigative Blogger „Whistleblower" einen Post, in dem er die Methoden der Genmedi Corporation an den Pranger stellte. Woche für Woche gab er weitere Details bekannt, angefangen von der mangelhaften Ernährung und der laienhaften medizinischen Versorgung der Spenderinnen, über die zurückgehaltenen Bewässerungspläne Rohloffs, den mysteriösen Todesfällen von Peter Rohloff, Anton Steiger und Abel Stemmer bis hin zu der Verstrickung der Regierungen Spaniens, Süditaliens und Griechenlands mit den internationalen Konzernen.

Nach der Bekanntgabe kam es zu Unruhen, doch diesmal wurden sie nicht von Legionären niedergeschlagen, denn die Interna des Legionärs Georg führten dazu, dass diese ihre Waffen niederlegten und sich weigerten, gegen Unschuldige vorzugehen.

Aus Sorge, dass die Aufstände selbst in den reichen Ländern aufflammen würden, wurden die Vorgänge sorgfältig von integren Polizisten und Staatsanwälten aufgearbeitet. Mehrere der ermittelnden Beamten wurden dabei ermordet. Doch schließlich setzte sich der Rechtsstaat durch. Genmedi und einigen anderen Konzernen wurde die Zulassung für die medizinische Produktion entzogen und sie mussten hohe Strafen zahlen, was zum Konkurs der betroffenen Firmen führte. Die verantwortlichen Direktoren – unter anderem auch Meyer-Birkenriehl und Markus Stemmer - wurden zu lebenslangen Haftstrafen verurteilt.

In den süd- und südosteuropäischen Ländern kam es zu Neuwahlen. Die neuen Regierungen setzten Peter Rohloffs Pläne in die Tat um, sodass die Bevölkerung nach kurzer Zeit ausreichend mit Lebensmitteln versorgt werden konnte und es wieder eine Zukunft für Südeuropa gab.

Der Skandal sorgte dafür, dass sich die Gesellschaft veränderte. Die Zeit der Großkonzerne war vorbei. Kleine Firmen übernahmen ihre Aufgaben, schafften neue Arbeitsplätze und die Schere zwischen arm und reich schloss sich.